伯爵は年下の妻に振り回される

～記憶喪失の奥様は今日も元気に旦那様の心を抉る～

プロローグ

遠くで人の声が聞こえる。

何故だかとても泣きそうな、いやもうすでに泣いているのかもしれない。必死に自分の名前を呼ぶ少女の声につられるように、フェリシアはゆっくりと目を覚ました。

大丈夫？　そう声を掛けようとしたのに喉が張り付いて上手く喋る事ができない。

しかし微かな呻《うめ》き声に、ベッドサイドにいた少女は気付いてくれたようだ。二つに結んだ栗毛《くりげ》の髪を揺らして振り返ると、若草色《わかくさいろ》の瞳を大きく見開きボロボロと大粒の涙を零す。

「……よかった……！　ご気分は？　どこか具合が悪かったりしませんか!?」

「だい、じょうぶ、です」

何故か分からないが喉がとにかく乾いている。話辛さを感じて眉間に皺が寄れば、少女は急いでベッドサイドに置かれた水差しから水をグラスに注ぐ。

「どうぞ」

起き上がろうとするフェリシアの背を支え、もたれやすいように枕を当ててくれる。

手渡されたグラスの水は冷たすぎず、かといって生温いわけでもない。

寝起きの身体に負担のないように気遣われている。なんたる至れり尽くせり、とフェリシアは感謝の念を抱きながら中身を飲み干した。

「足りますか？　もう一度お注ぎしましょうか？」

「……ありがとうございます。お願いします」

年の頃は十二、十三くらいだろうか。随分としっかりしている。

メイド服を着ているのでこの屋敷で働いているのだろう。自分がこの少女の頃はどうしていただろうかと考えるが、途端にこめかみのあたりがツキンと痛む。

「ああ！　やっぱりまだ起き上がらない方が！」

「大丈夫、大丈夫です。多分これ寝すぎたからです！　わたしは元気ですよ！」

またしても少女が泣き出しそうな表情をするのでフェリシアは慌てる。

「そうだお医者様……あの、わたし、カーティスさんとマリアさんを呼んできますね！　ちょっとだけお待ちください！」

「いやほんと、大丈夫なのでお気遣いなく！」

「カーティスさん！　マリアさん!!」

少女は部屋の扉を開けて大きな声を出した。

呼んでくるってそこから、と思わず突っ込みそうになる。

今フェリシアがいる部屋は、彼女が知る中でもとても広い。置いてある家具、それこそ今寝かせてもらっているベッドだって明らかに高級そうな代物だ。

つまりはこの屋敷はかなり格上の家であるというわけであり、そんな屋敷で働いているメイドが扉を開け放って大声で呼ぶとはこれ如何に。

これが許されるくらい大らかな家なのか、それともこの少女が規格外なのか。ぼんやりとそう思いながら、そもそもどうして自分はこんな見ず知らずの屋敷で横になっているのかと考える。

「——あれ？」

考えるが、どうやっても思い出せない。

こめかみはまたしても痛むが、ついでと言わんばかりに後頭部も痛い。

なんで、と頭に手をやると、そこで初めて包帯が巻かれている事に気が付いた。

「え⁉」

「フェリシア様！」

「よかった、お目覚めになったんですね」

少女の声で駆けつけたのは美しい一組の男女だった。どちらもフェリシアより年上に見える。

フェリシアの名を呼んだのは、赤毛混じりの茶色の髪の女性だ。

メイド服を着ているので少女の先輩なのだろう。おそらく彼女が「マリアさん」で、執事服《しつじふく》を着た金髪の男性がおそらく「カーティスさん」。

美形の執事《しつじ》とメイド、そして随分と可愛らしい小さなメイドという、なんというか美形の圧がすごいなと、フェリシアは素直にそう思った。

「すぐにヘンドリック先生をお呼びしますね」

扉の外にもう一人メイドの姿が見える。彼女に向かい指示を出す執事《しつじ》に、フェリシアは「大丈夫です」と声をかけようとするが、それより先にマリアと呼ばれたメイドに抱き付かれた。

「よかった……本当によかった……！」

「あの……？」

「二日間ずっと眠っていて……もう起きないんじゃないかと」

「え！　二日⁉　わたしそんなに寝てたんですか⁉」

寝起きにしては異様に喉が渇いていたが、なるほどそれが原因……と一瞬納得する。

しかし、それどころではないとフェリシアは狼狽《うろた》える。

「なんでそんなに寝て……？　しかも人様のお屋敷で⁉」

その声にビクリとマリアの身体が震えた。ゆっくりと身を起こし、フェリシアを正面から見つめる。

「……フェリシア様？」

「あの、ええと……わたしの名前をご存知ということは、どこかでお会いしているんですよね？　二日間もお世話になっている身でなんて恩知らずって話なんですけど……お名前をお聞きしてもよろしいですか？」

マリアの顔がどんどんと険しくなる。それどころか、こちらの様子を見守っていた執事《しつじ》と少女までもが顔を青くして固まってしまう。

まずい、これはとってもまずい、とフェリシアも釣られるように青くなる。

——そりゃあこれだけお世話になってる上に、相手はわたしの名前知ってるのにこっちは知らないって失礼すぎるものね!!

ひえええええ、と内心おののきつつフェリシアは素直に自分の状態を伝える事にした。

取り繕おうとしたところで無駄である。なにしろ繕えるものがない。

「すみません、本当に失礼にも程があるんですけど、わたし、どうしてこんな状況なっているのかさっぱりで！」

「……二日前に裏庭で倒れていらしたんです」

いち早く動揺から抜け出した様子の執事《しつじ》が口を開く。

「どうして!?」

「目下調査中ですがご安心ください。今は屋敷の警備を強化していますし、これ以上危険な目には遭わせません。旦那様にもすでに連絡済みです。明日中にはご帰宅されますので、それまでもう少しご辛抱ください」

危険とは、となったところで賊や不審者の可能性かと思い至る。

いやまさかそんなわたし如きが、と思うもむしろそれは……

「わたしなのでは!?」

見ず知らずの屋敷の裏庭で倒れていただなんて、フェリシアこそが不審者に他ならない。

「え、でも待って、どうしてこちらのお屋敷に入り込んでたのか分からない！　えええええ……え、ほんとに分かんない。なんで？」

どれだけ考えてもなにも浮かばない。

そもそもからして、こんな立派な屋敷に入ろうと思った動機《どうき》はなんなのか。

「……まさかこちらのご子息に一目惚れ……!?　ってそんなことあるわけないわよね。だってその相手がさっぱりこれっぽっちも浮かばないんだもの！」

「奥様！」

「ああああ、そうだ！　そうですよ、こちらのお屋敷の奥様は!?　こんな不審者の塊でしかないわたしがいて不安で胸を痛めてらっしゃるんじゃ!?　って違う逆よ、むしろこんなわたしを二日間も介抱してくださるだなんて、こちらの奥様は聖人かなにかですかね!?　旦那様がご不在の中お詫びとお礼のしようもない……！」

うわわああ、とフェリシアは文字通り頭を抱える。

屋敷の規模もさることながら、こんな自分にも気遣いを見せてくれる使用人がいる時点でこの家の主と夫人の人柄がよく分かる。人徳がすごい、と感動と同時に、いつまでもこうして世話になっているのが心苦しくて仕方がない。

「せめて、奥様にお礼の言葉だけでもお伝えしたいんですが」

「ご自分の事はお分かりですか？」

肩こそ掴まれていないが、そうしてきそうな程に執事《しつじ》の顔が険しさを増している。

分かりません、と反射的に口走りたくなるくらい恐ろしいが、そんな嘘を吐こうものなら一体どうなるか。事態の悪化しか目に見えず、フェリシアは大きく何度も首を縦に動かした。

「フェリシア・リンスベルクと申します。父はクレイグ・リンスベルク伯爵で……」

「ポリー、父を呼んできてくれ」

執事《しつじ》はフェリシアの言葉を遮って背後で震えている少女にそう声をかける。

しかし、ポリーと呼ばれた少女はボロボロと涙を零したままピクリともしない。

「ポリー」

執事《しつじ》――カーティスはもう一度名を呼び、ポリーの目線に合わせるようにその長身を折り曲げた。

「ポリー、私は今から急いでヘンドリック先生を連れてくる。ポリーは父に奥様の様子を伝えて、その後は私が戻るまで父とマリアと三人で奥様を守っていてくれ。できるな？」

「……っ、はい！」

ポリーはぐしゃぐしゃの顔を両の袖口で拭うと、フェリシアに向けてピョコンと一礼して部屋を飛び出した。

「あの……奥様に……お礼と、ご挨拶を……」

「奥様は貴女です、フェリシア様……ねえフェリシア、私のことは分かる？」

「マリアさん、と仰るのは……」

会話からそう察する事はできるが、それだけだ。

彼女と一体どういう関係なのかまでは分からない。ただ、彼女が呼びかける声も表情も、ただのメイドと伯爵家の娘というだけではないのだと訴えてくる。

それでもやはり、フェリシアの記憶に彼女は存在しないのだ。

マリアもまた大粒の涙を零す。その自覚すらないのかもしれない。ただただ、フェリシアの顔を見つめたまま泣き続ける。

まずい、を通り越している。

およそフェリシアでは到底考えつかないような事態に陥っているらしい。

ドクドクと心臓の音が耳に響く。背中はすでに汗で濡れているし、潤ったはずの喉もすっかり乾いてしまった。

「色々とご心配ではあるでしょうが、とにかく今は横になってください。すぐに父……家令《かれい》のハンスが参りますのでなんでも申しつけください。私はこれから急ぎ医者を呼んで参ります」

ただ涙を零し続けるマリアを置いて、カーティスが冷静に話しかけてくる。

「……一つ、お尋ねしてもいいですか……？」

「はい、なんでしょう奥様」

ひい、と堪らず声が漏れた。彼はフェリシアを見据えて呼んだのだ、奥様と。

「わたしが……奥さま、なんです、か？」

「そうです」

フェリシアが怯えきった状態で尋ねたのは誰の目からでも明らかだ。

当然彼も気付いているだろうに、なのに一刀両断である。うっかこの人容赦《ようしゃ》ない！　と頭の片隅でそう突っ込む自分がいるが、今はそこよりさらに突っ込むべき点がある。

「……どなた、の……？」

「――グレン・ハンフリーズ伯爵の奥様です、フェリシア様」
チ、チ、チ、と時を刻む音が室内に満ちる。
それが十を超えた辺りでフェリシアは叫んだ。

「社交界きっての美形って大騒ぎされてる伯爵様とわたしが結婚してるなんて嘘でしょー！　ありえませんって！」

フェリシア・リンスベルク伯爵令嬢、もとい、フェリシア・ハンフリーズ伯爵夫人。

それが今のフェリシアの社会的な立場であるが、寝ている間にその記憶は綺麗さっぱり消え失せていた。

一章　奥様は記憶を失くす

グレン・ハンフリーズ伯爵といえば、さして社交界に興味のなかったフェリシアですら、その名を知っているほどの有名人だ。

夜の闇を溶かしたような黒い髪、それとは真逆に雲一つない青空のように澄んだ瞳。

キリッとした眉に切れ長の瞳はともすれば威圧感を与えてしまいそうだが、目、鼻、口、とそれぞれの絶妙なバランスがその圧を打ち消している。

まるで絵画から出てきたかのよう、とは陳腐《ちんぷ》ではあるけれど、彼の美しさを端的に表すには一番だろう。

長身で、一見すると細身にも見える。しかし彼は、このカゼルタ国の第二王子であるフレドリックの専属護衛であるからして、黒を基調とした騎士服の下には鍛え上げられた身体が隠れている。

性格は真面目で、権力におもねる事なく、それが民衆にとって悪であるならば王族相手でも否を唱える。強者に強く、弱者には優しい。

となれば、当然その人気は絶大だ。彼の妻の座を狙う女性は星の数程いる。

だからだろうか、唯一彼が冷たいというか、若干の塩対応になるのが妙齢《みょうれい》の女性に対してだった。

しかしながら、これがまた恋する乙女達には好感度を上げる事にしかならない。

その冷たさがいい、と大騒ぎ。

こういった面も含めて、「氷の騎士」と呼ばれている。

「……そんな伯爵様と、わたしが……嘘でしょう？」

フェリシアはもう何度目になるか分からないが、それでもなお同じ言葉を繰り返してしまう。

淡い茶色の栗毛《くりげ》の髪は陽の光を浴びれば時折金色に見えなくもないが、結局のところ淡褐色《たんかっしょく》の瞳が地味さを主張する。

顔立ちは「可愛らしい」と褒めてもらえる事もあるが、そう言ってくれるのは総じて年上のご夫人達であるので、娘や孫を褒めるのと同義だろう。

他人を不快にさせるとまではいわないが、かといってその美しさで虜《とりこ》にできるわけでもない、至って普通の顔だ。背だって、低くもなければ高くもない。

あまりにも平凡、それがフェリシアだ。どうしたって信じられる話ではない。

「嘘じゃないわ」

現状を受け入れられず呆然とするフェリシアに、否定の言葉がかけられる。

声の主は緩やかに波打つ金色の髪を持つ令嬢だ。普段であれば猫を思わせるような若草色《わかくさいろ》をした瞳だが、今は微かに潤んで色を変えている。

ミッシェル・ベリング。

フェリシアと同じ伯爵家の令嬢であり、幼い頃から交流のあった友人だという。

彼女はフェリシアが裏庭で倒れたと聞いた日から連日見舞いに来てくれていて、眠り続けるフェリシアをとても心配していたそうだ。

今日も彼女は、執事《しつじ》のカーティスが医者を連れて来たのと同じ時刻に偶然屋敷を訪ねていた。

医者の診察が終わり、フェリシアの記憶が失われているという事が確定した。

ならば、昔からの付き合いであるミッシェルに会えばなにか思い出すのではないかと、そんな期待と共に彼女はフェリシアの前に姿を見せた。

「どちら様ですか?」

まさかそんな繋がりのある相手だとは思ってもいないフェリシアの言葉に、ミッシェルはその場で泣き出してしまった。

今はどうにか落ち着きを取り戻したが、目元が赤く潤んでいるのはその名残である。

「でも……でも何度教えてもらっても、やっぱりピンとこないわ! だって接点がなさすぎじゃない!?」

フェリシアの怪我は後頭部にたんこぶができていたのと、軽い擦り傷があった程度。それでも頭部の擦り傷は出血が目立つ。

包帯を巻いていたのは、あまりにも心配しすぎて倒れそうになっていたマリアとポリーを安心させるための意味合いが深い。包帯で処置をしているから安心していい、というものだ。

怪我は軽傷。三日経った今はもう傷も塞がっており、怪我の痕が残る事もないだろうというのが医師の診察結果である。

この点についてはフェリシア自身もほっと胸を撫で下ろした。

だが、問題は記憶の方である。

「全く思い出せない？」

「これっぽっちも思い出せない。そもそも伯爵様の顔すら浮かばないの」

フェリシアが失った記憶は直近の三年分。

それはフェリシアが顔も知らない伯爵様と結婚してからの年数と同じだ。

「覚えていることもあるのよね？」

「そうね、まず自分のことは覚えているし、両親のことも……」

覚えている。目覚めてすぐに自分の名前を名乗った時に父の名も告げた。

けれど、猛烈な違和感が今はフェリシアを襲う。

ツキン、と鋭い痛みがこめかみに走り顔を顰めれば、ミッシェルが椅子を鳴らして立ち上がった。

「大丈夫！　大丈夫よ心配しないで、ほんの一瞬だけだから！」

「お医者様は無理をしちゃだめって言っていたわ。休んで、フェリシア」

「でも二日も寝続けてたんでしょう？　すっかり目が冴えちゃったし、眠気なんて遥か遠くよ」

そうだ、とフェリシアの脳裏に一つの案が浮かぶ。

「とりあえず、覚えていること……人とか、そういうのを書き出してみたらいいんじゃないかしら！　そうしたら、なにを覚えていてなにを忘れているかはっきりするし、その途中で思い出すこともあるかもしれない！」

覚えていること、忘れていること、そのどちらかに規則性があれば、そこから新たな事実が分かるかもしれない。

そしてなによりも、フェリシア自身が何をどこまで覚えているのかを確認したかった。

フェリシアに無理はさせたくないとミッシェルは渋っていたが、最終的にその案に乗ることにした。思考の整理は確かにした方がいいだろうと彼女も思ったのだ。

「でも、少しでも具合が悪くなったらそこで一旦終わりだから！　絶対に無理をしちゃだめよ、フェリシア！」

「ありがとうミッシェル。無理、って思ったらすぐに手を挙げて知らせるわ」

彼女については微塵《みじん》も思い出せないけれど、一緒にいてくれることにとても安心する。

記憶は失っても、心は覚えているのだろう。

フェリシアはそれがとても嬉しいと思った。

◆◆◆

なにか書くものが欲しい。

そう言ってマリアに頼んで用意してもらったのは、四隅に小花が描かれた可愛らしい便箋《びんせん》だった。

なんでもフェリシア自身の持ち物であるらしい。

「わたし、こんな便箋《びんせん》を持っていたんですか？」

「フェリシア様はいつも、街に出かけると素敵な便箋《びんせん》と封筒《ふうとう》を買われてました！　他にもたくさんありますよ！」

お茶の準備をしながらポリーが元気に教えてくれる。ありがとうと礼を述べるも、フェリシアは不思議でならない。

「なにか？」

戸惑うフェリシアに、マリアが問いかける。

実は、マリアが便箋《びんせん》を持ってきたのはわざとだった。倒れるまでの彼女が使っていたもの。それを見れば少しは記憶が刺激されるのではないかと、そんな密かな思惑《おもわく》があったのだ。

しかし残念ながら、特にフェリシアが思い出すことはなかった。

「どちらかというと筆無精《ふでぶしょう》な気がしたので。そんなに手紙のやり取りをする相手がいたんですか？」

私じゃないわね、とミッシェルは首を横に振る。

マリアとポリーもさすがに相手までは知らないようだ。

「グレン様に出していたんじゃないの？　去年はほぼ隣国に行ってらしたから、その時に」

「そうなの？」

「結婚してすぐの時も、グレン様はお忙しくてあまり帰ってこなかったって言っていたし」

どうぞ、とフェリシアとミッシェルに茶が出される。もう起きても大丈夫だというのに、安静にしてくださいと言われたためフェリシアはベッドの中だ。

クッションを重ねて背もたれにし、上半身だけはなんとか起きている。

「デュガ・セロは分かる？　お隣の国なんだけどそこにフレドリック様……この国の第二王子が視

察に行かれて、グレン様もその護衛として一緒だったの」

第二王子の視察は長期にわたるものであったので、当然その計画は前々から立てられていたものだ。結婚二年目だから、などという理由で護衛の騎士がその任務を放棄できるものではない。

「でもその前の年にわたしと伯爵様は結婚したのよね？　その時にはすでに視察の話は出ていたんじゃないの？」

隣国への長期視察という仕事が待ち構えているのが分かっている状態で、一体どうして自分達は結婚をしたのだろうか。

そんなに急がなくても、婚約期間を設けるなどしてもよかったのではないだろうか。

「視察へ行くために？　どうしても結婚しておく必要があったとか？」

例えば、妻帯者《さいたいしゃ》でなければ同行できないだとか、そんな理由でもあったのだろうか。

けれどもしっくりこない。

そうだったとしても、何故フェリシアが妻に選ばれたのか。

「グレン様の一目惚れだってお聞きしました！」

とんだ暴投《ぼうとう》である。

投げつけたのはニコニコと満面の笑みを浮かべたポリーだ。

その笑顔はとても可愛らしいが、暴投《ぼうとう》も暴投《ぼうとう》である。フェリシアは受け損なって危うく飲んでいたお茶を噴き出しかけた。

「ひ……一目惚れ!?」

「はい！　参加された夜会で一目惚れをして、その場で結婚を申し込みされたって!!」

うっそでしょ、と叫びそうになるのをフェリシアは根性で耐える。

そんなことを口にすれば、この可愛らしい少女を嘘つき呼ばわりにしてしまう。それは避けたい、が、それでも到底信じられない。

そうなの？　と無言でミッシェルに問う。

すると彼女は仰々しく頷いた。

「王妃様の誕生祝いの夜会でね……突然跪《ひざまず》いて……うん……すごかったわ……」

フェリシアはもちろん、その場に共にいたミッシェルだって驚愕した。

噂では知っていても、直接どころか遠目でだって見かけた事があるかどうか。

そんな雲の上の存在と思っていた相手が、突然友人に声をかけてきたというだけでも悲鳴が出そうなのに、まさかの求婚である。

「私とフェリシアはバルコニーにいたんだけど、そうしたらグレン様がいらしたの。どなたかと会われるのかと思って、急いで場所を移そうとしたらあなたの前に立って」

――リンスベルク嬢……いや、フェリシア。どうか私と結婚してください。

「そう言って跪《ひざまず》いて……手の甲に口付けまでなさって……もうね、大変だった」

これまで一切浮いた話のなかった伯爵からの求婚。

相手は八つ年下で、そして没落寸前とまでいわれていた貧乏伯爵家の令嬢だ。

「え⁉　待ってうちの家って没落しかけてたの⁉」

しまったとミッシェルが顔を顰めるが、フェリシアはその表情には気が付かなかった。没落寸前という言葉の方に意識が引っ張られてしまっている。

「没落寸前の貧乏伯爵家で、あげくに本人はこれなんでしょう？　なのに社交界で一番人気っていう伯爵様が一目惚れって……ないわぁ……ありえないでしょ……」

「これって、自分のことでしょう、フェリシア」

「自分のことだからよ！　こんな平々凡々の、どこにでもいる小娘相手に一目惚れだなんて……嘘じゃないなら、なにか裏があるんじゃない？」

「平々凡々……では、ないと思うわフェリシア」

そんなことないわ、とフェリシアは口を開きかけたが、ミッシェルの後ろでマリアも深く頷いている。自分を幼い頃から知っている二人の意見が同じという事だ。

チラリと視線を動かせば可愛いメイドもこちらをじっと見つめている。

「平凡よね、わたし？」

「フェリシア様はとてもかわいらしいと思います‼」

無邪気な褒め言葉が嬉しいけれども微妙に刺さる。まるっと善意で言ってくれているのは間違いないので、フェリシアは「ありがとう」と笑みを浮かべた。

だが、ポリーは直後にこれまた豪速球を投げ付ける。

「でも、わたしが知っているフェリシア様と今のフェリシア様は、なんだか違う方みたいです」

「……え」

「どちらのフェリシア様も大好きですよ！　お優しいのは変わりませんし！　ただ、わたしが知ってる……お屋敷に来られてから昨日までのフェリシア様とは……」

「違うの⁉」

ミッシェルとマリアの二人を交互に見れば、ややあってこれまた同時に肯定される。

「ちょっと聞くのも怖いんだけど、記憶を失う前のわたしってどんな感じだったの？」

ただ忘れているだけでも恥ずかしいのに、完全に覚えていない自分の話だ。聞こうとする時点で動悸《どうき》が速くなる。

だが、問いかけた二人は互いに視線を交わすだけで口を開こうとはしない。

「そんなに⁉　そんなにあれなの⁉」

「だからあれって言わないの！　そうじゃなくて、なんていうか」

「今のフェリシア様みたいに元気ではな……」

ポリーの言葉が止まる。マリアがポケットから取り出した飴玉《あめだま》を彼女の口に放り込んだからだ。

強制的に黙らせた。そうまでしなければならない程、記憶を失う前の自分はひどかったのだろうかと、フェリシアの背中を一気に汗が流れ落ちる。

「物静かな方だったんです」

「つまり、暗い性格をしていたということですね？」

「マリアさんがせっかく気を遣ってくれたのに、どうして自分で傷を抉るのフェリシア」

暗かったですよ、と笑顔で暴投《ぼうとう》しそうだったからこそポリーを飴玉《あめだま》で黙らせてくれたのに、マリアの苦労が水の泡だ。

そうしてしまったのはフェリシアなので、これについては自業自得である。

「待って。ねえ待って、これってかなりまずいんじゃないかしら!?」

「なにが?」

「伯爵様が結婚を申し込んでくれたのって、その暗……大人しい時のわたしでしょう? なのに今のわたしはこんなじゃない! 離婚って言われる可能性も……」

「ないわ」

「ありません」

「グレン様はそんなこと仰いません!!」

ミッシェル、マリア、ポリーと三段階で否定が飛んでくる。

三人の伯爵への信頼度が高い。それくらい人格的に優れている人なのだと察する事ができる。

それに安心するが、そうなると余計にそんな優れた相手と結婚している自分が信じられない。

「あ、なるほど分かった!」

ポン、と脳裏に閃く一つの答え。

途端、ミッシェルとマリアが微妙な表情を浮かべる。

口にこそ出さないが「絶対に違うと思う」とフェリシアを見つめる視線が物語る。一瞬迷うが、謎の負けん気でフェリシアは己の考えを披露する。

「契約結婚でしょ、これって!!」

「小説の読み過ぎよ、フェリシア」

「違います、フェリシア様」

呆れきった顔での突っ込みは容赦《ようしゃ》なく心に刺さる。うえええぇ、と泣きそうになるフェリシアを見つめつつ、一人意味の分からないポリーは首を傾げていた。

◆◆◆

自信満々の答えは大間違いだと否定され、ちょっぴりしょんぼりとしてしまったフェリシアであるが、ポリーが淹れてくれたお茶はとても美味しかった。

一緒に出されたお菓子も、フェリシアが好きな幾重にも生地の重なったパイ。サクサクとした食感と果物たっぷりのクリームを食べ終えた頃には、すっかり気分は持ち直していた。

「なんだか目的が逸れちゃった。よし、話を戻しましょう」

ポリーとマリアが片付ける横で、フェリシアとミッシェルは当初の目的である「誰を覚えていて、誰を忘れているのか」の確認を始める。

まずミッシェルが人名を挙げ、その人物について覚えているかどうかをフェリシアが答える。

それを真ん中に線を引いて分けた便箋《びんせん》に書き、振り分け作業を続ける事しばし。

「できた！」

「元気に言うようなものではないと思うけど」

「これって結局どうなのかしら？　ミッシェル分かる？」

すっかり打ち解けてしまったフェリシアとミッシェルは、肩を寄せ合って書き写した便箋《びんせん》を見る。

「そうね……覚えていないのは、やっぱりこの三年間で知り合った方がほとんどだとは思うんだけど……でも……」

右側が覚えている、左側が覚えていない、と振り分けた人名。

この三年の間で知り合った人名は全て左側にある。

しかし、何故かその一覧の中に三年以上前から知っているはずの人名まであるのだ。

「ミッシェルとは子供の頃からの友人でしょう？　マリアさんとは……いつから？」

「私はフェリシア様がまだお小さい時にご実家でお世話になっていたんです」

フェリシアが生まれた直後に雇われ、十四歳になるまでメイドとして働いていた。その後、一旦故郷に帰っていたが、フェリシアがグレンの元へ嫁ぐ事になり再度メイドとして戻ってきたそうだ。

「一度退職したのに、わたしの結婚のせいでわざわざ呼び戻して来てもらったの!?」

なのに、そんな相手を完全に忘れてしまっている。

「とんだ恩知らずじゃないわたし!!」

「不慮《ふりょ》の事故ですから」

「でもよかったの？　って今さらだけど、無理矢理来てもらったりしていない？　ご家族とか、大切な方がいたんじゃないの？」

「家族は元気に暮らしています。特に親密な関係のある相手もいません。むしろ、私を覚えていて、もう一度お傍に呼んでいただけて嬉しかったんです。無理矢理なんて、そんなことは決してありえませんよ」

「だったら嬉しいわ……マリアさんが来てくれて、絶対に嬉しかったと思う。今でもそうだもの、こうして近くにいてくれるととても安心する」

ミッシェルにしてもマリアにしても、二人との記憶は今のフェリシアにはない。

けれど、こうして近くにいてくれるだけでとても安心するのだ。それだけ付き合いも長く、心を許す存在だったのだろう。

しかしそうなると謎は深まる。

どうしてそんなにも大切であったろう存在を忘れてしまっているのか。

「単に結婚してからの記憶がないんだとばかり思ってたけど……違うのかなあ？」

「それは確かかね。私とマリアさん以外にも、結婚する前から仲の良かった友達や知り合いの名前もあるもの。それに……」

フェリシアの生家と同じ姓を持つ男女二人の名。それが記されているのは左側だ。フェリシアにとっては叔父夫婦であり、かなり深く交流もしていたらしい。

「どうしよう……欠片も思い出せないわ」

身内のことまで忘れているなんて。

一体どういう基準で振り分けられているのか、自分の事であるのにどれだけ考えても分からない。

「ご両親のことは、なにか思い出した？」

「うーん……名前だけかなあ……顔はぼんやり？　くらい」

あげく、両親についての記憶もこの程度だ。思い出そうとすると、どうにももやもやとした気持ちになってしまう。

忘れてしまったから、というだけではないような、そんな気がして落ち着かない。

「そういえば、わたしがこんな状態だってこと、父と母は知っているの？」

娘が嫁ぎ先で倒れたあげく、丸二日目を覚まさずにいたのだから連絡くらいはいっているだろう。

フェリシアが寝ている間に来たのか、それともこれからなのか。

「お伝えはしています。明日グレン様がご帰宅されるので、ご実家の方もそれ以降にお見舞いにいらっしゃるかと」

ん？　とフェリシアは首を傾げる。マリアの説明がなんだか妙だ。

「両親」ではなく「実家」という言い方をどうしてするのか。

グレンが不在であるから見舞いを見合わせているのもどうなのだろう。せめて様子を尋ねる手紙の一つもあっていいのではないか。しかしそれすらもフェリシアの元には届いていない。

ゾワリとした不快感が急激に腹の底から湧き上がる。この瞬間、初めてフェリシアは記憶を思い出したくないと思った。

「フェリシア、大丈夫？　なんだか顔色が悪いわ」

「平気平気。それより一つマリアさんに聞きたいんですけど……わたしって裏庭で倒れていて、その原因はまだわかっていないんですよね？」

「はい。二日前の昼過ぎ、お茶の時間になってもどこにもいらっしゃらなくてお捜ししていたんです……そうしたら、裏庭に生えている木の下で倒れているのをエルネス……庭師が気付いて、それからすぐにお医者様をお呼びして」

「今こうなっているのよね……」

「なにか思い出したの？」

「これまたさっぱり」

ミッシェルの問いにフェリシアは首を横に振る。

「すでに屋敷と周辺の調査を行っています。警備の数も増やしていますから、どうか安心してくださいね」

「カーティスさん？　もそう言ってましたもんね、うん、そこは心配してないです。ありがとう」

伯爵家の夫人がその敷地内で倒れていた。何者かによる犯行を疑うのは当然だとフェリシアも思うが、どうにも誰かに襲われたとは考えづらい。

なにしろここ百年近く、周辺諸国含めて平和な時代が続いている。

ハンフリーズ伯爵家も誰かに恨みを買うような家ではないはずだ。

かろうじて覚えているフェリシアの記憶でしかないが、かの伯爵様はそういう立派な、誰からも尊敬と信頼の念を向けられる存在であった。

もしかすると、そういった人気を疎ましく思う人間からの逆恨み的なものはあったかもしれないが、伯爵家ともなれば不審者の侵入を防ぐ程度の警備は敷いていることだろう。

なので、フェリシアが誰かに襲われて、その結果記憶を失ったとはどうしても考えられないのだ。

「自分で言うのもなんだけど、それこそ木から落ちたとか石に躓いたとか、そんなくだらない原因だと思うの」

「そうね……とっても残念だけど私もその可能性が高いと思う」

ミッシェルは否定するどころか深く頷いている。

「フェリシア様、木登りできるんですか？」

「……小さい頃はよく登ってましたね……そういえば」

その会話を拾ってポリーが質問すれば、懐かしむような、それでいて当時の心労を思い出しているのか、どこか遠い目をしてマリアが答える。

言い出したのは自分だが、誰からも否定されないのはなんだかちょっと複雑な心境になってしまう。はあ、と思わず溜め息を零せばまたしてもミッシェルとマリアが顔色を変える。

「やっぱり顔色が悪いわ。私が来た時はもっと元気そうだったもの」

「平気だってば、心配しないで今のは」

「心配するに決まっているでしょう！　ずっと眠り続けて、やっと目覚めたと思ったら記憶がないって言い出したのよ！」

「横になってください」

マリアは慌ててフェリシアをベッドへ寝かせる。本当に大丈夫なのに、と口を開こうとするが急激に疲労がフェリシアを襲った。

自分で思っているよりも疲れているのかもしれない。

「目覚めてすぐなのにたくさんお喋りしたからかしら……ごめんなさい」

「ううん、色々聞けてよかった。ありがとう、ミッシェル」

「またお見舞いに来るわね。なにか持ってきて欲しいものとか、ある？」

「遊びに来てくれるだけで充分よ。ああでも……よかったら、明日も来てもらえたら嬉しいんだけど」

ミッシェルは一瞬驚いたように目を丸くするが、すぐにフェリシアの意図を把握してニコリと笑う。

「伯爵様とお会いするのが恥ずかしいんでしょ」

「だってええええええ……」

「お噂はかねがね、の美貌《びぼう》の騎士様だものねー！　期待していいわよ、想像している以上に本物はもっとすごいから」

「追いうちをかけるのはやめてくれる!?　今でさえ緊張して大変なのに！」

「はいはい分かりました。すっかり子供の頃のあなたに逆戻りだものね、そのままお会いしたら伯爵様も驚くと思うし。あなたの迂闊《うかつ》な発言は、しっかり補ってあげる」

「迂闊《うかつ》……かしら？」

「迂闊《うかつ》よ」

「そうですね」

「わたしもお手伝いします！」

幼馴染みとメイド二人のあたたかい言葉。それだけならば大事にされていると思えるはずなのに、何故か盛大に突っ込みをいれられている気分になる。

「子供の頃みたい……？」

あげく子供扱いだ。それは不服だと主張するが、これまた容赦《ようしゃ》なく返される。

「子供の頃のあなたが、そのまま大きくなったのが今のあなたみたい」

うんうんとマリアも頷いている。しかし、そうなると新たな疑問が浮かぶ。

「……どうしてわたしは、子供の頃と違う性格になってしまったのかしら？」

「その辺りはまた明日お話しましょう。どんどん顔色が悪くなっています。お休みください」

マリアの手がフェリシアの両目を優しく塞ぐ。少し冷たく感じるが、その冷たさがとても心地よい。そう思うということは、微熱でも出ているのかもしれない。

「こんな状態でごめんなさい。本当に今日はありがとうミッシェル」

「さっきも言ったけど無理はしないで。明日また会いに来るから、それまでゆっくり休んでね」

別れの挨拶を聞いた所までは覚えているが、その後はまるで気絶でもしたかのようにフェリシアの意識は途絶えた。

二章　奥様は旦那様の心を抉る

次にフェリシアが目覚めた時はすでに翌日だった。

ミッシェルをベッドの中から見送って眠ってしまったあと、そのままずっと寝ていたようだ。

夕食を食べ損ねてしまい、寝起きから空腹に苛まれる。

だが、それ以上にやるべきことがあった。

今日は、まだ見ぬどころかすっかり忘れてしまった夫、グレンが帰宅する日である。

国事に携わる彼だ、昼に戻るのかそれとも夜になるのか今のフェリシアには分からない。万が一、でそれが朝になる可能性だってある。となると、いつまでも寝起きのままではいられない。

約二日、いや昨日も途中で寝てしまったので丸三日も身体を清めていないのだ、なんとしても湯浴みをして綺麗な状態で夫を出迎えたい。

これっぽっちも自覚は持てないが、なんにせよこんな薄汚れた状態で会うのは妻だとかそんな理由以前の問題だ。

フェリシアはベッドの横に置かれた呼び鈴を鳴らす。

するとすぐにポリーが来てくれた。

「おはようございます、フェリシア様。ご気分はどうですか？　すぐに朝食をお持ちしますね！」

「おはようポリー。お腹が空いてるから是非、って言いたい所なんだけど、それより前に一つお願いがあるの」

「なんでしょう？」

「朝早くからで申し訳ないんだけど、お湯の用意をしてもらえないかしら？」

ポリーはすぐにピンときたようだ。急いで準備しますね、と跳ねるように部屋を後にする。

なんだか張り切って夫を迎えるために頼んだ、と勘違いされたような気がする。猛烈な気恥ずかしさに襲われつつ、フェリシアは大人しく待つしかなかった。

そうやって羞恥《しゅうち》に耐える事しばし、準備ができたとポリーが戻ってくる。浴室に案内してもらうとそこにはマリアが控えており、二人がかかりでピカピカに磨き上げられた。

その後遅めの朝食を摂り、空腹もこれで解消された。

あとは部屋でグレンの帰宅を待つだけだが、寝起きで風呂を済ませたからか若干のふらつきを覚えてしまう。三日も寝ていたのだから、体力の低下が著しいのかもしれない。

ちょうどヘンドリック医師が往診に来てくれたのもあり、フェリシアは再び寝間着に着替えてベッドの中へと逆戻りになってしまった。

「怪我はもうほぼ大丈夫のようですね。ですが、無理は禁物です。焦らずゆっくり回復に努めましょう」

フェリシアとしてはもう大丈夫だと思うのだが、医師の言葉は絶対だ。

倒れていた原因も今の所まだ不明なので、フェリシアが気付いていないだけでなにかしらの不調があるかもしれない。それによりまた倒れてしまっては大事になってしまう。

今回は運よく平たい地面の上であったが、これが階段付近で倒れていたとしたら。そのまま下まで転がり落ちでもしていたら、頭のこぶと擦り傷程度では済まなかっただろう。

ベッドにいたくないのは単に飽きたからだ。

そんな理由で医者の言葉を無視するなど言語道断なので、フェリシアは退屈しのぎに本を読んで時間を潰す。昼を過ぎればきっとミッシェルも来てくれる。それまでの辛抱だ。

自室の本棚にあったという恋愛小説の本。

あまりこういった内容の本を好んで読んでいた記憶はないが、いつの間にか趣味が変わったらしい。結婚したくらいなので、恋愛話に興味を持ったのは分かるが、今のフェリシアにはあまりその楽しさが分からない。文字を目で追うばかりで文章が頭に入ってこない。

パラパラと頁《ページ》を捲っては戻る、を繰り返しているとふと外が騒がしいのに気が付いた。

ミッシェルが来てくれたのかもしれない。

でも、それにしては人の声が多いような気がする。すでに昨日来ているのだから、そんなに騒ぐ事もないはずだ。なんだろう、とフェリシアは読んでいた本をサイドテーブルへと置き、ポリーが用意してくれていた肩掛けを羽織る。

その直後、扉がノックされた。

「はい、どうぞ」

フェリシアはミッシェルが入ってくるのだとばかり思っていた。

だが、扉を開けて入ってきたのは驚く程に美しい男性だった。

黒地を基調とした騎士服に身を包んだ長身の美形。

仮にフェリシアが記憶を失っていなかったとしても、絶対に知人ではないと断言できる。

それ程までに、縁遠い容姿の相手の出現にフェリシアはしばし固まってしまうが、そんな相手の口から「フェリシア」と確かに自分の名が呼ばれ、我に返る。

信じられないがどうやら知り合いであったらしい。なのでフェリシアも慌てて口を開いた。

「どちら様ですか⁉」

つい大きな声になってしまった。声の大きさに驚いたのか、はたまたフェリシアの発した言葉に傷付いたのか、騎士は目に見えて狼狽《うろた》えた。

彼の背後にはカーティスとマリア、そして金髪のこれまた見知らぬ青年が一人。

遠目からでも分かる仕立てのよい服に品のある風貌《ふうぼう》。本当にこんな格上の人達と交流があったのだろうかと、フェリシアの思考はグルグルと空回りする。

沈黙と、そして落胆の空気が室内に満ちるのがとても辛い。

ああしまった、とフェリシアは慌てて言葉を続けるが、それはさらなる事態の悪化を招いた。

「すみません、わざわざ来てくださったということは、わたしの知り合いなんですよね？　ええと、すでにご存知だと思うんですけど、今ちょっと、色々と忘れてしまっておりまして」

できるだけ明るい声でそう告げる。少しでも場を和ませようと、えへへと笑ってさえ見せるが空気は重さを増すばかりだ。

黒髪の騎士からは完全に表情が消えている。周囲の人間は気の毒そうな視線を彼に向けており、その様子からフェリシアはここでようやく気が付いた。

「もしかして、伯爵様ですか!?」

そういえばミッシェルが言っていたではないか、想像している以上に本物は物凄いと。

確かにフェリシアの貧相な想像力では思い浮かびもしなかった美貌《びぼう》だ。というか、こんなにも美しい相手と人生で関わり合いを持つなど思いも寄らない。

一体どうして、本当にどうして、とフェリシアの混乱は増すばかりだ。

そんなフェリシアの元へ美形の騎士こと――夫であるグレン・ハンフリーズ伯爵が近付いてくる。ベッドの横に立ち、もう一度フェリシアの名を呼ぶ。

「君が大変な目に遭っている時に傍にいなくてすまない。私は貴女の夫であるグレンだ。これからはもう片時も離れない。常に貴女と共にいる」

フェリシアの手を持ち上げると、祈るように額を重ねる。

その姿はまるで絵画のようで、フェリシアは思わずポカンと口を開けて見つめてしまう。

我が身に起きるにしては、とてもじゃないが信じられない状況だ。信じるもなにも、今まさに目の前で起きている光景であるからしてフェリシアの混乱具合は限界を突破している。

それ故に、とんでもない暴言が飛び出してしまったのだ。

「社交界きっての美形って大騒ぎされてる伯爵様が夫だなんて、やっぱり嘘でしょー!? ありえませんって! まだ契約結婚ですって言われた方がしっくりくるわ!!」

重苦しかった部屋の空気は、この発言により完全に凍り付いてしまった。

◆◆◆

やらかしてしまった。それも盛大に。

誰一人として言葉も出なければ、指先一つ動かせやしない。

フェリシアの背中は冷や汗でびっしょりだ。今程記憶を失いたいと思った事はない。

「ひとまず、元気そうでよかったじゃないか」

永遠にも感じられた沈黙を破ったのは金髪の青年だった。

固まったままのグレンの肩を叩き、フェリシアには柔らかい笑みを向ける。紫がかった瞳が印象的で、それがフェリシアの記憶を微かに刺激した。

友人知人、そういった繋がりではなく、もっとこう、あえて言うなら国民なら誰しもが知っているというくらいの知識。

「記憶を失っていると事前に聞いてはいたが、それ以外は元気そうでなによりだ。ああでも、起きているのが辛くなった時は遠慮なく言ってくれ」

「はい……ありがとうございます。それと、わたしこそ驚かせてしまってすみません」

「記憶を失ったのは君の非ではないんだ、詫びる必要はない」

「それもなんですけど、ええと……先ほどの発言や……それに性格が、違うんですよね？　前のわたしは暗……大人しかったと聞きました。なのに今はこんな感じで……すみません」

「言われてみれば確かにそうだが……でも元気があるのが悪いなんてことないからな。むしろ君の新たな一面を知ることができていいじゃないか」

なあグレン、と朗らかに笑う青年のおかげで室内の空気が軽くなる。一種のカリスマ性とでもいうのだろうか。すぐに場を掌中《しょうちゅう》に収める事のできる存在。

フェリシアは彼が誰なのかと懸命に考える。もう少しで思い出せそうなのに、最後の一押しが足りない。

「グレン、お前もいつまでそうしているんだ。せめて椅子に座れ」

どうやらグレンとは親しい間柄らしい。

言われるままにグレンは彼が引き寄せた椅子に腰を下ろす。そんな彼自身も、いつの間にかカーティスが用意した椅子に腰かけて、フェリシアとグレンを交互に見つめる。

「今の貴女とははじめまして、になるな。私の名前はフレドリックだ、よろしく頼む」

「こちらこそはじめまし……て……」

金髪に紫の瞳、そしてフレドリックというその名前。

ぶわっ、とフェリシアの全身から汗が吹き出す。グレンが第二王子の護衛の騎士だということは、記憶を失ってなお覚えていた数少ない情報だったではないか。それなのに。

「フレドリック……殿下……？」

「ああ、すまない、驚かせたかったわけじゃないんだ。フェリシア、君とはグレンを介して友人だったんだ、気にしなくていい。大丈夫」

　フレドリックはそうフェリシアに声をかけつつ、グレンの脇を軽く突いた。いつまで呆けているんだと、そんな突っ込みを受けてグレンもようやく口を開く。

「紹介が遅くなって申し訳ない。こちらは第二王子のフレドリック様だ。殿下が仰ったように貴女と殿下は友人でもある……エッセルブルクは分かるだろうか？　東の辺境なんだが、殿下の視察に私も同行していたんだ」

「エッセルブルクってかなり遠い土地ですよね？　往復でもかなりの日数がかかる……って、え、大丈夫なんですか⁉　お二人とも、今日戻って来られたばかりなんですよね？　こんな所にいないで早く王宮に帰らなきゃいけないのでは⁉」

　またしても沈黙が流れる。

　そしてこれまたフェリシアはやらかしてしまった。

「フェリシア」

「はい……」

「本来の帰還の予定は四日後だから大丈夫だ。そして何より、倒れた妻よりも優先すべきことは他にない」

「……はい」

　こんなにも気まずい思いをしたことがあっただろうか。

　誰か助けて、とフェリシアは心の中で神に祈る。そんなフェリシアを憐れんだ神がいたのか、それとも真に憐れなグレンに対する慈悲《じひ》なのか、すぐに救いの主が姿を見せた。

「お茶の用意ができました!!」

元気に入ってきたのはポリーだ。大好きな主人と、そんな主人の仕える第二王子の来訪にポリーは張り切っている。おかげで気まずい空気は吹き飛び、フェリシアは安堵の息をつく。

そうやってしばし休憩を挟むと気持ちも落ち着いてくる。

グレンの表情も少しばかり和らいだようだ。

グレン達は辺境の視察を予定通り終え、一日空けて王都へ戻る予定であった。

そこへ速達で手紙が届いた。中身は当然、フェリシアについてだった。

「それで、予定を切り上げてすぐに戻ってきたんだが……それでも随分と遅くなってしまった」

「わたしが倒れてから今日で四日目ですよ？　エッセルブルクからだと五日か六日はかかる距離ですよね？　充分早い、っていうか早すぎですよ！　かなり無茶してませんか!?」

「無茶はする」

「早馬に乗って夜通し駆け抜けてきたからな」

即答するグレンにフレドリックが便乗する。フェリシアは「ひえっ」と堪らず悲鳴を上げた。

「無茶しすぎです！」

グレンもだが、その無茶に付き合ったフレドリックもどうかと思う。

仮にも王族、第二王子だ。無茶な移動で落馬でもしたらどうするのか。

つい咎めるような視線をグレンに向けてしまうが、真っ向から迎え撃たれフェリシアは即座に顔を背けた。　美形と真正面から見つめ合うなど、心臓がどうにかなってしまう。

そんなやり取りをしつつ、グレンはフェリシアの現状を一つずつ確認していく。

いつから覚えていないのか。誰を忘れているのか。

問われる中身はフェリシアにとって昨日のミッシェルとの会話と同じだ。なので淀《よど》みなくスラスラと答える。

「ここ三年間の記憶がまるっと全部なくなってるみたいです。なので、その間に知り合った方は全く覚えていません。起きたら知らない場所ですし、いつの間にか結婚してるし、その相手が伯爵様だって言われた時は本当に驚きました！　昨日も嘘でしょって叫んじゃいましたよ」

「……そうか」

三度目の気まずい空気が室内に満ちる。

せっかくポリーのおかげで持ち直したというのに、フェリシアが自ら破壊していくのだから誰を責める事もできない。

「そうだグレン、お前から話をしてみたらいい。どういう出会いを経て結婚に至ったのか、新婚生活がどんなものだったのかも、話すといいと思うぞ。フェリシアだって聞きたいだろう？」

「そ、そうですね、伯爵様とどんな風に過ごしていたのか聞いてみたいです」

若干声が虚ろなのは許してほしい。

いまだにグレンと結婚しているというのが信じられないのだ。

記憶にない時の自分はどうなのか知らないが、少なくとも今のフェリシアはあまり他人様《ひとさま》のそういった話を知りたいとも思わない。

だが、ここで「特に興味はないですね」だなんて口が裂けても言えない。

そんなフェリシアの思惑《おもわく》など筒抜けのようであるが、グレンはポツポツと語ってくれる。

出会いはミッシェルから聞いた通り「夜会での一目惚れ」であり、高位の貴族にしては異例の早さで結婚したとのこと。

その後の結婚生活は特に問題はなく、一年目は穏やかに過ごしていたそうだ。

「二年目の時にフレドリック様のデュガ・セロへの長期視察に同行することになった。これは結婚前からすでに決まっていた話だったから、変更はきかなかったんだ」

「大丈夫です、その辺りの話は聞いています。そもそも外交の話ですから、その時のわたしも全く気にしていなかったと思います！」

フェリシアとしては少しでもグレンの気持ちを軽くできればという、純然たる善意で口にしているだけなのだが、どうにも裏目に出ているようだ。グレンの顔が強張っている。

いやでもこれで「結婚してすぐに離れて過ごすなんてひどい！」などと訴えるのは筋が違うだろう。そんな人間は正直面倒くさいとフェリシアは思う。

それに、彼は彼にしか出来ない仕事を任されているのだから、快く送り出すのが正しい妻の姿のはずだ。

グレンの顔と、そんな彼を気の毒そうに見るフレドリックの反応から見るに、当時の自分も似たような事を口にしているようだ。寂しがって欲しかったらしいグレンには申し訳ないが、これに関しては面倒くさい妻になっていなくてよかったとフェリシアは安心する。

今とはまったく違う性格だったらしいが、根本的な考え方は同じのようだ。

「あ、でもそんな状態でどうして結婚したんでしょうか？　前々から長期視察に同行することが決まっていたのなら、その後でもよかったんじゃないです？」

そもそも式の準備にだって時間はかかるものだ。グレン程の立場となれば尚更。

「既婚者じゃなきゃダメだったとか？」

ミッシェルとの会話でも飛び出た言葉であるが、これはあくまで軽口の一つで本気でそう思ったわけではない。

しかし、まさかの肯定が返ってくる。

「その通りだ」

「え……えええええ……」

これにはさすがのフェリシアも嘘だと気付く。なにしろグレン達の背後にいるポリーが両目と口を丸くしているからだ。

グレン様が嘘を言ってる！　と素直な少女の驚きにより、嘘であることは理解した。

けれど、何故にグレンが結婚を急いだ理由を隠そうとしているのかは分からない。

「視察は約半年の予定だったんだが、色々と延びて結局一年近くをあちらで過ごしてしまい……その間、君を一人にして寂しい思いをさせてしまった」

「わ、一年もいらっしゃらなかったんでか。それはさすがに寂しいと思ったんじゃないんですかね？」

今のわたしは、そういうのは割と平気なので大丈夫ですけど！

……という最後の言葉は口から出る前に呑み込んだ。努力の甲斐あって、ギリギリで保たれている空気を壊さずに済んだ。

「じゃあやっぱり、たくさん買っていたっていう便箋《びんせん》は、伯爵様へ手紙を書くためのものだったんですね。昨日、ミッシェルと話をしていたんですけど、これで腑《ふ》に落ちました」

フェリシアはこれ以上墓穴を掘る前に話題を変える事にした。

聞いたばかりの便箋《びんせん》の話は、まあまあ可愛らしい新婚夫婦のネタなのではなかろうか。

しかしこれがまさに墓穴となる。

「ミッシェル・ベリング嬢の事か？」

「はい。昨日起きた時にちょうどお見舞いに来てくれてたんです。それで色々話を聞いて」

「彼女の事は覚えていたのか!?」

グレンは前のめりでフェリシアに問う。

椅子がガタンと音を立てるが、彼はその事にすら気が付いていないようだ。

その勢いにフェリシアは軽く仰け反ってしまう。

そんなに反応する話だろうかと思ったが、幼馴染みを覚えているのに夫を覚えていないとなるとこうもなるだろうと思い直す。

「いえ、ミッシェルのことも忘れていました。子供の頃からの親友だったんですよね？　覚えてないって分かった途端、彼女が泣き出しちゃって。そうしたらわたしも泣きそうになったんです……頭で覚えてなくても、心が覚えてるのかなあと思いました」

「……そうか。君の一番の親友だものな、彼女が悲しむ気持ちはよく分かる」

チラチラとフレドリックが視線を飛ばしてくる。

なんだろうかとフェリシアが首を傾げれば、グレンに気付かれないように唇が動く。

「……伯爵様のことを覚えていなかったのも衝撃でした！　結婚しているとは夢にも思ってなかったですし、夫のことまで忘れてしまっているなんて」

あぶない、とフェリシアは心の中でフレドリックに感謝する。口パクで指摘されなければ、グレンを覚えていない事など気にもしていないという態度を示したままだった。

実際気にしていないのだから仕方がないが、本人を目の前にしている現状ではとても不味かろう。

「どうだろう？　少しはグレンの事だけでも思い出したかい？」

「なんと言いますか……その……まあ……」

友人から聞き、改めて本人からも話を聞いた。

それでもやはり、フェリシアの中では他人事に感じてしまう。

「でも、ですよ、結婚してからの記憶を全部なくしているわりには、伯爵様の存在は覚えていましたし……自分の夫だと思えないだけで……まだちょっとはよかったんじゃないですか？　完璧に忘れているわけじゃないですから」

フェリシアは必死に挽回を試みるがあえなく失敗。

グレンの顔からどんどん感情が抜け落ちていく。

下手な事を言うものではないと、フェリシアは痛感する。そしてふと思い出す。

昨日ミッシェルとマリアにしみじみと言われた事——今の自分は迂闊《うかつ》であると。

確かに今のは迂闊《うかつ》だった、次からは気をつける!!

そんな反省を胸に、フェリシアは新たな話題でこの窮状を乗り切ろうと試みる。

「昨日、ミッシェルが来てくれたって言ったじゃないですか。それで、一番付き合いが長い彼女と二人で、とりあえずわたしが覚えている人とそうでない人の名前を書き出してみたんです」

ベッドサイドの小さな棚。その引き出しからフェリシアは二つ折りにした便箋《びんせん》を取り出した。

ミッシェルと二人で書き出した人名リスト。それをグレンに見せる。

「右が覚えている人で、左が覚えていない人なんですけど……」

「私も見てもいいかい？」

フレドリックの言葉にフェリシアは頷く。

グレンは食い入るように中身を見ており、フレドリックは横から顔を覗き込ませた。

「この三年で増えた人間関係が左に来るのは分かるんですけど、何人かはそうじゃない人がいるんですよね」

「マリアの名前まで左にあるが……君が子供の時から仕えてくれていたのに？」

「それを聞いて本当に申し訳なくって」

「あと……君の、ご家族の名前も」

「両親の名前ははっきり覚えているんですけど、顔が思い出せないんですよねえ……叔父夫婦に至っては、ミッシェルが教えてくれても顔も名前も全く分からないし。お世話になった？　みたいなんですけど」

フェリシアはしょげかえる。

改めて考えると、いかに自分が薄情者かを突き付けられている気持ちになってしまう。

「親に親戚、二つ返事で故郷からここへ来てくれたって人まで忘れてるんですから、とんだ恩知らずですよ」

本来ならば、もっとも親しい間柄の人ばかりを忘れてしまっている。フェリシアはそんな自分自身がとても恩知らずに思えて仕方がない。

項垂《うなだ》れるフェリシアの前で、グレンはもう一度それぞれの名前を確認する。

「この……ベリング嬢から下何人かの名前は覚えがあるな。確か、結婚式に君が招待したご令嬢達じゃなかったか？」

「わ、すごい。伯爵様よく覚えていらっしゃいますね！　そうらしいです。その方達も結婚する前からの友達だったんですって」

その瞬間、猛烈な勢いで一つの考えが浮かび上がる。

目が覚めてからここまでは謎しかなかった。頭の中にずっと靄《もや》がかかっているようで、それが原因で記憶も戻らなければ、解決の糸口になりそうな考えも出てこない。

しかし、今まさにそれが変わるかもしれない。

フェリシアは高揚しそうになるのを堪え、努めて冷静に言葉を紡ぐ。

「もしかして、伯爵様との結婚について少しでも思い出す人を片っ端から忘れているんじゃないでしょうか。わたし自身の性格が前と違うのも、それって伯爵様と結婚するよりもっと……　伯爵様とお会いする以前からの性格と違うっぽいし。今のわたしは、子供の時のわたしがそのままスクスク育ったみたいだってミッシェルが言ってました」

それにより、フェリシアはグレンの瞳を真っ直ぐに見つめる。彼もまた、フェリシアから視線を逸らさない。

フェリシアは導き出したこの答えは間違いではないと確信する。

「伯爵様と結婚したことが、よっぽど忘れたいくらい嫌だったんですかね！」

自信満々で放った言葉の威力たるや。

昨日と今日だけでなく、おそらく記憶にない三年間を含めたとしても、フェリシアの人生の中でこんなにも周囲を凍り付かせた事はないだろう。

それ程までに、今の言葉はグレンの心を容赦《ようしゃ》なく抉り、フレドリックをはじめ、ずっとやり取りを見守っていた屋敷の面々を絶句させるには充分すぎた。

◆◆◆

一秒でも早く妻の様子を見るためにと、それだけを胸に夜通しで長距離を移動してきた夫。

そんな相手に対して放たれた痛恨の一撃。なんと惨《むご》い、そして酷い話だろうか。

やらかしたのは他でもない妻、すなわちフェリシアであるのだが。

まさに絵に描いたような地獄絵図。ポリーですら固まっていたので、最早助けは来ない。

はあああ、とフェリシアは口から魂が出そうだ。

今すぐにでも神に懺悔《ざんげ》を捧げたい。そんな殊勝《しゅしょう》な心がけが功を成したのか。それともあまりにもグレンが憐れだと思ったのか。完全に諦めていた救いの手が、まさかの王宮から入った。

グレンもフレドリックも予定を繰り上げて王都へ戻ってきている。

ならばまずは国王への報告が先だろう。

しかし二人はフェリシアを優先したのだ。

「グレン様、王宮より迎えが来ております」

異様な空気には気付いているだろうに、そんな動揺は欠片も見せずに家令《かれい》のハンスが声をかける。

初老の男性で、カーティスの父でもある。

「……分かった。フェリシア、話はまた帰ってからにしよう。君も疲れただろうから、ゆっくり休むといい」

どうにかそれだけ絞り出した、といった態《てい》でグレンは立ち上がる。フレドリックもそれに続き、二人は部屋を後にした。

「フェリシア様、顔色が優れませんね。グレン様もああ仰っていましたし、横になってください」

「そうします……」

ハンスの優しい言葉にフェリシアは弱々しく頷く。

顔色が悪いのも気分が優れないのも本当だが、それは完全に後悔の念に苛まれているからに他ならない。いっそ怒りの感情をぶつけてもらえれば、その場で謝罪もできただろうに。全てを粛々と受け入れられると何も言えやしない。

少し眠れば気持ちも落ち着くかもしれない。その頃にはミッシェルも見舞いに来てくれるだろう。そこで彼女に相談をし、グレンが帰ってきた時に改めてきちんと謝罪しよう。

考えが決まればそれだけでも気分が楽になる。

よし、と本格的に休息するためにフェリシアは瞼《まぶた》を閉じた。

そうしてしばし眠っていたフェリシアであるが、ポリーの呼ぶ声で目を覚ます。

たいした時間眠っていたわけではないが、頭と気持ちがスッキリしている。これならきっといい案も浮かぶだろう。

「ミッシェルが来てくれたの？」

いくら親友とはいえ寝起きで出迎えるのは恥ずかしい。少しだけ待ってもらって、急いで身支度を調えようと尋ねるが、ポリーはしょんぼりとした顔で首を横に振る。

「ミッシェル様から連絡があって、急用ができて今日はお見舞いに来られなくなったそうです」

「あらあ……それは残念だけど、でも仕方ないわね」

昨日も来てくれたし、なんなら倒れた初日と翌日も来てくれていたのだ。さすがにこれ以上ともなると彼女の都合もあるだろう。

「また来てくれるだろうし、その時までになにか思い出せてたらいいんだけど」

少し眠ったおかげで体調は良い。それにいい加減ベッドから下りたくもある。

「ねえポリー、ちょっと散歩をしたいんだけど付き合ってくれる？」

「お散歩ですか？　でもまだ外は危ないってカーティスさんが言ってました」

「お屋敷の中を見て回りたいの。ほら、今のわたしからすれば全く知らない場所だし、なにか思い出すかもしれないでしょう？　そもそもこの部屋もどの辺りにあるのか分かっていないの」

「カーティスさんに聞いてみますね！　少しだけお待ちください」

ポリーは跳ねるような足取りでカーティスの元へと向かう。その動きがなんだか子ウサギみたいで、フェリシアは小さく笑みを浮かべた。

ほどなくしてポリーが戻ってくる。カーティスから無事に許可を貰えたらしい。

「お庭までなら出てもいいそうです！」

「え、そうなの？　嬉しい！」

外は快晴だ。フェリシアとしても屋敷の中に籠もっているよりは外に出たいと思っていた。

しかし、いまだフェリシアが裏庭で倒れていた原因は分からない。もし誰かに襲われてなのだとしたら、迂闊《うかつ》に外へ出るのは危険だろう。なので、まだ外へ出るのは諦めていたのだ。

「門の外はだめですけど、敷地内なら問題ないって言ってました」

「やったー！」

「でもまずはお食事ですよね。すぐにご用意します」

「あ、それじゃあお弁当にできないかしら？　一緒に外で食べましょうよ」

ポリーの顔が輝く。「はい！」と元気よく返事をすると、今度こそ跳ねながら部屋の外へ出ていった。

肉と野菜を挟み込んだパンと、色とりどりの果物が入ったカゴ。それに簡易的なティーセット一式を持ってフェリシアとポリーは庭に出る。庭師が数人がかりで花壇《かだん》の中を整備しているので、邪魔にならない位置で敷物を広げて遅めの昼食を摂った。

四日ぶりに浴びる陽の光は心地よく、時折吹いてくる風にフェリシアは満足げに目を細めた。

「ここでお昼寝したら気持ちよさそう」

「お休みになりますか？」

「ううん、やめておく。久々の外だし、行きたい所があるの」

食器を片付けていたポリーの手が止まる。

「どこにですか？」

「裏庭。そこで倒れていたんでしょう？　だから、行ったらなにか思い出すかなって」

◆◆◆

無理はしない。少しでも気分が悪くなったりした時はすぐにその場を離れる事。

それらをポリーと確認した上でフェリシアは自分が倒れていた場所へ案内してもらう。

裏庭に生えている大きな木。物置小屋が近くにあり、たまたま道具を取りに来た庭師が第一発見者であったそうだ。

「初めに見つけてくれた人にもお礼を言わなきゃね」

「エルネスさんです。今日はお休みなんですけど、明日からはまた来られますよ」

「じゃあ明日言うわ。ありがとうポリー」

「いえ……ところでどうですか？　なにか思い出したり……気分が悪くなったりとか、大丈夫ですか？」

「それが、自分でもびっくりするくらい平気だしなにも思い出さないの」

最悪思い出せないにしても、何かしらの揺らぎのようなものを感じる事ができるのではないか。そんな思惑《おもわく》すら外れてしまった。

「誰かに襲われたとかではなさそう……」

裏庭で、物置小屋の近くという事で若干の死角はあるけれど、それでも日中に襲撃するには不向きな場所だろう。

「昨日は軽い冗談のつもりで言っていたけど、本当に木登りでもして落ちた可能性の方が高いんじゃないかしら？　それか、この根っこの部分で躓いたとか」

「でも、そうだとすると……どうして木に登ろうとしたんでしょう？」

「そうよねえ……それが謎だわ」

普段から登っていたのならまだしも、ここへ嫁いでからのフェリシアはそんな真似はしていない。少なくともポリーはフェリシアが木に登れることを知らなかった。

「なにかを見つけたとか？」

「それを取りたくて、とか？」

ポリーの疑問にフェリシアはポツリと呟く。

その途端、心臓にまるで締め付けられるような痛みが走った。フェリシアは堪らず右手で胸元を押さえ、ぐっと上体を前へと倒す。

「フェリシア様⁉」

その様子にポリーは悲鳴を上げ、必死にフェリシアの背中を摩《さす》る。痛みは一瞬で、すぐに消えはしたものの、これ以上の無理は禁物であると判断した二人はひとまず調べを打ち切った。

部屋へ戻ると微かながらに疲労を感じる。屋敷の中の探索は翌日に回し、夕食の時間まで本を読んで静かに過ごす事にした。

ああ、でも伯爵様が帰ってきた時にきちんとお詫びできるようにしておかなきゃ——いつしか本の頁《ページ》を捲る手も止まり、フェリシアはひたすら詫びの言葉を考え始めた。

熱心に考えていたからか、気付けば外はすっかり暗くなっていた。

そしてグレンから今日の帰宅がかなり遅くなると連絡が届く。

「奥様には先にお休みくださいとの事です」

そう伝えてくれたのは家令《かれい》のハンスだ。気遣わしげな表情をしているのは、帰宅した夫との時間が取れない事への配慮なのだろう。

実際フェリシアは悲しげな顔をしている。

だが、それは謝罪が翌朝に持ち越しになったからだ。間が空けば空くほど気まずさも増える。できるだけ早く終わらせたかったというのに。こうなれば朝一番に謝罪を決めるしかない。

フェリシアは気持ちを切り替えるが、しかしそれすらも妨害される。

「翌日も早朝から出なければならないそうなので、朝の見送りもよいと……」

これはもしや避けられているのではなかろうか。

ついそんな考えが浮かんでしまう。充分にありえる。だって心当たりしかない。

「奥様のお身体が第一ですから。早朝からお出になるのも、その分早くご帰宅して奥様とゆっくり時間を過ごしたいからだと思います」

ハンスは柔和な笑みと共に、フェリシアの不安を打ち消す言葉を与えてくれる。

まだグレンの性格を把握できてはいないが、昼前の短いやり取りでも彼が誠実であるのは察する事ができた。ハンスの言う通り、少しでも時間を作ろうとしてくれているのだろう。

「分かりました。でも、もし伯爵様がお出かけになる時にちょうど起きていたら、その時はお見送りしますね」

「はい、きっとグレン様もお喜びになるかと思います」

「……そうだ！　ねえハンスさん、一つお願いがあるんですけど」

謝罪は直接会った時に。でもその前にやっておきたい事がある。

その旨をハンスに伝えると、彼も「ようございますね」と背中を押してくれた。

用件を手早く終わらせたフェリシアは、無理なく明日起きるためにベッドに横になる。寝る時間を早めるのが一番確実だ。

グレン自身も帰りを待たずに先に寝ておくようにとわざわざ連絡を寄越しているので、ありがたくその言葉に従う。おかげで夢も見ないまま深く眠る事ができた。

しかし、そうまでして挑んだ早朝だというのに、フェリシアはグレンの見送りに間に合わなかった。やっぱり避けられているのではなかろうかと項垂《うなだ》れるフェリシアに、ハンスは二つに折られた白い便箋《びんせん》を手渡す。

「これって……」

「奥様にと」

ぱあ、と顔を輝かせて急いで中に目を通す。

文字すらも美しい。こんな綺麗な字を書く人に自分は拙い文字を披露してしまったのかと、そんな羞恥《しゅうち》に襲われてしまいもするが、それ以上に書かれてある文章がフェリシアを喜ばせる。

昨晩、フェリシアはグレンに手紙を書いた。

たくさんの便箋《びんせん》を持っていると聞いていたので、ならばそれを活用する機会だと思ったのだ。

ハンスに幾つか持ってきてもらった中から一枚を選び、まずは謝罪を一つ。

そして長期の仕事を労い、そんな状態でも一番に会いに来てくれた事への感謝を綴る。

最後に、明日改めてきちんと謝罪したい事と、朝の見送りをするためにも先に寝るのでおやすみなさい、と書いて締めた。

その返事をグレンが書いてくれたのだ。

詫びの必要はない、むしろ謝罪するのはこちらの方であると。朝はかなり早くに出るのできっと見送りは無理だろうけれど、その気持ちがとても嬉しいと。

「ご帰宅は深夜でしたので随分とお疲れのご様子でしたが、奥様からの手紙を読んでとても喜んでおられました」

「わたしも嬉しいです」

暴言の極みのようなことを口にしたにもかかわらず、こうしたやり取りをしてくれる。

本当によき人物なのだと改めて思う。

この結婚自体には何か裏がありそうではあるが、多少なりとも交流は出来ていたようだ。

筆無精《ふでぶしょう》であろう自分が大量の便箋《びんせん》を持っていたのは、やはりこのためだったのだ。

「なんだかご機嫌ですね、フェリシア様」

今日は屋敷の中の探索だ。引き続きポリーが案内をしてくれる。

フェリシアが寝ていた部屋は夫婦の寝室であった。隣はグレンの部屋で、昨日は元より結婚してからの三年間、彼はずっと一人部屋で寝ているそうだ。

「フェリシア様もご自分のお部屋で寝ていらしたんです」

「そうなんだ」

夫婦の寝室があるにもかかわらず、これまで使われた事はない。やはり自分達は、心を通わせた夫婦ではなかったということではないだろうか。

グレンの部屋は寝室の隣だが、フェリシアの部屋は少し離れた場所にある。一番日当たりのいい場所であるので、拒否感があって離されているわけではなさそうなのが救いだ。

記憶としては初めての、実際としては五日ぶりの自室である。

暖かみのある色の壁紙に、品のよい調度品の数々。窓際には文机が置いてある。

文机の上は整頓されており、小さな白い花瓶《かびん》に花が生けてある。引き出しは右側に同じ幅で三段、四段目は他よりも大きい。

「見てもいいかしら？」

「フェリシア様のお部屋ですから」

それもそうか、とフェリシアはひとまず文机から調べ始めた。引き出しを開け、何か思い出せそうなものを探していく。

「うわあ、本当にたくさんあるんだ」

引き出しの中に入っている便箋《びんせん》は多種多様だ。花をあしらったものが多いのは自分の好みなのだろう。たしかに今のフェリシアが見ても可愛いと思う。

好きなものに関しては記憶があってもなくても変わらないようだ。

「それにしても種類が多い……」

一旦引き出しの中身はそのままにして、フェリシアは花瓶《かびん》の横に置かれてある水色の長方形の缶に手を伸ばす。

中には使用済みの封筒《ふうとう》が入っており、宛名はフェリシアになっている。送り主はグレンであり、中の文章によりこれは二年目の時にやり取りをした手紙だと分かる。

忙しかっただろうに、グレンから届いた手紙は数十数通もある。伯爵様は筆まめな方なんだなあ、と感心するフェリシアであるが、もしかして、と別の可能性に気が付いた。

引き出しの中の大量の便箋《びんせん》。

フェリシアが送りつけていたからこそ、彼はまめに返さざるをえなかったのではなかろうか。

「……うわあ」

ただの妄想でしかないが、なんだかとてもそれが真実のように思えてしまう。

かつての自分は何をそんなにしたためていたというのか。

伯爵様が嫌がっていなければいいなあと、そんなことをつい祈ってしまう。

「フェリシア様？」

どうかしたのだろうかと、様子を見ていたポリーが近付く。

なんでもないわ、と笑って誤魔化し、フェリシアは壁際に置かれた本棚へと移動した。

◆◆◆

本棚を調べたのは失敗だった。わざわざ手元に置いてあるくらいなのだから、中身を覚えていない今のフェリシアが読めば一体どうなるか。まんまと読み耽ってしまった。

しかもポリーも読んでいると知り、二人で感想を言い合って大盛り上がり。昼食の時間ですよとマリアが呼びに来るまで気が付かなかった。

「すっかり当初の目的を忘れてしまっていたわね」

「次は気をつけます!!」

「とりあえず自分の部屋はまた今度にするわ」

そもそも屋敷の間取りがどうなっているのか分からない。そちらを覚えるのが先だ。

昼食を終え、フェリシアは探索を再開する。記憶にあるのは実家の屋敷だが、そこと比べてもかなり広く大きい。

けれど、どこも清潔に保たれており、伯爵家の使用人がいかに優れているかが見てとれる。

実家の屋敷はなんだか薄汚れているというか、薄暗いというか、空気が淀《よど》んでいたような気がする。昔はこの屋敷と同じように、明るくて綺麗で住み心地が良かったのに……ふいに浮かんだ感情にフェリシアは思わず足を止めた。

今、何かを思い出しかけた気がする。

だがそれは決して楽しい記憶ではない。むかむかとした、そんな負の感情だ。

フェリシア、と大きな声が突然玄関ホールから響く。声の主が誰なのか分からない。

が、一気に不快感が増したのでこれはきっと「思い出したくない知人」の声なのだろう。

「ポリーはあの人が誰か知ってる?」

「いいえ、知りません。フェリシア様とも関係のない人です」

運がいいのか悪いのか、ホールに一番近い廊下の曲がり角にいたために、ポリーと二人でこっそりと盗み見ることにした。

ぎゃぎゃあと品もなく騒いでいるのは一組の男女だ。年はグレンよりも上だが、ハンスよりは下のようだ。

そんな二人をカーティスが相手をしているが、背中越しでも表情が想像できる程に彼の放つ圧が凄まじい。聞こえてくる会話から察するに、文字通りの招かれざる客のようだ。

突然押しかけてきて、フェリシアを出せと一方的に騒いでいる。

「……ものっっっすごく関係者みたいなんだけど」

「大丈夫です、関係なんてありません。これっぽちもありません！　カーティスさんったらなにしてるんだろう、はやくいつもみたいに閉め出しちゃえばいいのに！」

「いつもそんな対応をしてるの!?」

服装から見ても相手が貴族なのは間違いないだろう。どれだけ礼を欠いている相手だとしても、使用人がそんな応対をすれば問題になるのではないか。

カーティスはすでに侮蔑《ぶべつ》の気配を隠してもいない。

ポリーだってそうだ。明確に敵意を剥き出しにしている。

カーティスさんはそんな感じよねと納得もするけれど、ポリーまでこんなに嫌ってるなんて相当アレな人達なのかしら？　などとついポリーの様子を眺めていたのが不味かったのか、男の方がフェリシアの姿を見つけてしまう。

「そんな所にいたのかフェリシア!!　こっちに来るんだ！」

「大丈夫です、奥様。お戻りください。ポリー、奥様を寝室までお連れしてくれ」

「何を言う！　こっちに来いと言っているだろう」

「そうよフェリシア、こちらにいらっしゃい。まったくどうかしてるわ、記憶を失ったんですって？　何をやっているの貴女は」

「私達の事まで忘れたんじゃないだろうな⁉　この恩……」

「ポリー」

カーティスが発した一際冷たい声が男の話を遮る。

ポリーはフェリシアの手を引いてホールを横切り階段へと向かう。

「おいこら小娘、なにをしている！

「こちらもお帰りくださいと何度も申し上げておりますが」

「うるさい黙れ。使用人風情が一体誰に口を開いていると思っているんだ」

「わたくし達はあの子の見舞いに来ているのよ」

「では、もう用済みでしょう？　ご覧の通りお元気ですよ。そのうち当家の主人とそちらにご挨拶に伺う事でしょう。それまでお待ちください」

取りつく島もない。

カーティス相手では分が悪いと判断したのか、男は直接フェリシアの足留めにかかった。

「親の顔まで忘れたのか、フェリシア！　この恩知らずめ‼」

ポリーとカーティスの態度から、あの二人には関わらない方がいいのだろうと無視を決め込んでいたフェリシアだが、これには振り向いてしまう。

「えっ、あんな失礼な人達がわたしの両親なんですか⁉」

「違います、フェリシア様」

「違います‼　あんな嫌な人達、フェリシア様の親なわけないです！」

遠近両方から即座に否定が入った。近場からの突っ込みはさらに容赦《ようしゃ》がない。

「本当に無礼だな小娘の分際で！　お前なんぞいつでもクビにしてやれるんだぞ！」

「しかも小物じゃないですか！　ええええ、ポリーもカーティスさんもごめんなさい、まさか自分の親がこんなクズだとは思ってなかったんです」

途中まで上っていた階段をフェリシアは駆け下りる。呆気にとられている両親、と思わしき侵入者の横をすり抜け、フェリシアは玄関の扉を開けた。

「これっぽっちも覚えてないんですけど、でも絶対に我が家の方が格下ですよね？　だって最低限の礼儀も弁えてないし。身内の恥を覚えてないのを喜んでいいのか悲しんでいいのかってところですが、二人ともひとまず帰りましょう」

っていうか帰れ、とまで言いたくなるくらい目の前の二人が不快でならない。こんなのが血縁なのかと思うと悲しくさえある。

「馬鹿を言うな。伯爵と会うまで帰るわけがないだろう」

「馬鹿を言ってるのはそっちじゃない。こんな時間にお忙しい伯爵様がいるわけないって、考えるまでもなく分かるのに。今日ここへ来ることだってお伝えしてないんでしょう？　改めて伯爵様に面会を求めて、それから出直して！」

「それが親へ向かっていう言葉なの？」

「親だから言うの！」

「貴様、どの面下げてそんな事を」

「この面！」

男の顔は怒りで真っ赤だが、フェリシアの言動に訝《いぶか》しむ素振りもある。女の方もフェリシアの全身を何度も確認するように視線を上下に動かす。

「貴女……本当にわたくし達を覚えていないの……？」

「わたしが丸々三年分の記憶をなくしたのって、これが原因なんじゃないかしら？　え、でもそれってものすごい無責任だわ……こんなのを野放しにするなんてありえないもの」

「お前など実の娘なものか！」

「リンスベルク卿!!　奥様は記憶が……」

「死んだ兄夫婦の代わりにここまで育ててやったというのに、この恩知らずが！」

ぐわん、と殴られたと錯覚しそうな勢いでフェリシアの意識が揺れる。

死んだ兄夫婦――実の両親はすでにこの世におらず、目の前の二人が親代わりであったのだ。

「……叔父様？」

「そうだ、やっと思い出したか！」

「名前を見てもさっぱり思い出せないし、それどころか考えようとしただけで気持ち悪くなった叔父様があなたなんです？」

「いい加減にしろ！」

男が片手を振り上げる。殴られる、と思った瞬間男との間に壁ができた。

「カーティスさん!!」

即座にカーティスが割って入るが、これでは彼が殴られてしまう。それはダメだとフェリシアはカーティスの腕を引いて回避を試みる。

だが、それより先に凍てつく声が全ての動きを停止させた。

「何用ですか、リンスベルク卿」

男の拳を背後から掴んでいるのはグレンだ。

声も目付きも、そして彼の放つ空気も何もかもが氷のようだ。「氷の騎士」とは彼の異名だが、まさにその通りなのだとようやくフェリシアは痛感する。

「お帰りなさいませ、グレン様」

「ああ、今帰った。手間をかけさせてすまないな、カーティス」

「いいえ、むしろご帰宅される前に片付ける事ができずに申し訳ございません」

「なんだその言い草は！　まるで人をゴミのように言いおって」

「燃やせばなくなる分、ゴミの方がマシなのでは？」

つい余計な一言が漏れてしまった。微かにカーティスの肩が揺れる。後ろからチラリと見えた口元が一瞬だけ歪んでいたので、おそらく噴き出すのを堪えたのだろう。

「騒がせてすまない。気分はどうだろうか？」

「おかえりなさい、伯爵様。たくさん寝たのですこぶる元気です！　今はちょっと色々混乱してますけど、でも大丈夫ですよ」

両親の登場と思えばとんだクズっぷりを発揮された。

しかし実は叔父夫婦で、本当の両親はすでに亡くなっている。たった数分のやり取りなのに、与えられた情報量が多い。

「いや、顔色がよくない。ポリー、彼女を頼む」

「お任せください！」

「待ってくれ伯爵。まだフェリシアとの話が済んでいない」

「彼女の事は手紙で伝えているはずですが。落ち着いたらそちらに伺うとも」

「記憶をなくしているのに悠長に構えていられるか！　どうなんだね伯爵、まさかフェリシアの記憶がないからといって」

「詳しい話は後日改めましょう」

「いいや、これだけは答えてくれ！　貴様、記憶がないのをこれ幸いと離婚する腹づもりではないだろうな!?」

耳を塞いでいたとしても聞き取れただろう。それくらい、男の声は大きかった。

「うわ……」

あまりにも恥知らずな言葉。

そして、最早真冬の雪山よりも冷たいグレンの空気。二重の要因にフェリシアはドン引きだ。

だがその内一つとは血の繫がりがあるのだから、やはりその現実が嫌になって記憶を消してしまったのではないだろうか。

「記憶を失った憐れな娘を放り出して、うちの領地への支援を打ち切ろうという魂胆《こんたん》はないと誓えるのか、伯爵！」

「貴方が支援してくださると言うから、わたくし達はラディッツ公爵との縁談を取りやめてまでフェリシアを嫁がせたのよ。その事を……」

「卿らに言われるまでもない」

男の肩が大きく跳ねた。顔が恐怖に歪んでいるのがフェリシアの位置でも分かってしまう。

グレンは一体どんな顔つきでいるのか。

そしてその怒りを真正面から受ける恐怖はどれほどのものなのか。

それが自分ではなくてよかったとフェリシアは心の底から思った。

「フェリシアは私の妻だ。記憶を失っているとしてもそれは変わらない。それをいちいち確認されるのはとても不愉快だ」

「偽りなどないな、伯爵？　これまで通り支援も続けてくれるのだろうな？」

「くどい。フェリシアが妻である以上これまでと変わる事は何もない。貴重な時間を卿に使うのはこれで終わりだ、お引き取り願おう」

有無を言わせぬとはまさにこの事だろう。まだ言い足りなくはあっても、グレンの威圧感に到底太刀打ちできずに男はすごすごと引き下がった。

「最後まで見苦しいものを見せてしまってすまない」

「お詫びをするのはむしろこちらの方です。本当に……血縁と思いたくないくらいの非礼の数々で……」

「君は何一つ悪くない。謝罪の言葉も、この件で気に病む必要はないからそれだけは理解してくれ」

少し話をしようか、とグレンはフェリシアを連れて居間へと向かう。

その途中でふと思い出したのか、「ただいま」と遠慮しつつも口にする。

それが妙に嬉しくて、フェリシアももう一度「おかえりなさい」と笑顔で返した。

◆◆◆

「それにしても驚くくらいのクズっぷりでしたね。あんなことを平気で言える人、本当にいるんだってビックリしました！」

ポリーが淹れてくれたお茶は本日も美味しい。フェリシアはすっかり気に入ってしまった。

そんなフェリシアを見つめるグレンの視線は気遣わしげだ。

それはむしろこちらの方なのに、とフェリシアは苦笑する。

「今までも相当失礼なことを言っていたんじゃないですか？」

「……あの二人の事は、何か思い出したか？」

「いいえ、ちっともです。でも声を聞いた瞬間、ものっっすごくいやな気持ちになったので、元から嫌っていたことは分かりました」

そうか、とグレンは静かに頷いた。

そのまま視線が彷徨っているのは、どう話を切り出していいのかと考えているからだろう。

ならばここは自ら切り込むべし、とフェリシアは背筋を伸ばしてグレンに問う。

「……あの、わたしの両親についてお聞きしてもいいですか？」

「それは勿論。私が知っている範囲であればなんでも答えよう。ああ、でも、もし話を聞いている間に具合が悪くなったらすぐに言う事。これだけは約束して欲しい」

「わかりました」

「それともう一つ」

「なんでしょう？」

「先程彼が言っていた事だが……私はこれを機に君と離婚をする、などといった気は微塵《みじん》もない。いや、今回の件がなくともそれは同じだ。君は私の妻であるという事を、どうか分かっていてほしい」

まるですがるようなグレンの表情に、彼の愛情の深さを知る。

どれだけ無礼者であろうと、妻の血縁者であるからとグレンは領地への支援までしていた。、そんなにも奥様を愛しておられるんだなあ、と軽く感動さえ覚えた所でようやく気付く。

思いの対象が自分であるのだと。

いやでもやっぱり「わたし」じゃないもんなあ、とフェリシアはその考えを一旦頭の片隅に押しやった。今はそんな事よりも話を聞くのが重要だ。

「分かりました。よろしくお願いします」

この答えにグレンの瞳は僅かに悲哀の色を宿したが、一瞬の変化だったのでフェリシアはそれに気付かない。

「まずはご両親の話からしようか」

クレイグ・リンスベルク伯爵とその妻であるレミッツア。

フェリシアは二人の間に生まれた子供である。

リンスベルク伯爵家の領地は南の地方にあり、水資源に恵まれた豊かな土地だ。

農業が主な産業だが、大小幾つも流れる河川のおかげで川魚も捕れる。なかでもリューゲンと呼ばれる魚は水質のいい場所でしか育たないため、領地の名物の一つであった。

「その領地が、十年前に起きた洪水で大きな被害を受けたんだ」

豊かな水源は時として災害を招く。過去に起きた事案を次へ活かし、護岸工事《ごがんこうじ》に関しては国内でも屈指のものだった。それでも防ぐ事ができないほど、十年前の水害は凄まじかったのだ。

「土地の復興に被害に遭った領民への補償。国も当然支援はしていたが、リンスベルク伯爵家の財政はかなり厳しかったようだ」

伯爵家は総出でこれらに取り組んでいた。おかげで徐々に領地は回復していき、あと数年で元に戻りそうだと、そんな明るい未来が見え始めた矢先に悲劇は起きた。

「ご両親は、君が十四歳の時に領地へ向かう途中の事故で亡くなったそうだ」

その時も長雨が続いていた。どうにか川の氾濫《はんらん》は起きていないが、それもいつまで保つか分からない。急いで領地へ向かわねばならないが、道中にも幾つか危険な場所はある。

そういった箇所を避け、安全を第一にと進んでいたにもかかわらず、両親は大規模な土砂崩れに巻き込まれてしまった。

「当時まだ未成年だった君の代わりに先程の男性……つまりは叔父に当たる彼が、その後の処理を引き受けたらしい」

そして、フェリシアの後見人としても名乗りを上げ、妻と共に今の地位に収まったのだ。

「その頃からあんな風にクズだったんですか？」

「いや……そこまで詳しくは知らないんだ。君はあまり、そういった事を口にする人ではなかったから」

「うわ、そうなんですか？　すごいですね、その頃のわたし！　今のわたしだったら絶対我慢できませんよ。持てる語彙力《ごいりょく》を全部使って文句言っちゃう」

「私が弱音すら言える相手ではなかったという事さ」

「そんな大層な理由じゃなくて、単に身内の恥を晒すのが嫌……ううん、もっと短絡的な、なんて言うんだっけ……とにかく、伯爵様が気にしている理由とは違うと思います」

グレンの表情が暗い。なんとか話題を変えたくて、フェリシアは折角なので弱音を……いや、愚痴《ぐち》を吐かせてもらう事にする。

「でも、あの人達がわたしの本当の両親じゃなくてよかったです！　だって、あんなクズで下衆《げす》な人が実の親だったら、伯爵様やこのお屋敷の方達に申し訳なさすぎですもん！　あの人達、わたしの記憶がないことに怒ってましたけど、一度も心配はしてくれなかったですからね！　叔父と姪で、おまけに親代わりとしてお世話になってたのに、そんな関係しか築けていなかったって言われたらそれまでですけど。なんにせよ、親じゃなくてよかったです。いえ、まあ両親が亡くなっていることは悲しいんですけど、まだ実感がないというか。それに叔父ってことで血の繋がりはあるから、ろくでもないことに変わりもなくて結局最悪のままっていう……」

フェリシアにしてみればこれは自身に対する空元気でもある。

笑えない話も、まるで笑い話のように話せば少しは気持ちも持ち直すかもしれない。

だが、聞かされた方は到底「そうだな」だなんて笑って受け流す事のできる話ではない。グレンもポリーも沈痛な面持ちでフェリシアを見つめる。完全に選択肢を間違えた。

会話が下手くそぉ!!　己の不甲斐なさを心の中で嘆きつつ、フェリシアは乾いた笑いを浮かべるしかなかった。

◆◆◆

そして今日もまた、途中からの記憶がないフェリシアである。

あまりにも場の空気が地獄すぎた。ようやく自室のベッドに横になれたのは随分と夜が更けてからだ。はあああああ、となんとも重く長い息を吐く。

何度か寝返りを打つが、悶々とした感情が体内で渦巻いて眠気が来ない。グレンと二人で夕食を摂っていた時は、今すぐにでも眠れそうな勢いだったというのに。

やがてようやく寝るのにちょうどいい体勢に落ち着いた。やはり人間、仰向けで眠るのが一番楽なようだ。軽く瞼《まぶた》を閉じれば、浮かぶのはどうしたって彼らの姿だ。とんでもないろくでなしだと思った相手は叔父夫婦で、本当の両親はすでに他界している。

「……伯爵様がわたしと結婚したのって、この辺りが原因じゃないの？」

居間で話をしていた時からずっと浮かんでいたその可能性。時間が経つごとにそれは確信に変わっていく。

「伯爵様もお屋敷にいる人達も……みんないい人なのよね」

突然記憶を失ってしまった。それだけでも伯爵家からすればとんだ醜聞《しゅうぶん》だ。いつ記憶が戻るのか、そもそも戻るかどうかも分からない。あげく実家はあのクズっぷり。

これ幸いと離婚を突き付けられた所で文句も言えない。

しかし、グレンは決してそんな事はしないとフェリシアに誓ってくれた。

「だからこそ、やっぱりわたしはここから出ていった方がいいと思うなあ……」

フェリシアにしてみれば出会ったばかりでしかないが、たったそれだけでも彼がいかに清廉潔白で、そして人格者であるかがよく分かる。

「やっぱりこれって契約結婚とか、そういうものだったんじゃない？」

両親を亡くし、下衆《げす》としか言いようのない叔父夫婦が後見人となった。その時にフェリシアがどんな目に遭っていたのかなど想像に難くない。

自分自身が感じた嫌悪感もさることながら、叔父夫婦と対峙していた時のグレンの放つ殺気にも似た空気。ずっとフェリシアの傍にいてくれたポリーやカーティスの目付きも鋭かった。彼らの態度だけでも容易に想像できる。

「きっと、かわいそうに思った伯爵様が結婚という形でわたしを助けてくださったのよ。うん、きっとそう！　だって、契約結婚でもしたんですか？　って聞いた時の態度もおかしかったし！」

もしかすると、契約結婚についての書類といった、何かそういうものがあるかもしれない。

明日になってから探してみよう、とフェリシアは決意する。

小説にでも出てきそうな話だが、万が一という事もある。証拠が見つかれば、それを元にグレンを自分達から解放できるかもしれないのだ。

「とんだ不良債権《ふりょうさいけん》だものね。これまでだって散々援助は受けていた口ぶりだったし、だったらせめてこれで終わりにしなきゃ。顔はまだ思い出せないけど、きっと本当の両親だってそう願うはずよ！」

仮に書類があったとして。それを元にグレンと離婚したとして、その後一体どうなるのか。そこまでは今のフェリシアには分からない。

だが、今のフェリシアだからこそはっきりと言える事もある。

「まあ、なんとかなるでしょ！　いけるいける!!」

おそろしいまでに突き抜けた楽観主義、というのさえおこがましいただの勘。

けれどもそれが妙に納得できてしまうのだから、きっと自分は元々こういう人間だったのだろうとフェリシアは思う。

「生きていれさえすれば、後はどうとでもなるなる！　それより、これ以上伯爵様達に迷惑をかける方が問題よ」

記憶を失ったこの数日間ではあるけれど。この短い間だけでも、フェリシアにとってグレンとこの屋敷の人々は大切にしたい……幸せになって欲しい相手だ。

その一番の対象であるはずのグレンを、フェリシアは悲しい顔をさせてばかりだ。彼にはもっと笑顔でいてほしいと心の底から思うのに。

「一番邪魔してるのが他ならぬわたしだものね！」

これをどうしかしないことには始まらない。ならば、始められるよう動くしかない。

改めて明日から頑張ろうと決意をする。そうしてひとまず結論が出た所で、ようやくフェリシアに眠気が戻ってくる。

今度こそ手放してなるものかと、フェリシアは抗うことなく夢の世界へと落ちていった。

◆◆◆

次の日もグレンは早朝に出ていき、帰宅は深夜に及んだ。

フェリシアは手紙を書いてなんとか交流を続けつつ、証拠を見つけようと必死に自室を探す。クローゼットの中も一つ一つ確認するが、これといったものは何も見つからない。

そもそも、契約結婚ではないのかというのはフェリシアの妄想の産物だ。

普通に結婚しているのだとしたら、どれだけ探そうが出てくるわけがない。これは本当に結婚しているのか。いやでもあんなクズが身内にいる人間をわざわざ選ぶだろうか。

一目惚れ、だなんて逆立ちしたって信じられない。

そんな日々が数回続いたある日、フェリシアの元に一通の手紙が届く。封緘《ふうかん》は王家のもので、フェリシアは危うく噴き出しかけた。

何かやらかしてしまっただろうか、と考えると即座に記憶が蘇る。グレンと共にフレドリックが見舞いに来てくれたあの日、相当にやらかしてしまっていたではないか。

ビクビクとしながら文面に目を通す。するとまさかの茶会への招待状だった。茶会といっても私的なものであるので畏まらなくてもいいとさえ書いてある。

とはいえ王族主催の場だ。フェリシアはマリアとカーティスに伝え、急いで準備をしてもらう。

期日は二日後、急ぎも急ぎである。

「本当にこれ、ただのお茶会なの？　こんなに切羽詰まってやるもの⁉」

「私的なものであるとの事ですし、そう緊張しなくても大丈夫ですよ……きっと」

「語尾になんかついた！」

「フレドリック様は気さくな方ですからご安心ください。無礼な態度でしたらグレン様の方が余程ひどいですよ」

「そうなんですか？　伯爵様ったら常に冷静みたいな感じなのに」

グレンとフレドリックの付き合いは長い。二人だけになればかなり砕けた口調になるようだ。

「グレン様ともずっとお会いできていないから、きっとフレドリック様が場を設けてくださったんですよ」

「それはそれで緊張するんだけど……」

マリアの言葉はただの慰めであったが、それは見事に的中した。

当日、どうにか支度を終えたフェリシアは迎えの馬車に乗り王宮へと向かう。到着してからは侍女の案内に従い歩みを進め、大きな扉の前に辿り着いた。

「どうぞ中へ」

「ありがとうございます」

緊張で足が震えるが、転ばない事だけを考えて中へ入った。まだフレドリックの姿はなく、少しだけ安堵《あんど》の息を漏らす。

「殿下もじきおいでになりますので、しばらくお待ちください」

促されるままにソファに腰を下ろす。伯爵家のソファの座り心地も素晴らしいものだったが、今はそれ以上の、まるで雲の上に座っているかのようだ。さすが王宮御用達、こんなにも違うんだなあと、そんな俗っぽい考えに耽っているとフレドリックが姿を見せた。

「すまない、フェリシア」

「いいえ、本日はお招きくださりありがとうございます。お見舞いにも来てくださって、どれだけ感謝しても足りないくらいです」

「いや……本当にすまない」

待ったといってもたいした時間ではない。何をそんなに詫びているかが分からず、フェリシアはつい不思議そうにフレドリックを見つめる。

「本命が来られなくなってしまったんだ。これじゃあ、なんのためにわざわざ呼びつけたのか……」

ブツブツと流れてくる文句の中にとても気になる単語があった。

「本命、とは」

なんぞや。脳裏に浮かぶのは一人しかいないが、まさか本当にそうなのか。

だとしても一体どうして、とフェリシアの疑問は増えるばかりだ。

「グレンとすれ違ってばかりなんだろう？　せっかく視察を終えて帰ってきたというのに、全く意味がないじゃないか」

はあ、とフレドリックは溜め息を吐く。淹れられたばかりの茶を一口飲み、改めてフェリシアに向き合う。

「グレンがいない間に押しかけた馬鹿がいたのは聞いた。それもあって、出来る限りグレンを貴女の元へ帰らせようとしているんだが、どうにも邪魔ばかり入る」

「ええと……お、お気遣い、なく？」

身内の恥が王族にまで伝わっている。いたたまれない気持ちになり、フェリシアも誤魔化すように目の前の茶に口を付けた。

「貴女への気遣いは当然だが、それと同じくらいグレンへの気遣い……いや、グレンの周囲への気遣いなんだ」

言われた事の意味が分からない。まるでグレンが何かやらかしているようではないか。

「ただでさえグレンは君を心配している。そんな時に勝手に来襲する馬鹿は出るわ、無駄な話と要件で引き留める阿呆《あほ》は出るわで、グレンの機嫌が凄まじく悪くてな。それが原因で部下達が怯えているのが気の毒すぎて」

「そ……そんなことってあるんですか⁉」

「嘘みたいだろう？　あいつとは随分と長い付き合いになるが、こんなにも吹雪かせている姿は初めて見たよ」

ごうごうと背後から猛吹雪を発している姿が容易に想像できてしまい、その恐怖にフェリシアも震え上がる。

「だから、貴女には申し訳ないが夫のご機嫌取りのためにご足労願ったのさ」

フレドリックは冗談めかして言うが、フェリシアにそれを笑う余裕などない。

「だというのに肝心のグレンが来ないんだから本末転倒だな。自分は一緒に茶を飲むどころか顔すら見られないのに、私が貴女と共にいるからより一層機嫌が悪くなる。ああ面倒くさい。拗《こじ》らせた男の嫉妬《しっと》なんぞ醜いだけだ」

どう返していいのかも分からず、フェリシアはひたすら無言を貫く。下手に口を開くととんでもない事になるのは、目覚めてからの数日で嫌というほど実感している。

「……私と伯爵様との結婚は、やはり問題があるんですか？」

それでもポツリと漏れてしまう。グレンが帰宅するのをどうしても邪魔をする存在があるというのは、つまりはそういう事ではないのか。

「くだらなさすぎる嫉妬《しっと》だ。君とグレンの結婚は祝福されたものだったよ。気にする事は何もない」

「まあ、あれだけ素晴らしい人ですもんね。横にいるのはこんなのだし、あげくとんだ不良物件とくれば、この隙に横から掻っ攫いたくもなる気持ちも分かります」

うんうんと大きく頷いていると、奇妙な音が正面から上がる。あ、と気付いた時には遅かった。

フェリシアの発言にフレドリックは俯いて肩を震わせている。

「実は相当に面白い人だったんだな、君は」

「わたしは、よほどたくさんの猫を飼っていたようで……」

「あれはそういうものではなく、もっと……」

「もっと？」

「……いや、なんでもない。人気者の夫を持つと苦労が絶えないな。しかし安心していいぞ、あいつの世界は常に君を中心に回っているから、好きなだけ振り回してやるといい」

露骨に話を逸らされた感は否めないが、そうして出てきた話は受け流すには難しい。フェリシアは頬が引き攣るのを耐えるのに必死だ。

「まだ、グレンの気持ちが信じられない？」

「信じられないと言いますか……その……一目惚れなんて自分のことだとは思えなくて、ですね」

「そこは同じなんだな」

「元々のわたしもそうだったんですか？」

しまった、とフレドリックが顔を顰める。どうやら無意識だったらしい。

「すまない、今のは失言だ。聞かなかったことにしてくれ」

「失言もなにもその通りだとわたしも思います！　あ、伯爵様の言葉が嘘だと言いたいのではなく、誰がどう考えたってありえないって話です。伯爵様がわたしに一目惚れするなんて……。別に自分が卑屈《ひくつ》になってるからこんな考えをしている、とも違います。客観的に見た極めて冷静な意見です」

「君は……容赦《ようしゃ》なくグレンの心を抉るな……」

呆れを通り越しフレドリックは最早賞賛の域だ。我に返ったフェリシアは、心の中でぎゃあと叫び身悶える。己の迂闊《うかつ》さが止まらない。

「だが、それはグレンの努力が足りなかったという話なわけだ。君に自分の気持ちを信じてもらうため、時間を費やすべきだったのだから」

「そこは逆ですよ。伯爵様が悪いのではなく、伯爵様の気持ちに応えるだけの器を持たないわたしが悪いはずです」

「フェリシア、これだけは信じてやって欲しい。グレンは本当に君を大切に思っているんだ」

どれだけ周囲から縁談を勧められても首を縦に振らなかった男が、ある日突然結婚を決めた。裏に何かあるに違いないと誰しもが疑いの目を持った。

「私もその一人だよ。あんまりにも縁談が舞い込んでくる状況に面倒くさくなって、石でも投げて当たったご令嬢にしたんじゃないかと思ったくらいだ」

それもありだなとフェリシアは頷く。契約結婚の書類が探しても見つからないのは、もしかしたらそんな経緯なのかもしれない。

「でも、今は違うと思う。結婚したばかりのグレンはぎこちなさばかりが目立っていたが、いつの間にかそれが消え、代わりに君への愛情が溢れていた。君は見た事があるか？　グレンは基本的には無表情なんだ。ご令嬢方は落ち着いた姿で素敵だなんて言っているが、あれは単に愛想を振りまくのが面倒なだけだからな！」

フレドリックにしてみれば、常に無表情の男が傍に張り付いている状態だ。

「グレンには世話になっているし、友人としての意見もくれる。ありがたい存在だと感謝もしているが、それはそれとして無表情で且つ四角四面の相手とずっといるのは鬱陶しい」

「フレドリック様もわりと伯爵様の心を抉っておられるのでは？」

「君には遠く及ばないな」

とんだ藪蛇《やぶへび》であった。フェリシアはもう余計な事は言うまいと両手で口を覆う。

「そんな氷の男が、君と結婚してから徐々に感情を見せるようになったんだ。君の話をする時だけ薄《うっす》ら笑みを浮かべたりしてな。雪解け！　と随分と驚いたものだよ」

何よりも仕事を優先し、自分の時間すら持とうとしていないのがこれまでのグレンだった。

それが徐々に帰宅時間を早めるようになり、ついにはフェリシアを連れて旅行にまで出かけるようになった。

「君を喜ばせようと必死になって計画を練っていた姿は見ものだった。もちろん、あいつ自身の優しさもあるだろう。色々と苦労していた君の慰めになればと、そんな思いがなかったとは言わない。だが、それと同じくらいグレン自身が君と過ごす時間を欲していたのも間違いないんだ。あいつが初めて感情を動かしたのがフェリシア、君なんだ」

頼む、とフレドリックは真摯に訴える。

「今からでもいい、どうかグレンの言葉を……気持ちを、どうか忘れずにいて欲しい」

◆◆◆

結局グレンは最後まで姿を見せなかった。

何度も詫びるフレドリックに改めて礼を言い、フェリシアは一人で元来た道を歩く。

「記憶喪失の伯爵夫人！」

なんの事かフェリシアは一瞬分からなかった。静かな王宮の中で、他人を大声で呼び止めるなどマナー以前の問題だ。

とてつもなく失礼な人がいるものだと、チラリと振り返ると正面から目線がぶつかる。

呼び止められたのが自分だと、そこでようやく気が付いた。

腰まで伸びた豊かな金髪を揺らし、その令嬢はフェリシアに近付いてくる。キリっとした緑色の瞳にツンと尖った鼻先。品のいい赤い色で彩られた口元には優雅《ゆうが》さが宿っている。

歩く姿も美しく、女性らしい丸みを帯びた身体、豊かな胸元にくびれた腰、と頭の天辺から爪先まで全てが美を表している。

「心お優しいグレン様のご厚意に、図々しくいつまでも胡坐《あぐら》を掻いて居座っているだけでもとんでもないというのに、その事さえ忘れてしまっただなんて無礼にもほどがありましてよ⁉　自ら頭を下げて、即刻消え去るのがせめてもの礼儀ではなくて⁉」

しかしその美しさは性格までには及ばなかったようだ。

フェリシアは両目を見開いて驚く事しかできない。

「なにかしら？　まさか貴女、わたくしの事まで忘れてしまったとでもいうの？」

「そうです……仰る通りなんですが……貴女のような方まで忘れているって、自分でも思っていた以上に重症なんだとやっと気がつきました」

こんなにも性格の悪い人間まで忘れてしまうものなのかと、記憶喪失という現象の恐ろしさが今になってフェリシアに襲いかかる。だが、そんな恐怖も「クズの極みな人達も忘れていたから別にいいのか！」と秒速で消え去ってしまう。

「貴女ってどこまでも失礼な人ね。そのふてぶてしさごと忘れてしまえばよかったのに」

ふん、と鼻先で笑うと令嬢は颯爽《さっそう》と踵《きびす》を返した。

「過去を忘れていても今は覚えていられるのでしょう？　わたくしの言葉を深く考えて、一日でも早く実行なさることね」

立ち去り際にほのかに香りが漂ってくる。彼女のドレスに焚き付けられているのだろう。見た目も、立ち居振る舞いも、身に着けているものも、その全てが最高級の美しさだ。

「すごいわ……実際にいるんだあんな人！」

あらゆる美点を台無しにしてしまう性格の悪さ。それを躊躇なく発揮する短慮さ。どちらも小説の中でしか見た事がない。

悲しむどころか、珍しいものを見た！　とはしゃぐ気持ちが抑えられない。

駆け出しそうになる衝動にどこまで耐えられるか自信が持てず、フェリシアは帰り道を急いだ。

◆◆◆

グレンとのすれ違いはまだ続いている。

ひたすら詫びの言葉だけが綴られる便箋《びんせん》は、受け取るフェリシアにとっても辛いものがある。詫びる必要はないし、これを書く時間を睡眠や休息に当てて欲しい。

いっそ自分が書かなければいいのか、とも思うが、ここで止めてしまうとより一層グレンが罪悪感を抱くかもしれない。どれだけ頭を捻っても、上手い解決法は見つからないままだ。

ひそかにグレンとのやり取りを楽しみにしているのが、見つからない原因になっているかもしれない。うう、とフェリシアは一人頭を抱える。

迷惑を掛けているかもしれないと思っても、朝起きた時に彼から一言でも書かれているのを見ると、それだけで心の奥から暖かいなにかが溢れてくるのだ。異性として、夫としてなのかは分からないけれど、人としてグレンのことは好ましいとフェリシアは思う。

そして、問題はもう一つある。グレンと交わしているだろう、契約結婚の書類だ。

フレドリックとの茶会の席で出た話と、その帰りに出会った令嬢の話。そしてフェリシアの叔父夫婦。総合的に考えて、やはりこの結婚には裏があるのだと思う。

縁談を回避したがっていたグレンと、ろくでなしの叔父夫婦の元にいた自分。一目惚れしたと言っている夜会の場で何かあったのだろう。

だがあの時はミッシェルも居たそうなので、ではその前にどこかで会った事があるのかもしれない。なんにせよ二人の利害は一致している。

グレンへの縁談の話はなくなり、フェリシアはあの二人から逃げる事ができたのだから。

「でも伯爵様の性格からいって、それではい終わりってことにはならないと思うのよね」

己の利のために他人を利用するだろうか。しかも、自分よりも弱い立場の者に。何かしらの救済措置を設けていそうな、そう思わせるくらいに彼は優しい。

「せめてその役割くらい果たせていたらよかったんだけどなあ」

フレドリックは濁していたが、グレンとフェリシアの間に入る邪魔とは、あの令嬢のような人種の事をいうのだろう。理由はどうであれ、結婚という事実を突き付けていてもグレンの状況は変わっていないのだ。

状況が変わらないのはフェリシアも同じだ。叔父夫婦はフェリシアの存在をどこまでも利用しようとしてくる。自分がいる限り、彼らはグレンから絶対に離れない。

「役立たずの上に足まで引っ張り続けているんだから本当にどうしようもないわね、わたし」

だから、どうしても見つけたいのだ。この結婚が契約によるものだという証拠を。

自室を見回してフェリシアは考える。性格に違いはあれど、しかし根底は同じだろう。他人に見つからず、しかし絶対に紛失できない大切なものをどこに隠すか。

今の自分でもきっと同じ事を思いつくはずだ。

「そういえば……」

窓際の文机は一度調べたが、あの中には四角い缶があった。中に入っていたのはグレンからの手紙だったが、封筒《ふうとう》の中身を全部は確認していない。

フェリシアは缶から取り出した手紙を一通ずつ確認して置いていく。書かれている中身はどれも留守を預かるフェリシアを気遣うものばかりで、目的とする中身と一致するものは一つもない。

ここにはなかったか、とがっくりとしながら缶を手に取る。

すると、箱の底の異質さに気が付いた。

「これ……上げ底になってる？」

外側の高さに対して底が浅い。中底をよく見ると微かに隙間がある。

どうにか外れないかと指を入れ込むが、爪で引っかけて持ち上げるには硬く底にくっついている。

一段目の引き出しにペーパーナイフが入っていたのを思い出し、今度はそれを使って引っかけると、簡単に底が外れた。

隠された底の底、にあったのは四つ折りにされた紙が二枚。

ドクン、と鼓動がやけに耳に響く。

喉の奥も急激に乾きを訴えるが、フェリシアはそれらに構わず紙を広げた。

「……あった」

それはまさにフェリシアが探し求めていたものに違いない。

契約結婚について互いの署名が記された契約書が一枚。

そして、もう一枚の中身を見てフェリシアは目を見開く。

それは、グレンとの結婚を終わらせる――記入済みの離婚届だった。

三章　奥様は真実に辿り着く

どうしても話がしたいので時間を作って欲しい。

フェリシアが手紙にそう書いた翌々日。グレンはすぐにその場を設けてくれた。忙しいのに申し訳ないと思うからこそ、これで彼へ恩返しができるとフェリシアは意気込んでいた。

グレンは朝方に帰宅した。それからフェリシアの話を聞こうとするので、せめて少しでもいいから身体を休めてからにしましょう、とフェリシアは無理矢理寝室へと押し込んだ。

そんな無茶をしてまで聞いて欲しいわけではない。

しかも、聞いて楽しい話ですらないのだ。

お互い落ち着いて話をするためにも休息は必要である。彼も疲れていたのだろう、フェリシアのその言葉に素直に頷くと昼近くまで寝ていた。

起きてから二人で昼食を摂り、グレンの私室へと案内される。

重厚な樫《かし》の木のテーブルを挟んで向かい合ってソファに腰を下ろすと、フェリシアは意気揚々と、そして誇らしげにグレンの前に書類を広げた。

「やっぱり、わたし達は契約結婚だったんですね！」

目覚めて以降ずっと謎だった事。その答えをついに発見した。

しかも予想通りのものだった、というわけでフェリシアの声はついつい弾んでしまう。

手元の書類に手を伸ばしフェリシアは改めて文面に目を通す。これが契約上の婚姻であるという一文を筆頭に、細やかな契約内容が綴られている。こんなにも事細かく用意されているなんてさすが伯爵様、とフェリシアは書類から顔を上げそのまま動きを止めた。

フェリシアが書類を見つけたという事に、グレンも驚きはするだろうと思っていた。

だが、目を見開き、怒りとも悲しみともいえない表情を浮かべるとは予想だにしなかった。

落ち着いて考えればすぐに分かる。この二枚の書類は満面の笑みで見せるような中身ではない。

気まずい沈黙が続く。先に耐えきれなくなったのは当然フェリシアで、誤魔化すようにわざと唇を尖らせた。

「最初に聞いた時に言ってくれたらよかったのに」

「……言えるわけがないだろう」

地を這うような低い声に、フェリシアは確かにまあそうだなと思い直す。少なくとも、第三者がいる場でできる話題ではない。

「契約期間は一年で終了って書いてますけど、今すでに結婚して三年目ってことは……わたし達は契約を更新したんですか？」

契約結婚は一年間の限定。但し、双方に延長せざるをえない理由がある場合は一年ごとの更新とする。契約書の第一項にはそう書かれている。

「二回も更新しないといけないような事情があった……ん、ですね。分かる、分かります、伯爵様、モテるけど女運悪そうですもん」

「それは……待て、今君はなんと？」

「え、わたしに虫除けをさせたかったたってことでは？」

そうじゃない、とグレンは頭を横に振る。

「分かる、とやけに感情が籠もっていたが……何か思い出したのか？」

「ああ、それはですね、先日フレドリック様から王宮へご招待いただいた帰りに、やたら気の強そうなご令嬢にお会いいまして」

名前は思い出せないままだが、容姿を伝えたところ思い当たる節でもあるのか、グレンの眉根が僅かに寄る。

「記憶喪失の伯爵夫人って大声で呼ばれたんです」

全てを話し終える頃にはもう、グレンの眉間には渓谷のように深い皺が刻まれていた。

「すごいですよね、こっちが記憶喪失だと知っている上で追い打ちをかけるが如き発言！　性格きっついなこの人！　って思いました」

つくづく、こんな令嬢に今も狙われている目の前のグレンが気の毒でならない。

「隙あらばなのかもしれないですけど……普通は言えないですよね、こんなこと。それでも構わず言ってくるんだから、どれだけ性格が悪いのかしらって。そりゃあ、伯爵様も契約結婚の一つや二つしたくなるのも分かります」

「君はそれで大丈夫だったのか？　他に何か酷い事を言われたりは」

「あまりにも見事な悪役っぷりに思わず噴き出しそうになったけど大丈夫です！　ちゃんと耐えました！」

そうじゃない、とでも言いたげにグレンがひどく長い息を吐いて項垂《うなだ》れる。フェリシアはそれに気付かないフリで話を続けた。

「直接言ってきたのはそのご令嬢だけでしたけど、今思えば遠巻きになにか言ってるなと感じる出来事はありましたね。やたらチラチラ見てくる方もいましたし」

それがグレンと結婚した事によるものなのか、それともフェリシアの実家事情も含まれるのか。どちらの理由であれ、フェリシアは一定数の好奇の目に晒されていた。

「もしかして、ずっとこんな感じだったんですか？」

「どうだろう……君は……いつも心配ないですとしか言ってくれなかったからな」

けれど、とグレンはもう一度溜め息を吐く。

「だが、それを鵜呑《うの》みにして確認しなかったのは間違いだった。おそらく君は、ずっとそうした誹謗中傷を受けていたんじゃないだろうか」

「どうでしょう？　あれくらいのは別に気にするだけ無駄っていうか、どちらかというと、わくわくする感じでしたけど。まるで小説の中の出来事みたいでした」

そんなグレンの思考をフェリシアはあっさりと切り捨てる。

だがこれはあくまで「今の」フェリシアだからそう感じるだけだ。グレンが知るかつてのフェリシアであったならば、聞く限りの「彼女」の性格からすると傷付いていたかもしれない。

しかし、それでもやはりグレンが心配する程の事はないように思う。

「前のわたしと今のわたし……全くの別人というくらいに違うってことは、もう耳にたこができちゃうくらい聞きました。でも、これって多分、元々あった性格が表に出てきただけだと思うんです」

夫を忘れ、親友を忘れ、ずっと傍にいてくれたメイドを忘れ、実家の事も忘れてしまったフェリシア。普通の人間であれば、不安に押し潰され毎日泣いていてもおかしくはない状態だ。

しかし、今のフェリシアはご覧の通りだ。

「……君は、明るいな」

「言葉を選んでくださる伯爵様の優しさに涙が出ますけど、同時に若干心が抉られるのでお気遣いは結構です。なににおいても大雑把、あるがままを受け入れるのが本当のわたしなんだと思います！」

良く言えば明るく朗らか、悪く言えば脳天気で雑。それが子供の頃からよく知るフェリシアの性格だとミッシェルも断言していた。

だからこそ、あんなとんでもない事まで口走ったのだ。

――伯爵様と結婚したってこと、よっぽど忘れたいくらいイヤだったんですかね！

これは酷いとしか言葉が出ない。あの時の顔面蒼白となったグレンの顔は、この先何があっても忘れないだろう。それこそもう一度記憶を失ったとしても。あれは心臓に悪すぎた。

「だが君は、これまでそんな顔を見せてくれた事はなかった」

「そんな顔って今のこののほほんとした顔ってことですか？　そんなの、猫を被ってたからじゃないです？」

「どうしてわざわざ猫を被る必要が？　夫婦であればそんな必要は……」

「夫婦っていっても契約上の……ってのもあります、ありますけど!!」

途端に沈痛な面持ちになるグレンを前にフェリシアは慌てる。どうにも今日のグレンは相当に傷付きやすいらしい。

彼の情の厚さはフェリシアも感じている。契約結婚の相手とはいえ、三年の間にフェリシアに対して多少の情があったのだとも理解できる。

しかし、もう少し割り切った考えをしているものではないだろうか。

そんな疑問を抱きつつ、ひとまずフェリシアは話を続ける。

「猫を被る理由なんて、相手に嫌われたくないとか、少しでも自分をよく見せたいとかですよね。きっと、伯爵様にもそう思われたかったんじゃないですか？」

契約結婚を打ち切られても困るし！

最後の言葉はなんとか飲み込んで、その直前までを口にする。

「どうやら繊細な伯爵様が面倒くさくなったのかも」とも言いそうになったが、それはなんとか腹の奥底に封印した。

「嫌われてはいなかったんだろうか……」

「それは間違いないと思います。少なくともわたしの家族のことよりは好きだったと思いますよ！　アレと比べるのも失礼な話ですけど」

思い出すだに腹が立つ叔父夫婦の暴言の嵐。言質を取ったからと、あれ以降音沙汰は皆無だ。

「そもそも、お金目当てでわたしを売り飛ばしてるようなものじゃないですか。いくら政略結婚といってもですよ。そんな家族に比べたら、伯爵様の方が絶対いいに決まってます」

だからこそ謎でならない。どうして記憶を失う前の自分は、離婚届というこの場において最も圧を放っているものに署名をしているのだろうかと。

今のフェリシアがグレンと離婚したいと考えているのは、一重に彼を解放してやりたいからだ。

フェリシアがいる限り叔父夫婦はグレンに寄生《きせい》し続ける。彼の虫除けにすら自分はなれていないとあっては、最早ただの害でしかない。

だから、せめてもの恩返しになればとこの選択肢を取ったのだ。

しかし、記憶を失う前のフェリシアはどうしてその道を選んだのだろうか。

「この離婚届が準備されているのって、契約の最後にある【妻の自由意思により離婚届は提出可】という部分によるものですよね？」

「ああ、君が私との契約を辞めたい時に即実行できるように、こちらの分は先に記入して渡しておいたものだ。だが……」

グレンはそこで言葉を詰まらせた。それもそのはず。フェリシアが手にしている離婚届には、グレンだけでなくフェリシアの名前もしっかりと記入されている。

提出する日付の記入だけが空欄になっているが、そこさえ埋めれば書類としては完了だ。然るべき手続きを終えれば、この結婚は終わりとなる。

普通に考えれば、これだけの相手と離婚する利点は全くない。仮にグレンと離婚したとしても、新たな金蔓《かねづる》を掴むために別の相手と再婚させられるだけだろう。あの叔父夫婦ならほぼ十割の確率でそうするに違いない。

性格が今と違っているにしても、それが分からない程に記憶を失う前の自分は愚かではないだろうに。それでも過去の自分はグレンとの離婚を願って、書類を準備していた。

せっかく窮状《きゅうじょう》から救い出してくれた人を拒絶する程の事があったのだろうか。

「例えば伯爵様がわたしにだけ冷たい態度だった、なんてこと……ないです、ありえないですね。それは今のわたしにだってはっきり分かりますから！　そんな顔をなさらないでください、ごめんなさい!!」

あくまで例え話のつもりで口にしたのに、一気にグレンは傷付いた顔をする。

本当に伯爵様ったら繊細！　とフェリシアは自分の図太さを分けてやりたくなってしまう。こんなにも傷付きやすいと生きるのが大変そうだ。

「あと、離婚の理由で考えられるのは……」

「君に……本当に大切な相手ができた、という事か……」

「パッと浮かぶのはそれですよね」

フェリシアは頷く。

その答えにグレンが軽く息を飲む気配があったが、ややあって重く口を開いた。

「――なんであれ、君に私との契約を終わらせたいという意思があったのは分かった」

フェリシアに記憶がない以上、真相は闇の中だ。あれこれと考えた所で結論は出ない。

今目の前にある事実を受け入れ、先に進む他に道はないとグレンは結論づけたようだ。

「君の症状が落ち着かない事には今すぐ、とはいかないが」

「わたしとしては今すぐでも構わないですけど」

「そうまでしてここから出ていきたいのか」

グン、と部屋の空気が一気に下がった。グレンの眼差しが冷たさを増し、射抜くようにフェリシアを見る。

「あああ、違います、そうじゃなくて！　これ以上伯爵様に迷惑かけるのも申し訳ないなって！

多分、今のわたし……っていうかきっと前のわたしもそうだったと思うんですけど、わりと余裕で一人で生きていける気がするんです」

「その自信はどこからくるんだ」

「勘です！」

呆れと腹立たしさと、もう一度呆れの混ざった特大の溜め息が二人の間に落ちる。

「君が記憶を失ってから、まだ半月も経っていない。これからどんな症状が出るかも分からないし、そもそも君が倒れていた理由だって不明なんだ。もし誰かに襲われて、それが原因だったとしたら」

「それをずっと考えていたんですが、わたしが勝手に転んで打ち所が悪かっただけじゃないかと思います」

「そうだったとしても！　記憶喪失の妻と離婚したあげく屋敷から出すなんて、簡単にできるわけがない」

「あー……そうか、世間体……」

「……そう思ってくれて構わない」

それ以外になにがあるのかとフェリシアはグレンを見るが、彼が口を開くより先に部屋の扉を叩く音が響く。来客を告げる執事《しつじ》の声に、これ以上この話を続けるわけにもいかず、今日の所はこれで終了となった。

部屋を出る寸前、ソファに腰を下ろしたままのグレンの顔が一瞬だけ泣きそうに見え——それが何故かフェリシアの胸に刺さった。

◆◆◆

その時の痛みは三日経った今も地味に続いている。

またしても彼を傷付けてしまった事への罪悪感か。

思い返せば、記憶を失ってからの間ずっとグレンを傷付けてばかりだ。ただでさえ恩人である彼のことを忘れている、それだけでも酷いというのに、さらに不義理まで働いている。

離婚届はグレンの手元にある。彼がいつ、どんなタイミングであの書類の手続きに踏み切るのかフェリシアには不明だが、それが成立する前に、せめて何か一つでも恩返しをしたい。

そんな一心で、今一度自分の部屋を漁っていた。


——君に本当に大切な相手ができたという事か。


グレンはそう言い、そしてそれがどうやら正解であると結論付けたようだが、フェリシア自身としてはそれは違うと思う。だって、そんな相手の記憶など今この瞬間にだって蘇ってこない。

「そもそもそんな相手がいたのかしらねって話だし」

フェリシアもグレンの意見に同意したようなものではあったが、あれはあくまで一般的な話として、であったのだ。

「あれから伯爵様も忙しそうでゆっくり話できてないしなあ」

離婚の意思はあったけれど、それは他に好きな相手ができたからではない、という確信がある。

そういえばこの結婚が契約に違いないと思った時もそうだった。妙な自信があったのだ。

「つまりはやっぱり違うのよ、離婚したいって思った原因は他にあるんだわ」

グレンはフェリシアが他に好きな相手ができた、という事に傷付いていた。

ならばそれは違うという証拠を見つけたい。離婚という道を選んだのは、決してあなたを嫌いになったからではないのだと。

あの契約結婚の紙と離婚届みたいに、もっと変な所に隠している何かがあるはずよ……わたしなら、きっと……

「絶対、こんな所に隠してるなんてなにを考えているのって所にあるはずなのよ！　なにかが!!」

そう叫びながら頭と手を動かす事しばし、ようやくフェリシアは見つけた。

今度は文机の四番目の引き出し。ここもまた二重の底になっていた。

出てきたのは小さく折りたたまれた便箋《びんせん》の山。ざっと数えても何十枚もある。それを一つ一つ広げて中身に目を通すごとに、フェリシアの身体は喜びに震える。

これは間違いなく伯爵様を喜ばせることができる!!

綴られていたのは記憶を失う前の自分の素直な想い。

彼に対する、言葉に出来なかった気持ちの数々。

出しもしない手紙をこんなに書き連ねるなんて、ぶっちゃけ自分面倒くさいな？　と思わなくもないけれど、まあ以前のわたしは静かで大人しかったらしいから仕方ないわね！

そう軽く片付けてフェリシアは自室を出た。向かう先は一つ、グレンの部屋しかない。

運のいい事にグレンは今日は休みだ。やっと訪れた休日。だというのに彼は朝から部屋に籠もっている。もしかしたら離婚の手続きを進めているのかもしれない。

だとしたらきっと、妻に浮気相手がいたと意気消沈したままだろう。

いや、浮気じゃないんだけどね！　そもそもこの結婚が契約だし！　でも伯爵様的には浮気と同じかー!!

そんな思考が駆け巡りつつ、気付けばグレンの部屋の前に着いた。

フェリシアは扉の前で深呼吸を繰り返す。

彼はこの手紙を読んで、何を今さらと思うかもしれない。素直な気持ちを直接伝える事ができないような関係性だったのかと、逆にがっかりすることも考えられる。

いや、きっと彼は歩み寄ろうとしてくれたはずだ。始まりは契約結婚だとしても、夫婦として関係を深めるために。

それをフェリシアが頑なに拒んでいた。信じられなかった。グレンを、ではない。あんなにも素晴らしい人に自分は不相応であると、自分自身を信じる事ができなかった。

歩み寄る事、向きあって、関係を築いていくことを誰よりも怖がっていたのではないだろうか。

それにより、無駄にすれ違いばかりを重ね、他に思い人がいるのではと誤解までされている。

だがその誤解もこの手元にある物が吹き飛ばしてくれる。離婚という道は変わらないけれど、彼を一番傷付けている事柄を解消はできるはずだ。

はたして彼はいるだろうか。そんな考えすら今のフェリシアには浮かばない。

深呼吸で気持ちを落ち着かせたと思ったのは、あくまで思っただけであった。

完全に浮かれた状態で、フェリシアは目の前の重厚な扉を元気に叩いた。あげく、ろくに返事も待たずに中へ飛び込む。マナーも何もあったものではない。

「伯爵様！　これ！　これ見てください!!」

グレンは机の上に広げた書類を険しい顔をして見ていた。

集中していたグレンにしてみれば、突如フェリシアが現れたようなものだ。何事かと驚き立ち上がると、大股でフェリシアの元へと近付く。

そんなグレンにフェリシアは広げた便箋《びんせん》の束を差し出した。

「どうしたんだ一体……それにこの紙は……？」

「もうちょっと嫌ですよぉ、伯爵様の奥様ったら、とんだ恥ずかしがり屋さんじゃないですかー」

何故か口調がどこぞの噂好きの夫人のようになっているが、フェリシアにその自覚はない。

含み笑いまでしているので、グレンの顔付きが怪訝《けげん》の一色に染まっている事にも気付かず、彼の脇を軽く肘で突いてくる始末だ。

「いいからまあこれを見てくださいって。奥様には他に大切な相手がいるんじゃないかって勘違いして、傷付いちゃった伯爵様が元気になれますから」

「な……っ！」

美貌《びぼう》の騎士様の顔が瞬間的に朱色に染まる。

伯爵様ったら可愛い！　と咄嗟に叫びかけたが「んんッ！」と咳払いで誤魔化し、フェリシアはまずは一枚、と彼の胸元へ便箋《びんせん》を押しつけた。

「奥様から伯爵様への気持ちが分かりますよ」

「……君から、私への？」

「はい――……はい？」

グレンの手が押し付けられた便箋《びんせん》に触れる。それを渡すのが目的であったはずなのに、フェリシアの手も便箋《びんせん》から離れない。

なんだか、とても、これを渡してはいけない気がしている。とてもする。ものすごくする。

渡してしまったが最後、過去の自分が発狂して今の自分を殺しに来かねないくらい、渡してはいけないものではないか！　この便箋《びんせん》は!!

「私の妻は君だけだ。だからこれは、君から私への……」

「あーっっっっ!!」

フェリシアは叫んだ。

まずい、これはまずい、すこぶるまずい、と最悪の事態が三段階で押し寄せる。

さすがの騎士様もこれには困惑する。目の前で絶叫したあげく固まっているのだから当然だ。

「フェリシア？」

「わーっっ!!」

下から覗き込むようにグレンが顔を近付けるので、さらにフェリシアは叫ぶ。

「フェリシア!?」

ついにはフェリシアの身体は真っ赤に染まる。

プルプルと首を横に振りながら、そのままゆっくりと後退していく。そうやって背中が扉に触れたと同時、フェリシアはクルリと背中を向けて一目散に駆け出した。

「フェリシア！」

つられてグレンも一歩外へと踏み出した。その時ハラリと便箋《びんせん》が床に落ちる。

グレンに押し付けたままだったそれを、フェリシアは回収するのも忘れて逃げ出した。

見てもいいのだろうかと一瞬悩むが、これを見ろと持ってきたのは彼女だったなと、グレンは裏返って落ちた便箋《びんせん》を拾い目を落とし……

「フェリシアーっっ!!」

これまた叫びをあげながら、逃げた妻を追いかけるべく部屋から飛び出した。

四章　旦那様の邂逅《かいこう》

王妃の誕生日を祝う夜会で一目惚れをし、その場で行われた熱烈な求婚を経て結ばれたグレン・ハンフリーズ伯爵とフェリシア・リンスベルク伯爵令嬢。

世間は元より、フェリシア自身もそう思っているが、実際はそうではない。

過去に二度程、グレンはフェリシアと会っている。

彼女の本当の両親がまだ健在だった頃に。

街中で迷子になっていた幼い彼女をたまたま見つけ、保護し、送り届けたのだ。

迷子のわりには元気で明るく、泣き喚いたりもしない。それどころか、遊び相手ができたとばかりにはしゃいでいた小さな女の子。

てっきり近くに住む庶民の子供だと思っていたら、まさかの貴族のご令嬢だった。

王都でも屈指の美しさと広さを誇るリンスベルク家。門前で出迎えたメイドはいたく恐縮していたが、グレンはグレンでまさかこんな名家のご令嬢だったとは、と驚きに固まっていた。

おにいちゃんありがとうと笑顔で手を振る無邪気な姿は、やはりどう見ても貴族の娘には見えない。

しかし、だからこそその笑顔はグレンの中であたたかい記憶として残り続けた。

年を一つ重ねるごとにグレンには伯爵家の跡取りとしての責務が増えていく。それは大いなる力を持つ者にとっては当然の事であるので、どれだけきつくともグレンは耐えた。

だが、徐々に纏わり付いてくる人々の思惑《おもわく》。貴族特有の嫉妬《しっと》や虚栄心に晒される日々は、清廉な精神を持つグレンまでも蝕もうとする。

しかしその度に、無邪気に笑っていた幼子の姿を思い出して、それらの負の感情を振り払う。

代々騎士を輩出してきた家系である。グレンも子供の頃からその道へ進むために努力を続けていたが、それはあくまで伯爵家の跡継ぎだからという使命によるものだった。

けれど、都度思い出すあの笑顔――ああやって誰しもが笑顔でいられる世界を守りたいと、自発的に思う原動力になった。

どこか言われるままだと感じていた人生が、ようやく自分のものだと実感できる……そのきっかけとなった恩人。とまでいうと大仰だが、グレンにとってあれは、かけがえのない出会いであった。

それでも、徐々に懐かしい思い出の一つとなりかけていた頃。

再びグレンはフェリシアと出会う。

とある貴族が主催する夜会で、まだ社交界にデビューする前であろうフェリシアの姿を見かけた。

その瞬間、グレンはあの時の幼子だと気が付いた。

外見はすでにおぼろげである上、幼女から少女に成長しているのだから、普通であればまず分からないだろう。

しかし、屈託《くったく》なく笑う姿があの頃と全く同じだったのだ。

昔よりも随分と可愛らしく、そして美しく成長した姿をチラリと見て、あの元気なお転婆娘《てんばむすめ》がこうなったのかと、なんとも愉快な気持ちになった。

ほんの一瞬、声をかけようかとも考えたが、どうせ覚えていないだろうと諦める。

なにより、今の彼女はどうやら想う相手がいるようだ。チラチラと視線が一人の少年へと向かうのを見て、グレンはその場を後にした。人の恋路を邪魔する趣味はない。

しかし、あの男はあまりいい噂は聞かないからやめた方がいいぞと、そんなちょっとした嫉妬《しっと》ともとれる感情には蓋をして。

たった二度の邂逅《かいこう》。

これでもう会う事はないだろうとグレンは思っていた。

年頃になれば年の近い青年の元へ嫁ぐだろう。彼女の年齢は知らないが、夜会で見かけた時点ですでにグレンは成人していた。まかり間違っても自分と関わる事はない。

随分と明るく朗らかな性格でいたようだから、どうかあの笑顔が続くような、そんな幸せな道を進んでいればいいと、最早遠縁の親戚のような気分でさえいた。

しかしグレンはまさかの三度目の出会いを果たす。

かつて大貴族として名を連ねていた伯爵家が今は没落寸前で、そこの令嬢が起死回生の玉の輿を狙っているという、なんとも下劣《げれつ》な噂をきっかけとして。

グレンはその噂の伯爵家の名に覚えがあった。

それとなく調べてみれば、まさにグレンが迷子の子供を送り届けた家だ。どうしてそんな事になっているのか、さらに詳しく調査をした所、衝撃の事実が露わになる。

フェリシアの両親が馬車の事故ですでに故人となっているという事。

その弟が家名を継ぎ、フェリシアの後見人として収まっていたという事。

そしてこの弟がとんだクズであり、ただでさえ財政難で苦しんでいた伯爵家の財産をとっくに食い潰していた事まで判明した。

フェリシアが本来得るはずだった遺産など当然残っておらず、それどころか彼女を使ってなんとか没落を回避しようとしているとの話を知った時には、グレンは怒りで目の前が真っ赤に染まった。

こうしてはいられないとグレンはすぐに動く。

彼女が参加するという夜会に急遽自分も加わった。

会ってどうする、どうするかは会って考えればいいと、普段のグレンであれば絶対に取らない行動を取り、そうまでして会いたかった彼女とどうにか再会を果たす。

この時のフェリシアは、全くの別人かと思うほどに暗く悲しみに満ちていた。

グレンを奮い立たせてくれていた、あの屈託《くったく》のない笑顔はすでになく。

場に合わせて無理矢理笑う姿が痛ましすぎて、グレンはなんと声をかけていいのか分からず遠目から見守る事しかできない。

しかし、彼女がとある公爵家と見合いをするようだとの話を耳にした途端、いても立ってもいられず、グレンはその日その場所でフェリシアに結婚を申し込んだ。

「――リンスベルク嬢……いや、フェリシア。どうか私と結婚してください」

◆◆◆

不幸になるのが目に見えている相手を放置してはおけない。そこから救う手段を持つ、これは大人の責務である――はずだった。

フェリシアは当初この結婚を受け入れていいものかと悩んでいたが、グレンにも益があるのだと丸め込み、婚約期間も早々に結婚生活を開始した。

いずれ彼女に本当に想う相手ができたなら、その時は喜んで送り出してやろうと思った。だからこそ、契約結婚としての書類を整え、いつでも契約を解消できるようにと離婚届まで渡していた。

それがいつしか庇護欲《ひごよく》だけに留まらず、そこに愛情が育ち、それ以上の強い想いに心を占められるようになったのはいつからだったろうか。

過去に二回しか見たことのない笑顔ではあったけれども、またああやって彼女が無邪気に笑えるようになればいい。その手助けができればいいと、それだけの思いで始めた契約結婚であったのに、気がつけば彼女の存在はグレンにとって欠かせないものになっていた。

護衛騎士としての激務もさることながら、貴族社会の悪しき風潮はこれまで以上にグレンの心を摩耗《まもう》させていく。

けれど、帰宅すれば必ず笑顔で出迎えてくれるフェリシアがいた。彼女を見るたびに、グレンは自らの原動力――その笑顔を守りたいという強い感情を思い出す。

家のためだとか、騎士の家に生まれた責務であるからだとか、そういった大義名分はではない。ただただ、一人の人間として、誰かを……愛する人を守りたいという純粋な気持ち。それらを思い出すだけで、疲れ切った心は一瞬で回復し、仕事に全力で励むことができた。

まだ、かつてのフェリシアの笑顔を取り戻せたとは言えない。

それでも、自分に向けられる優しい微笑みを見るとグレンの心は癒やされ、フェリシアへ向かう感情はどんどんと大きくなり、やがて抑えきれない程までになってしまった。

清廉潔白な騎士であり、貴族たらんと常に公明正大に生きていようと、グレンだって立派な成人男性だ。ぶっちゃけ性欲だってある。

それまでは娼館《しょうかん》に赴いて欲の解消を行っていたが、フェリシアと結婚してからは完全に絶っている。結婚したので当然ではあるが、そういった欲がフェリシアにしか向かなくなったのが一番の理由だ。

結婚しているのだし、彼女とベッドを共にしたとして何一つ問題はない。

むしろまだ別々に寝ているのかと、執事《しつじ》は元より長く勤めてくれているメイド達からも若干冷たい目で見られてもいた。

それでもグレンはフェリシアを抱こうとはしなかった。

自分は、彼女をあの叔父夫婦から助けるために結婚しただけで、本当の夫ではない。

きっと、いつか彼女を解放する日が来るだろうからと――

しかし、それが間違いであったのかもしれない。

結婚生活を始めて、徐々に明るさを取り戻しつつあったフェリシアが結婚二年目になる頃からまた笑顔を曇らせ始めた。その頃のグレンは、数年前から計画されていたフレドリックの長期視察へ向けて、最後の詰め作業に追われていた。ろくに屋敷に帰れない日々が続く。

だからこそ、時間をどうにか作っては彼女に手紙を送り、何か困っている事や悩んでいる事はないかと尋ねていた。しかしフェリシアからは。

「大丈夫です」

「グレン様にご心配をおかけするようなことはなにもありません」

そんな短い返事ばかりが届く。

稀に屋敷に帰った時でさえ、直接会話をしても手紙と同じやり取りになってしまう。二人の間には遠慮という壁が立ち塞がっており、そしてグレンはその壁をどうやっても攻略できずにいた。

自分が踏み込んだとして、彼女が受け入れてくれなかったとしたら。フェリシアの本心を知ることが恐ろしい。

そして、それと同じくらい、グレンはフェリシアに拒絶されることが恐ろしかった。ただ彼女の夫として傍にいることができるこの生活をなくしたくはなかった。

だから、フェリシアとの間にある壁、そして心の距離を、無理に縮めようとはしなかったのだ。

その後、ついにフレドリックと共に隣国へ赴く事となり、フェリシアとの距離は絶望的にまで離れてしまった。これまで以上にグレンはフェリシアへ手紙を出した。屋敷の人間にもくれぐれもフェリシアを頼むと別に宛ててもいた。

そうやってどうにかか細い糸を途切れさせず、無事に任務を終えて帰還したのはほぼ一年後。延びに延びた予定に、フェリシアは呆れ果てているのではないかと心配していたが、彼女は相変わらずの笑顔でグレンを迎え入れてくれた。

「おかえりなさいませ、グレン様」

「ただいまフェリシア。君にこうして出迎えてもらえただけで疲れが吹き飛ぶよ」

少しやつれたようにも見えたが、この時のフェリシアの笑顔はグレンが守りたいと思っていたあの時のものと同じだった。

これでようやくフェリシアとの時間を持つ事ができると考えていたが、現実はグレンに厳しかった。ただでさえ長期の視察だ、報告すべき事は山ほどある。

さらにはその期間が延びた事での報告書が増え、今後の対策まで求められた。

グレンの任務はあくまでフレドリックの護衛だ。

その辺りは専門外だと、そう切り捨てられるだけの軽い立場であればよかったのにと、この時ばかりはグレンは己の高位貴族としての身分を呪った。

気付けばフェリシアの表情はまた暗いものへと戻っていた。

それどころか、塞ぎ込んでさえいるようで、部屋から出てこない日もあると聞く。

どうしたものかとグレンは気を揉むが、ふとした時にその原因を知った。噂好きの侯爵夫人から、グレンとフェリシアの結婚生活について尋ねられたのだ。

「仲睦《なかむつ》まじいのは知っているのよ。でもね、あんなにも熱烈な求婚をなさって結ばれたのに、いまだにお子がいらっしゃらないでしょう？　いえ、わたくし達はただほら、はやく二人の可愛らしい子供を愛でたいのよ。自分の子供はすっかり大きくなってしまったものだから、不快な気持ちにさせたのならお詫びするわ」

声も表情も朗らかだが、目の奥は淀《よど》み濁っている。他人の不幸を酒の肴《さかな》にして楽しもうというい つもの貴族の姿だ。

こんな所まで口を挟むのかと、グレンはあまりのくだらなさに呆れると同時に怒りを覚えた。ならばそんな話ができないほどフェリシアを愛してやろうと思うが、そうするには自分達の関係はあまりにも歪すぎる。

周囲からどれだけ仲睦《なかむつ》まじく見えようと、本当の夫婦でさえないのだから。

この頃にはすでにフェリシアに対するグレンの想いは明確なものであったが、何しろ彼女の気持ちがグレンには分からない。

今もまだ、哀れな自分を憐憫《れんびん》の情で救ってくれた恩人としか捉えていないのではないか。

そんな相手に身体を求められてしまってはどう思うだろう。少なくとも信頼はしてくれているようだが、それすらも失われてしまうのではないか。裏切られたと思うかもしれない。

そう思うと、グレンはどうしても行動に移すことができずにいた。

◆◆◆

「ご両親の件があって以来、フェリシアは性格が変わってしまったみたいに暗くなっていたんです。それが伯爵様と結婚して段々と元気になって……なのに、嫉妬《しっと》の対象になってしまうし、陰で色々とあったみたいなのに私にも話してくれなくて、一人で抱え込むようになって、またあの頃のフェリシアに戻って……」

グレンが不在の時に、見舞いに来てくれたミッシェルがそう話していたそうだ。幼馴染みにさえ心を開けない程に、フェリシアが傷付いていた事実。

そしてそれを防ぐことのできなかった己の愚かさ。

「今の記憶をなくしたフェリシアって、本当に子供の時の彼女そのものなんです。あのままご両親が健在で、幸せに過ごしていたら、明るくていつも笑顔のフェリシアになっていたんじゃないかなって」

グレンは、自身との結婚でもフェリシアは幸せにはなれなかったという事を、改めて彼女の親友から突きつけられた。

記憶をなくした今の彼女こそが、本当に幸せを掴んだ彼女の姿に違いないのだ。自分はこんなにも彼女の存在に救われ、そして幸せを享受していたというのに。何一つ彼女に返すことができず、記憶をなくすほどに嫌な時間を過ごさせてしまった。

記憶を失ったフェリシアは、まるでこれまでの鬱憤《うっぷん》を晴らすかのようにグレンの心を抉り続ける。言葉で、態度で、向けてくる笑顔で、どこまでも。

しかしそれこそが、彼女を守るためにと無理矢理結婚しておきながら、さらなる窮地《きゅうち》へ追いやった自分への罰なのだろう。

自分の中ではすでに契約ではなく、君と本当に夫婦になりたいと――愛しているのだとは口が裂けても言えやしない。

やがてフェリシアは決定的な証拠を見つけてきた。この結婚が契約であるという事を記した書類と、そして離婚の意を示す書類のどちらも。

まさに頭を殴られたかのような衝撃だった。

震えそうになる身体を最後の矜持《きょうじ》で堪える事しかできない。

記憶を失っているフェリシアではなく、グレンと三年の月日を過ごしたフェリシアからの別離の意思だ。自分が知らなかっただけで、彼女にはすでに本当に想う相手がいたのだろう。

グレンはそれを受け入れる以外の術を持たず、静かに了承した。

ただ一つだけ、現状では今すぐの離婚は無理だと伝えるが、当の本人は今すぐでも構わないと軽く返してくる。

「そうまでしてここから出ていきたいのか」

声に怒りが混じるのを抑えきれなかった。まさか記憶を失っているというのは嘘で、すぐにでもその相手の元へと行く気なのではと、そんなドス黒い嫉妬《しっと》がグレンの全身を駆け巡る。

「ああ、違いますそうじゃなくて！　これ以上伯爵様に迷惑かけるのも申し訳ないなって！」

フェリシアの言葉に嘘はない。なのに疑ってしまう己の狭量《きょうりょう》さに、だからお前は愛想を尽かされたのだと自分で自分を罵倒《ばとう》してしまう。

記憶喪失状態のフェリシアを一人にするわけにはいかない。

今後どんな症状が出るかも分からないし、そもそも君がそうなった原因はいまだ不明なのだ、もし誰かに襲われていたりなどしたらどうするのか。その辺りを説明するも、フェリシアは「世間体が悪いですもんね」と違う意味で頷く。

ただただ君が心配なのだという気持ちも、少しでも傍にいて欲しいという悪足掻きも、何一つ伝わらない。

少なくとも、二人の間では離婚が成立したような状況であっても、それでもフェリシアは第三者としての認識しかしてくれなかった。

突然の求婚に驚き固まる彼女を宥め、お互いのための契約だと思えばいいと、その場凌ぎのでっちあげた嘘。

それが固まり、それに縛られ、結果として隣り合っていても心の距離は遠いまま三年という月日だけが流れ……ついには彼女の記憶からも消し去られた。

彼女の記憶から消えてしまっても。

彼女の大切な人が自分ではない、他の誰かであっても。

それでも彼女が幸せで、笑って過ごす事ができるのならもうそれでいい。その役に立てたというだけでも自分にとっては何よりも名誉だ——

そうやって、必死に自分自身に言い聞かせていたというのに、フェリシアはとんでもないものを持ってグレンの部屋へと飛び込んできた。

小さく折りたたまれた便箋《びんせん》は広げた所で皺くちゃだ。

だがその中身は、今までのグレンの葛藤《かっとう》を遥か彼方に吹き飛ばす、どころのものではなかった。

皺だらけの便箋《びんせん》に綴られていたのは、フェリシアからの――記憶を失う前の彼女からの、グレンに対する愛の言葉だった。

五章　奥様と旦那様の攻防戦

よほど動揺しているのか、点々と便箋《びんせん》が落ちている。

それを拾い、時には拾ったメイドから受け取りつつ、ついでに彼女の目撃情報も得ながらグレンは中身を読み、そうしてまた新たな叫びを上げそうになる。

便箋《びんせん》一枚に書かれている言葉はどれも短いけれど、それが余計に彼女の想いの深さを伝えてくる。

可愛らしい文字で綴られたフェリシアからの愛情は、一目見るだけで心の奥底から喜びが沸き上がる。それと同時に歓喜の叫びを上げたくなってしまう。


——よかった、自分だけではなかった、彼女もきちんと愛してくれていたのだ。


喜びに打ち震え、今すぐ彼女をきつく抱き締め、私も君を愛していると伝えたくて堪らない。

だというのに、現状は屋敷中を駆け巡る追いかけっこだ。

どうしてこうなった、と突っ込む暇すらない。

なにしろ貴族のご令嬢にあるまじき速度でフェリシアが逃げているのだ。動きにくい服と靴のはずなのに、スカートの裾を靡《なび》かせ見事な姿勢で廊下の角を曲がる。速度が一瞬たりとも落ちないのはいっそ賞賛に値するくらいだ。

「フェリシア!!」

「あーっ!? 嘘でしょ、伯爵様速い！」

名を呼ばれ、チラリと振り返ったフェリシアはそこにグレンの姿を見て、さらに逃げる速度を上げた。だからどこにそんな力が、と負けじとグレンも速度を上げる。

グレンは騎士だ。お飾りでもなんでもなく、実力の伴った騎士の中の騎士。そんなグレンが本気で追いかけねばならぬ程に、フェリシアの逃げ足は速い。

グレンの手元にある彼女からの想い。それを受け取った時は、これ以上はないくらいに喜びに満ちていたが、今は可愛さ余ってなんとやら、だ。

そんなに必死に逃げなくてもいいだろう……!!

初めてフェリシアに対して苛立ちを覚えた瞬間かもしれない。

そう自覚した瞬間、ついにグレンもこれまで被っていた仮面を脱ぎ捨てた。

「俺から逃げられると思うなよ！」

それはまさにグレンの心の底からの叫び。対してフェリシアも叫び返す。

「それ悪役の台詞ー!!」

あと俺って、俺って!! とグレンの口調が変わっている事に内心驚きながら、それでもフェリシアは止まらなかった。

「俺だけが君を愛しているとばかり思っていたから、それが重しにならないようにと必死に体面を取り繕っていただけだ！」

「伯爵様の猫被り！」

「そうだ！　君に嫌われたくない一心で猫を被っていたんだよ、俺は！」

ダン、とグレンは床を蹴る爪先に力を篭める。

「だけどもう猫を被るのはやめる！　君も俺を好きだと想ってくれているのなら、これからは手加減せずに本気でいく！」

「そ、それは、以前のわたしであって今のわたしじゃ……」

「なら、今の君にも俺を好きになってもらえば済む話だな！」

最早、お互い貴族の威厳どころか大人としての立場もあったものではない。年端もいかない子供のようにぎゃあぎゃあと叫びつつ、ひたすら続く鬼ごっこ。

彼女の心は当然ながら、ひとまず身柄を捕まえなければとグレンは本気だ。

この先には階段が待ち受けている。まかり間違っても転んで落ちたら大変だとグレンは手を伸ばす。指先がフェリシアの腰のリボンを掴む、寸前……

「そうは問屋が卸しませんからね!!」

フェリシアはひらりと身をかわし、階段の手摺《てす》りに飛び乗った。そしてそのまま一気に滑り降りる。騒ぎに駆けつけたメイドが一人、あまりの光景に悲鳴を上げた。

「誰が簡単に捕まるもんですか！」

ここまでくるともう、フェリシア自身どうして逃げているのか分からなくなっていた。

しかしまあ、鬼の形相で追われてしまえば誰だって逃げるだろう。それが美形であれば尚更だ。イケメンの圧が怖い。

だが、これがこの鬼ごっこの勝敗を決めた瞬間であった。

フェリシアからの捨て台詞に、グレンは己の中で何かが盛大に切れる音を確かに聞いた。

――今の君は逃げるのか、俺から。そうまでして、逃げ出したいのか。

昂ぶっていた精神が急速に冷えていく。ホールを抜け、外へ続く扉へ向けて走るフェリシアの背をどこか遠くに眺めながら、グレンは二階の廊下の手摺《てす》りに手を置いた。

「グレン様!?」

メイドの悲鳴と着地の音が背後で響く。フェリシアは驚き、ついつい振り向いてしまった。

扉まで残り数歩の距離。振り向いた所ですぐに逃げる事ができると、勝利の確信を得ていた、が、しかし。

振り返ってしまったのがフェリシアの失敗だった。

背後から冷気を揺らめかせたグレンが目の前に立っている。え、とフェリシアはその場に凍り付く。どうしたってこの光景が信じられない。だって彼は階段の上にいたはずだ。

駆け降りたにしても、フェリシアが扉を開けるのが早かったはず、なのだが。

「え……飛び降り……えっ!?」

フェリシアは階段の上と下を何度も見比べてしまう。やはり、あの高さを飛び降りたという事が信じられない。そうやって驚き固まるフェリシアの、そんな一瞬の隙をグレンが突いてきた。

「わっ⁉」

両肩に猛烈な力が加わりフェリシアの身体は後方に押しやられる。ぶつかる、と思った瞬間頭と背中にグレンの腕が回ったので痛みは感じずに済んだが、その代わりに動きは完全に封じられた。

押された衝撃にフェリシアは反射的に両目をきつく閉じている。しかし、背中に回る腕の感触、目の前に感じるグレンの体温、それらからどういった状態でいるのかは嫌でも理解できてしまう。

「フェリシア」

耳元で名を呼ばれ、フェリシアはビクリと肩を震わせた。

だが、覚悟していたのとは違い、グレンの声はとても優しい。

いきなり部屋へ押しかけ、説明らしい説明もしないまま大量の便箋《びんせん》を押し付けた挙句。急に悲鳴を上げて全力で逃げ出したのだ。

これだけでも酷すぎるというのに、さらには追いかけてくるグレンを振り切り階段の手摺《てす》りから滑り降りたなど、もうこれだけで離婚を言い渡されるのに充分な出来事だろう。

怒っていたとしても当然だ。むしろ怒らないわけがない。

しかしグレンは、こんな時までもフェリシアに優しさを見せてくれる。自分は本当になんて酷い事をしてしまったのか。そんな反省の念と共にフェリシアは両目を開き——そして固まった。

「誰が簡単に逃がすかよ……！」

口の端を緩く上げて笑う、美貌《びぼう》の伯爵騎士様の恐ろしさといったら。フェリシアは息を飲んで恐怖に目を見開く。

「あああああこわっ！　怖い！　伯爵様怖すぎますし、ほんとそれ悪役の台詞!!」

逃げ出そうと暴れてみるも簡単に制される。何しろ相手は王族の護衛を務める騎士だ、フェリシアの抵抗など赤子を相手にするのと同じだろう。

そうやってフェリシアが本気で怯えるものだから、さすがにグレンも凶悪な顔をしている自覚があったのか少しばかり態度を緩めてくれる。

「君が俺のことを名前で呼ぶなら、少しは手加減をしてもいい」

記憶を失ってからというもの、グレンは一度もフェリシアから名前で呼ばれていない。

せめてこの辺りからでも距離を縮めていけたらいいと、そんな歩み寄りだったのだが、しかしフェリシアは一蹴する。

「は!?　伯爵様を名前で!?　そんな、恐れ多くて呼べるわけないじゃないですか！」

即答で拒絶である。一度収まったはずのグレンの冷気が再び漂い始める。

「随分と他人行儀だな」

「だって他人じゃないですか！」

これまた即答だ。思わずついて出た言葉であるからこそ、フェリシアの率直な気持ちでもある。

なるほどよく分かった、とグレンが大きく頷く。それによりフェリシアも理解した。今の言葉が、とんだ地雷であったという事を。

「他人だから俺の名前を呼べないというのであれば、だったら他人ではなくなればいい。夫婦ではあるけれど、そう呼ぶには確かに、今までの俺達は他人行儀すぎた」

ニコリとフェリシアに一つ微笑むと、グレンはそのまま彼女の耳朶《じだ》にそっと顔を近付ける。唇が触れる寸前の距離で、ことさら優しく言葉を流し込む。

「本当の夫婦になろうか、フェリシア……今すぐ」

ひ、とフェリシアは最早叫ぶことさえろくにできない。赤くなったり青くなったりと忙しい彼女にダメ押しとばかりにもう一度笑みを向け、そしてグレンは顔だけを動かし背後を振り返る。

「ハンス！　俺は今からフェリシアに色々と教え込まなければならない。すまないがこれから数日、俺への用件は保留か、お前の判断で断ってくれ」

遠くから事態を見守っていた老執事《しつじ》にそう伝えると、グレンはフェリシアの身体をあろうことか肩に担いで歩き始めた。

「ちょっとーっ!?　伯爵様!?」

「大丈夫だフェリシア、君は記憶を失っているが、それを補うだけの情報をこれからしっかり、時間をかけて教えていくから安心してくれ。そのための日数は今確保した」

何一つ安心できる要素がない。何故数日、そして何故、グレンの寝室へと向かっているのか考えたくない。

救いを求めたくとも唇はあわあわと虚しく動くだけで言葉は出てこない。

ゆえに誰も助けに来る事はなく、フェリシアの姿はグレンと共に寝室へと消えた。

◆◆◆

この部屋へ連れてこられてから、もうどれ程の時間が経ったのかフェリシアには分からない。

陽が傾きかけているとはいえまだ外は明るい。実際はそれ程過ぎてはいないのかもしれないが、フェリシアにとっては耐えがたい時間が続いている。

「あの……もう、許してください……」

蚊の鳴きそうな声でそう訴えてみるが、グレンは「ん？」とひたすら優しい笑みを浮かべてフェリシアを見るだけだ。決して行為をやめてはくれない。

ただひたすらに、フェリシアを羞恥《しゅうち》で責め立てる。

「伯爵様の鬼ーっっ！」

「いきなりどうした？」

「もうほんと、お願いですからやめてください！」

「どうして？」

「どうして、って……そんなの」

「ああ、顔が随分と赤くなっているな……恥ずかしいのか？　何をそんなに？」

「今のこの状況、まるっと全部が恥ずかしいに決まってるじゃないですかーっ！」

うわぁん、とフェリシアは両手で顔を覆って必死に叫ぶが、身動きできるのはせいぜいそれくらいで、あとはがっしりとグレンに拘束されている。

初めて入ったグレンの寝室。部屋の中を見回す余裕すらフェリシアにはなかった。

寝室のソファにグレンは深く腰かけている。フェリシアはその膝に横抱きにして乗せられ、両腕でしっかりと抱き締められたまま、かれこれ数時間は経っている。

テーブルの上にはフェリシアが見つけた彼の妻――すなわち自分がグレンに宛てて書いた恋文が広げられ、耳元でそれを朗読されては直接喜びとそれに対する愛の言葉を囁かれている。

これで羞恥《しゅうち》に襲われない人間がいるものだろうか。

無理。死ぬ。羞恥《しゅうち》で死んだあとは、うっかりこの手紙を本人に渡してしまった自分自身に対する怒りでもう一回死ぬ。

でもそれ以上に過去の自分から殺される、とフェリシアは虫の息だ。

「君と、ずっとこうしたかったんだ」

「なにをですか……この羞恥《しゅうち》プレイをですか⁉　伯爵様ったらそんな趣味があったんです⁉」

「特にそういった性的嗜好はなかったけれど、そうだな……今の君を見ていると、ちょっと興味引かれるものはある」

「美形のちょっと照れた笑いとかいう反則的な顔してとんでもないこと言ってますよね今⁉」

「君となら色々と楽しめそうだな」

「そういうのは奥様となさってください！」

「ああ、だから君とだ、フェリシア」

軽いリップ音を立ててフェリシアのこめかみにグレンは口付ける。

ひえ、と恐怖に満ちた声が漏れるがそれは気にせず、グレンは少しだけできたフェリシアとの隙間を埋めるべく両腕に力を篭めた。

「俺も君も言葉が足りなかったんだな。君はその内、もっと相応しい相手の元に行くのだろうと俺は完全に思い込んでいた。君は君で、自分のことを俺には相応しくないと思っていたんだろう？　俺が契約結婚としての関係性から踏み込まなかったから余計に」

過去のフェリシアが書き綴った便箋《びんせん》は、もう何度グレンにより朗読されたか分からない。その内の一枚を手に取ったグレンはフェリシアの目の前に広げ、共に覗き込むように顔を近付ける。

「書いてある中身から推測するに、この頃にも誰かに言われたんだろう……君は俺に相応しくないと」

記憶をなくしたフェリシアに暴言を吐いたどこぞのご令嬢と同じく。

その事に傷付いたフェリシアはきっと泣きながら書いたに違いない、文字が所々震えている。そんな状態であっても、それでもフェリシアはグレンへ対する想いを手紙にしたためていた。

「俺はもっと早く、君にきちんと気持ちを伝えるべきだった。そうすれば、こんなにも悲しい思いをさせる事はなかったはずなのに」

どれだけ悔いても過去は覆らない。

フェリシアの頭を引き寄せ、旋毛《つむじ》にそっと唇を落とす。

「……それよりも、もっと早く、今すぐ迅速に、この状況から解放してください！」

「なかなか手強いな、君も」

グレンは思わず、といった態で笑みを零す。

こうやって膝に抱え、隙間なく抱き締めて、耳元で意図的に甘やかな声を出しているのは、フェリシアを口説き落としてしまいたい……そんな気持ちではあるけれど。

一番の目的は散々こちらの心を抉ってくれたフェリシアに対する報復だ。

グレンとしても大人げないとは思う。そもそもの原因は自分のせいだとも理解しているので、これは八つ当たりもいいところだ。それは分かっている。十二分に分かってはいるけれども。

頭では理解しても感情が治まらない。

だからこうして反撃しているのだ、今のフェリシアが一番ダメージを受けるであろう行動で、なおかつ、自分は自分で彼女にやってみたいと考えていた事を用いて。

「やっぱりこれ、わざとです⁉　わざとですよね⁉　伯爵様、わたしが恥ずかしがるからって、こんなことしてるんでしょう⁉」

「君をずっと口説きたかった、というのは本当だな」

真っ赤な顔で涙まで浮かべてフェリシアは睨み付けるが、平然とした顔でサラリと反撃された。

ぐぬぬ、と悔しげにより一層睨み付けてみるが、それは怒りを伝えるどころか相手を喜ばせるだけである。

経験値が圧倒的に足りないフェリシアであるからして、その事にはどうしたって気が付かない。

「そういうのは記憶が戻った時にでもしてくださいよ！」

せいぜい捨て台詞のような言葉を口にするだけだ。

「もちろんそうするが、それにはまず、今の君にも俺のことを好きになってもらわないといけないだろう？」

「今のわたしにはお構いなく！」

「それは断る」

必死の訴えも虚しく切り捨てられる。グレンはその隙に抱き締める腕に力を篭めるが、フェリシアの喉からはまたしても恐怖に震える声が漏れた。

「そんなに嫌がらなくてもいいんじゃないか？」

「……そうやって、少し傷付いた感じで小首傾げて聞いてくる、あざとい伯爵様は嫌いです、って言えるわけないいじゃないですかーっ！」

うわあん、とフェリシアは両手で顔を覆う。

そんな反応を見て、グレンは小さく頷いた。

これまで自分の顔の美醜《びしゅう》に特に興味はなかったが、少なくとも意中の相手に効果は絶大であるようだ。そうであるならば、これは活用しないわけがない。

「フェリシア、顔を見せて」

細い両手首をそっと掴んで力を篭めれば、思いのほか簡単に引き離す事ができた。しかしフェリシアの両目はきつく閉じられている。どうしてもグレンの顔を見ないように必死だ。

そんな些細な抵抗すらも可愛らしくて、グレンの頬は自然と緩む。

「なんだろう……こう、頭の奥っていうか、心の深いところ？　なんだかその辺りに……って多分これきっと前のわたし！　記憶をなくす前のわたしの乙女心まで騒いでる！」

まさかグレンが様子をつぶさにうかがっているとは思ってもいないのだろう、フェリシアは素直に今の心情を語り出す。

つまりは記憶をなくす前のフェリシアにも効果があるという事を、当の本人が暴露している。なるほど、とほくそ笑むグレンに気がつき、フェリシアは震える声でまたしても地雷を踏み抜く。

「――離婚届」

「出してもいい」

「え」

「もう一度君に求婚すればいいだけの話だからな」

グレンの顔は穏やかだ。それどころか「いっそそうして、結婚を申し込む所からやり直すのも悪くない」とまでのたまい出した。

「なにを言い出すんですか！」

「いい考えだと思うんだが駄目かな？」

「だ……だめって言うか」

「ああ、そうか。やり直すかどうかはあとにして、今の君に申し込むのが先決だな」

ぎょっと固まるフェリシアの手を取り、グレンは恭しく口付ける。

「フェリシア、どうか俺と結婚してください」

至近距離且つ、美形がその造形をフル活用だ。

フェリシアは悲鳴を上げる事すらできず、グレンの腕の中で半分意識を飛ばす。

グッタリともたれかかるフェリシアにグレンの機嫌はすこぶるよさそうだ。今し方踏み抜きかけた地雷は無事に回避できたらしい。

それだけは本当によかったと、そう安心したのも束の間。

トントンと扉が叩かれて、ビクン、とフェリシアの身体が跳ねる。慌ててグレンの膝の上から下りようとするが、当然それは阻まれた。グレンは短く「入れ」と扉へ向かって返す。

「お邪魔をして申し訳ございません、グレン様」

入ってきたのはカーティスだ。一瞬、本当に一瞬だけ眉根がピクリと動いたが、それ以降は涼しげな顔をしている。何も見ていませんよ、とする執事《しつじ》の気遣い。

しかしそれが余計にフェリシアの羞恥心《しゅうちしん》を煽《あお》る。

「本当にな。やっとフェリシアと堂々といちゃつけるようになったのに」

ところがグレンはどこ吹く風だ。フェリシアが恥ずかしがっていることなど気付いているはずなのに。これは酷い、とフェリシアとカーティスの心の声が重なるが、互いに口にはできないので各々自分の中でだけでそう突っ込みを入れる。

「奥様、固まってますけど？」

「あまり見るな。減る」

「あなたの色ぼけっぷりを見せつけられる、こちらの精神力もごりっごりに減ってますけどね」

それでも付き合いの長さゆえか、カーティスはグレンに対しては容赦《ようしゃ》がない。

「それより用件はなんだ？　ハンスには言っていたが」

「それは外からの話でしょう。こちらは屋敷の中の用事ですよ。お食事の準備をそろそろ始めますけど、どうします？　ここへお運びしますか？」

「ああ、頼む。そうしてくれ」

グレンとの会話が気安いのは二人が乳兄弟《ちきょうだい》だったから、のはず。どうにか硬直から抜け出したフェリシアは、退室しようとするカーティスの背中に向かって必死に叫ぶ。

「カーティスさん助けて！」

せめてこの、膝の上に抱かれた状態から解放してほしいという、ただその一心だった。

しかしグンと冷え込んだ部屋の空気に、名前を呼ばれたカーティスは元より、フェリシアもこの選択が過ちであった事を知る。

そう、一度は回避したはずの地雷を今度こそ踏み抜いたのだ。

「俺は伯爵様なのに、カーティスのことは名前で呼ぶんだな？」

向けられる笑顔の圧が酷い。いっそ涙まで浮かべてフェリシアはカーティスを見るが、彼はそっと瞼《まぶた》を伏せると軽く頭を下げてそのまま姿を消した。

ご武運を——そういう態度だった、あれは。

ご武運ってなによ、なにがどうしてどうやったら、これ、わたしは助かるの!?　と頭を抱えて叫びそうになるフェリシアの身体が突如宙に浮く。驚いた拍子にしがみついたのはグレンの身体で、そしてその彼に抱き上げられているのだと気が付いた。

え、ちょっと、と戸惑うフェリシアに構わずグレンが向かうのは広々としたベッド。

「あーっっ⁉　は、伯爵様、ちょっと落ち着いて⁉」

「大丈夫、俺は落ち着いている」

「目が！　目が怖いんですけど！」

「安心していい、フェリシア。まだ陽は高い。君が心配しているような真似はさすがにしない——まだ」

「猛烈に安心できない言葉が最後についてますけど……！」

「それは夜だな」

「安心できっこないじゃないですか！」

「今はそう……俺のことを名前で呼べるように覚えようか、身体で」

「だから、どうしてそう安心させて、すぐ落とすようなことを言うんです⁉」

「うん、ここから先は君が考えている通りの展開になるな」

「爽やか好青年な笑顔でとんでもないことを……！」

「あとはせいぜい、俺の我慢が続くことを祈っていてくれ」

救いを求めようにもグレンの他に誰もいない。そもそも口を動かした所で声すら出せず、フェリシアは赤くなったり青くなったりを繰り返すだけだった。

◆◆◆

高く積まれた枕を背に、フェリシアはベッドに仰向けで寝かされる。

ベッドの縁に腰をかけ、妻の髪を優しく梳いているグレンの姿は、まるで寝起きの妻を慈しんでいるかのようだ。穏やかな空気の中にも甘さが漂い、一見すると新婚夫婦の仲睦《なかむつ》まじい光景の一つ。

だが、もう片方の手と自らの身体でフェリシアの腰を挟み、やんわりと上半身を前へ倒してフェリシアの身動きを封じている。

逃げられると思うなよ、との言外の圧にフェリシアとしては震え上がるほかない。

「フェリシア」

「っはい！」

緊張のあまり声が上擦るが、グレンは優しい笑みを浮かべたままフェリシアの横の髪を耳へとかけ、甘い声でとんでもない事を口にする。

「訓練をしようか」

「……と、言います、と？」

怖い。声も表情も優しいのに、その醸し出す空気がとてつもなくフェリシアには恐ろしく感じる。

猫に追い詰められる鼠《ねずみ》ってこんな気持ちなのかなあと思う。

残念ながらフェリシアは鼠《ねずみ》でもなければグレンも猫ではないので、万が一の可能性でもフェリシアが反撃に成功して逃げ出す事はできないだろう。

「今から俺の事を名前ではなく伯爵と呼んだら、その回数分だけ、そうだな……君に口付けでもしようか」

「なんですかその罰！　横暴《おうぼう》！　いくら伯爵様でも横暴《おうぼう》がすぎますよ！」

「俺からの口付けは罰なのか」

つい思った通りの言葉を口にすれば、当然グレンは不機嫌そうに顔を顰める。これに関しては仕方がない。今のはフェリシアも言い方が悪かったなと思う。

「いや、でも今の流れだとそんな扱いじゃないですか!?　って近い！　伯爵様、顔が近い！」

「とりあえず一回」

あーっ!?　と叫ぶフェリシアの額にまずは一つ。トン、と触れるだけの口付けはあまりにも一瞬すぎて、体温を感じる暇すらなかった。

しかし、フェリシアの身体からは力が抜け落ちてしまう。
ド、ド、ド、と心臓の音が耳にうるさいが、でもなんだかこれはちょっとばかり、とフェリシアは額を撫でる。そんなフェリシアの様子にグレンはおかしそうに喉を鳴らした。
「物足りない？　唇の方が……」

「よくないです、おでこ万歳です、乙女の憧れですよ、きゃー素敵ー!!」

必死の形相のフェリシアにさらにグレンは笑う。笑われたって構わない。なにしろこちらは貞操《ていそう》がかかっているのだ、必死にもなる。

「俺としてもそうしたいのは山々なんだが、そうすると本当に我慢ができなくなりそうだから」

「忍耐力の塊の伯爵様はとても素晴らしいと思いますよ！　さすが騎士の鑑《かがみ》!!」

「フェリシアはそんなに俺の事を名前で呼ぶのが嫌？」

唐突な話題の転換にフェリシアは「ひぇっ」と短く叫ぶ。もうグレンから何を言われても過剰に反応してしまう。

「え!?　っと、別にそんなわけではなくて」

「じゃあどうして名前で呼ばない？」

「ええと……」

グレンを名前で呼ばない理由はひどく簡単ではあるけれど。それを口にするのは容易ではない。しどろもどろになりつつなんとか逃げ口を探すが上手くいかず、どうにか誤魔化せないかと上目遣いで様子をうかがう。

グレンはじっとフェリシアを見つめており、これは時間が過ぎればその分だけ追い込まれるやつだと、フェリシアは必死に考えようやく一つの答えを見つけた。これで話を逸らす事ができる。

「そういえば、前はどうだったんですか!?　記憶をなくす前のわたしって、伯爵様のことをなんて呼んでたんです？」

「ああ……そうだな、今の君とあまり変わりがない……な」

上手く成功した。グレンは懐かしむように少し遠くを見つめる。

一応夜会に参加している時や、客人を相手にしている時は「グレン様」と呼んでくれてはいた。けれど、それ以外の場ではやはり今のフェリシアと同じように「伯爵様」と呼ぶ事が多かった。

「それでも多かった、というだけでちゃんと名前で呼ぶ時もあったからな」

ジロリと恨めしげな視線が飛んでくる。ううん藪蛇《やぶへび》、とフェリシアはそっと顔を背けた。そんなにも責めるような目で見なくてもいいのではなかろうか。

「俺を名前で呼ぶのが嫌ではないんだろう？」

だったら呼んでくれてもいいじゃないか、そんなどこか拗《す》ねたように言うグレンはとても年上の男性には見えず、不覚にもフェリシアの乙女心に猛烈に突き刺さった。

普段はかっこいいのに時々可愛いとか、卑怯‼

そう叫びそうになるのを唇を噛んでどうにか耐える。

「フェリシア」

ついには、まるで猫のように頬をフェリシアの髪に擦り付けてくるのだからもう無理だ。フェリシアは「ふあああああ」と声と共に魂までも口の端から漏れ出す。

「そうやって甘えてくるのもほんとうに卑怯……！」

「君に名前で呼んでもらえるようになるなら、なんでもするさ」

狡猾《こうかつ》にも程がある。ずるい！　あざとい！　卑怯‼

そんな叫びもほんの少し照れの混じった笑みの前には霧散する。グレンとしても、おそらく初めてしたであろう行為が恥ずかしいようだ。

だからそれがあざといんですってば、とフェリシアの乙女心はまんまと術中に嵌まって、いつまで経っても落ち着かない。

「……っていうか！　どうしてそんなに名前で呼ばれたがるんですか⁉」

「好きな相手には呼ばれたいものだろう？」

起死回生を狙っての問いは、混乱した頭で捻り出したにしてはかなり上出来だったはずだ。

だがそれもあっという間に反撃される。しかも会心の一撃だ。フェリシアはひぃぃい、と叫ぶと両手で顔を覆う。せめてこの不様に赤く染まった顔は隠しておきたい。

「君こそ、どうしてそんなに俺を名前で呼ぶのを拒否するんだ？」

「……だってそんな……好きな人の名前を呼ぶのなんて恥ずかしすぎて……」

フェリシアの気力はすでに限界だった。グレンの言葉の意味を考える余力は尽きており、ただただ素直に気持ちを垂れ流してしまう。

沈黙がしばし落ちる。互いに言葉を耳にして、それが脳に届いて理解したのはおそらく同じ。

しかし先に反応したのはフェリシアだった。

「あーっ、待って！　ちょっと待ってくださいよ⁉　うわ、え、ちょっと⁉」

「フェリシア？　どうした」

態度の急変にグレンは身を起こす。するとそれに合わせてフェリシアも勢いよく起き上がった。

「まずい、まずいです。これほんとまずいーっ！」

いやあああ、と両手で頭を抱えて小さく丸くなる。グレンは慌ててフェリシアの脇に手を入れて身体を引き起こした。

「フェリシア落ち着け⁉　どうしたんだ！」

「なんだかこう、一気に伯爵様が好きだって気持ちが溢れかえってきて、ってだからわたし黙って!? 今、ものすごくまずいことを言っている気がします、伯爵様！」

「俺としては、黙らず全部聞かせて欲しいが？」

「ああ、これ絶対に恥ずかしいやつ！ 無理！ でも口が勝手に動きそう!!」

言わなければいいものの、混乱の極みの中でフェリシアは感情が赴くままに、いやそれ以上に口が先に動いている。

「もしかして、記憶が戻ったのか？ それとも戻りかけている？」

「ど、どうなんでしょう、これ……戻ったというか、知っている本の中身を思い出しているみたいな感じなんですけど……けど！」

そこに当時のフェリシアの感情が伴ってくるので、今のフェリシアもそれを疑似体験するような形になっている。つまりは、グレンが好きだという気持ちが、これまで第三者として傍観《ぼうかん》していたフェリシアにも伝わってきているのだから堪ったものではない。

先程までだって恥ずかしかった。だがあれはあくまで美形の伯爵とのやたらめったら近い距離と、耳元で囁かれているという状況が原因だ。

むしろあれで羞恥《しゅうち》に襲われない人間がいるだろうか。きっと男であっても真っ赤になって恥ずかしがるはずだ、アレは。

「名前で呼ぶことさえ恥ずかしいくらいに好きな人と、こんな至近距離でいて正気を保っていられるわけないですよね!?」

すでに正気を失っているフェリシアは自分が何を口にしているのか理解していない。グレンは息を飲み、驚きに目を見開いているが、それすらも分からないでいる。

「そんなに俺の事を好きでいてくれたのか？」

「当たり前じゃないですか。だって初恋の人ですし。ってだから、わたし黙って！」

「初恋って……」

「ええと、わたしはっきり覚えていなかったみたいなんですけど……子供の頃に迷子になったことがあって、その時に助けてくれたのが伯爵様なんですよね？　それを聞いた時に、顔は覚えていないけどすごく優しいお兄ちゃんだったなって思って、それからずっとそのことを忘れずにいたから、あれがわたしの初恋なんですってハンスさんに話して……ってなにを話してるのわたしーっ！」

結婚してしばらく経ったある日、家令《かれい》のハンスと昔話の流れでそんな事実が判明したのだ。

まさか初恋が実っていただなんて、と笑いながらも、フェリシアはこの話をグレンに伝えるのは止めておくようにハンスに頼んだ。

「どうして？　その話をしてくれていたなら俺だって……さすがにあの時の君に恋をしたわけではないが、今の君に恋をしていると伝えたのに！」

「そんなこと、言えるわけないじゃないですかーっ！」

「何故だ！」

「だって、わたしは伯爵様に助けていただいただけで……わたしがいるせいで伯爵様が本来結婚するに相応しい方と縁が切れているから、だから今こそ伯爵様を解放してさしあげなきゃって離婚届に署名したんですよ！　まぁ、でもそうしたら、わたしを待ち構えていたのって、確かあの女好きで悪名高い男性でしたよね⁉」

「そんな事まで知って……というか、本当に思い出しているわけじゃないんだな？」

失っていたはずの記憶をツラツラと喋ってはいるが、時々第三者としてのフェリシアがその事に驚いている。

「あんな好色禿げ面なんて死んでもごめんだけど、でもわたしがいるせいで伯爵様にこれ以上迷惑をかけられないし、それに本来のお相手にも申し訳が立たないからって書いたんですよ、名前！　わ、伯爵様ったらちゃんと愛されてますね⁉」

「そうだな！　それは猛烈に嬉しいんだが、その前に一つ確認しておきたい。なんだ、その本来の相手って」

「えええ、ちょっと待ってくださいね。ってだからーっ！　どうしてわたしは、こんななんでもかんでも喋っちゃうの⁉　なにこれ、自白剤でも飲んだ⁉」

隠しておきたい乙女心を馬鹿正直に話してしまう。どうして、と考えると即座に答えが浮かぶ。

「あんな、死ぬほど恥ずかしいことを便箋《びんせん》に何枚も書いてるんだもの！　そりゃ、今が絶好の機会ってなるわよね」

絶対に表に出してはいけない伯爵様への気持ち。

けれど抑えておくのは無理だと、そうして気持ちを書き綴った過去のフェリシアからすれば、今は直接想いを伝えられる最大のチャンスであるのだ。だって「今」は少なくとも自分ではないから、あまり恥ずかしくない。と、思っているのではなかろうか。

「でも、これは絶対後悔するやつよ！　記憶が戻った時に今の事を忘れてるかなんてわからないもの！」

むしろ絶対に忘れてなどいないはずだ。そんな予感がひしひしとしている。

「それでフェリシア、君は一体誰との関係を疑って離婚届になんて署名をしたんだ⁉」

「そこ引っ張ります⁉」

「当たり前だろう！　あれを見て、俺がどれだけ死にそうになったと思っているんだ！」

フェリシアの顔色は赤くなったり青くなったりと忙しない。グレンは逆に、顔色は落ち着いてはいるがその表情がとてつもなく険しい。

本人が宣言する通り、グレンにとってフェリシアがすでに離婚届に署名をしていたという事実は心臓が抉られる程の衝撃だった。なので、その謎を解こうとグレンは必死である。フェリシアの両肩を掴み、正面から向き合うように体勢を変える。

「ええと……だからほら、なんですっけ、確か伯爵様にどこかの国のお姫様が、結婚されてるのが残念と伝えられたとかなんとか、そんな話があったんですよね？」

グレンが第二王子の外交へ護衛として赴いた時に、とある国の姫君から確かにそう言われた。

「独身だったらぜひ婿《むこ》に来て欲しかった」とも。

「あれはあくまで酒の席での戯言だぞ？　そもそもあの姫君にはすでに夫がいて、他にも側室が何人もいる」

「そうなんですか⁉　って側室⁉　え、お姫様ったら男気溢れてらっしゃいます⁉」

「あの国はそういう文化というか……姫君がそのテの事に随分と旺盛《おうせい》な方で」

元々女王が即位する事が珍しくない国で、そして姫君はあらゆる意味で強い女性であった。

「実際、男気に溢れている姫君だったよ」

そんな姫君は自ら後宮を設け、そこに幾人もの美丈夫《びじょうふ》を愛人ではなく、側室として迎え入れていた。

「そもそも俺はあの方の好みのタイプではないからな」

能力と性格は好ましいが、何しろ見た目が今ひとつ、と豪快に笑い飛ばされたグレンである。

え、と驚くフェリシアに「もっと体格がいい殿方がお好きなんだそうだ」とグレンは笑って答える。グレン自身がヒョロヒョロとした体格なわけではない。単純に姫君がいかつい男が好みである、というただそれだけだ。

しかしそれでも噂は一人歩きをする。

あげく、そこに悪意がふんだんに含まれてフェリシアに届いた。玉の輿狙いの貧乏伯爵の娘と結婚していなければ、彼は隣国の姫君と結婚できていただろうにと。

「そのお姫様じゃないにしても、伯爵様が本当に好きな人と……伯爵様を、本当に好きな人と結婚するには、どうしたってわたしがいたら邪魔だなって思って」

「だから、離婚届に名前を書いたのか」

グレンはフェリシアの身体を抱き寄せる。首元に顔を埋め、そこで安堵の息を吐くとフェリシアは小さく肩を震わせた。

くすぐったくて堪らないが、笑い声をあげて逃げるにはグレンの抱き締める力が強い。抱き締める、というよりまるで幼子がすがりついてくるようだ。

「君に嫌われていたわけじゃなくて、本当によかった……！」

やがてポツリとグレンが呟く。声は耳朶《じだ》を擽《くすぐ》り、フェリシアの身体に少しの変化をもたらす。顔が熱い。身体も熱い。

しかし一番熱を感じるのは腹の奥底で、フェリシアはこれはなんだかよろしくない気配がすると、気力を振り絞ってグレンの背中に両手を回して宥めるように軽く叩いた。

「よ、よかったですね、伯爵様。奥様にモッテモテですよ、愛されてる！」

状況と状態が恥ずかしすぎてフェリシアは虫の息だ。せめてもの足掻きでそんな囃し立てるような事を口走ってしまう。

当然それは己を追い込むわけだが、それすらも分からない程にフェリシアは混乱している。

「ああそうだな、俺はこんなにも君に愛されている」

蕩けるような美形の笑みが、またしても至近距離、且つ真正面から飛んでくる。フェリシアは遅れて三秒後にボフンと頭から湯気を出し、グラリグラリと身体を揺らす。

「フェリシア」

「無理――もう無理です……わたしの中の乙女心が瀕死《ひんし》の重症です」

背中から倒れそうになるフェリシアの身体は、ポスンと音を立ててグレンの腕の中に戻る。

「俺の男心も重症なんだが」

「そこはそれ、伯爵様は騎士なので、ご自分でどうにかなさってください」

「じゃあ、そうさせてもらおうかな」

不意にグレンの気配が変わる。え、とフェリシアは思わず閉じていた瞳を開いてグレンを見た。

「……伯爵様ったら悪いお顔ですね？」

「十五回」

「え」

「十五回だ、フェリシア」

「なにが……でしょう？」

「君が、俺を、伯爵様と呼んだ回数」

一語一句を句切って、グレンがにこやかに笑う。ヒッとフェリシアは短い悲鳴を上げた。

「そんなにも怯えた顔をされるところ……うん、本当に新たな何かに目覚めそうだよフェリシア」

「是非ともその不穏ななにかには眠っていていただきたく……」

「君に選択肢をあげよう。十五回口付けされるとのと、それを一回分に纏めてされるのとどちらがいい？」

「それは選択肢があってなきが如く……！　というか話がズレてます！　伯爵様の男心が重症とかそんな話で……」

「十六回」

「今のはなしではーっ⁉　そして今までずっと冷静に数えていたなんて、普通に怖いんですけど！」

これはフェリシアの心の底からの叫びだ。本当に怖い。

今の今まで、あれだけポンポンと言い合っていたというのに。なのにグレンは逐一数えていたのだ。これに恐怖心を感じずにどうしろというのか。

本気で怯えるフェリシアに対し、グレンは表情も声音も変えずにしれっと言い切る。

「愛しい妻と口付けをするんだ、それだけで心の傷も癒えるさ」

「詭弁《きべん》がすぎます……！」

「心からの言葉なのに酷いな」

クツクツと笑いながらグレンはフェリシアの身体を軽く押した。完全に油断していたフェリシアは面白いくらい簡単に仰向けになる。

そんなフェリシアの身体の上に影が落ち、どんどんとグレンとの距離が近付いてくる。う、と息を飲んで身を固くするフェリシアの首筋に、まずは最初の一つとして軽い口付けが落ちた。

「……んッ」

ビクン、と大きく肩が揺れると共に、フェリシアの口から甘い声が漏れた。およそ初めて耳にする自分の甘ったるい声に、フェリシアの体温が一気に上がる。

恥ずかしい。ただ驚いただけなのに、どうしてあんな声が、と羞恥《しゅうち》に薄らと涙まで浮かぶ。

そんなフェリシアの顔に軽く影が落ちた。見上げればグレンが何かに耐えるような顔でフェリシアを見つめている。

つい今し方までフェリシアをからかって遊んでいた時とは違う、鋭く、そして熱の籠もった視線。これまた初めて目にする、グレンの男としての顔にフェリシアの心臓は大きく震えた。

「まずいな……少し、からかうだけのつもりだったのに」

低くポツリと漏れた声に、フェリシアは何か返さなければと口を開く。

が、なんと言えばいいのか分からない。

ドクドクと心臓の音が耳の奥に響き、思考が何一つ纏まらないでいる。

グレンの顔が近付く。フェリシアは首を竦《すく》め瞳を閉じた。その瞼《まぶた》の上に啄《ついば》むような口付けが落ちる。右の瞼《まぶた》、次は左、そこから額に左右のこめかみへと、キスの雨はやまない。

その度にフェリシアは小さく肩を震わせ、呼吸すらもままならない。

ギシリ、とベッドが軋む音がやけに耳に響く。

瞳を閉じていても分かる程に、グレンの熱を感じる。間違いなく真っ赤に染まっているだろう顔を、鼻先が触れそうな距離で見つめられている。

視界を閉じているからこそ、グレンの熱の籠もった眼差しを肌で感じてしまう。

「ひぁッ!?」

右の耳朶《じだ》に走る初めての感覚。フェリシアは短く悲鳴を上げ、驚きのあまり目を見開いた。何事かと顔を動かそうにも、フェリシアの首筋にグレンが顔を埋めているため動かす事ができない。

どうしてそんな所に、と思う間もなく、今度は滑りを帯びた何かが耳に触れる。

「や……あっ……」

ゾクゾクとした感覚が背中を駆け上がり、フェリシアは堪らず背を反らす。身を捩って逃れようともするが、そんなフェリシアの抵抗も虚しく、グレンが自らの身体を用いて押さえ付けているのでびくともしない。

ぴちゃ、と微かな水音が聞こえる。耳を下から上へと舐められ、そのままそっと唇で食まれると、フェリシアはますます未知の感覚に襲われた。

漏れる声が自分のものであるのに恥ずかしすぎる。

どうにか堪えようと唇を噛み締めれば、それに気が付いたのかグレンはゆるりと身を起こし、フェリシアの唇にそっと手を伸ばす。

親指の腹で優しくゆったりと唇を撫でられると、フェリシアの身体から力が抜ける。

と同時に、優しく触れていた親指の先に唇を押し割られた。ツプリとフェリシアの腔内《くうない》にグレンの親指が入る。あまりの事にフェリシアは固まってしまい、されるがままだ。

そんなフェリシアの舌に、グレンの親指が触れる。

身体に熱が灯ったのは二人同時。グレンはゆっくり指を引き抜くと、フェリシアの唾液《だえき》で濡れた自分の親指に舌を伸ばし、それを拭い取る。

その光景があまりにも淫らに見え、フェリシアは目を逸らす事ができない。

「……フェリシア」

グレンは再びフェリシアの首筋に顔を寄せる。再度ベッドがギシリと音を立てるが、そんな物音は今のフェリシアの心臓の音に比べれば可愛いものだ。

耳の奥に心臓があるのではないかと錯覚しそうな程、他に何も聞こえない。

いや、もう一つ「フェリシア」とグレンが呼ぶ声だけははっきりと聞こえる。

捕らわれてしまったと、強くそう思った。

熱い吐息と共にグレンの唇がフェリシアの首筋に触れる、その寸前。扉が三回叩かれた。

「カーティスか？」

フェリシアを押し倒したままグレンが扉の向こうにそう声をかける。微かながらに「はい」と返事があり、そうして「よろしいですか？」とさらに言葉がかかる。

やや間があったは、まず間違いなく「主とその妻がそういった状況」であるかどうかを気遣ったものだろう。それがフェリシアにも理解できたものだから堪らない。

艶やかな空気から一変、もう死にたい、とフェリシアは本気で祈った。

◆◆◆

カーティスとメイドのマリアが食事の準備をしてくれている。

それを遠い目で眺めるしかないフェリシアに、ポリーがおそるおそると近付く。どうしたの？と問うより先にポリーはフェリシアの手を握り、小さな鈴の付いたリボンを渡してきた。

「フェリシア様！」

決死の覚悟、の形相にフェリシアも思わず「はい」と背筋を伸ばしてポリーを見る。

「あの、もし、今夜、なにかあったらこれを鳴らしてください！」

「……はい？」

「わたしはこのお屋敷でずっとお世話になっていて、グレン様にもとてもよくしていただいてて、グレン様のことは尊敬していますし、ずっとお仕えしたいって思ってます！」

「そうね？」

「でもそれ以上にフェリシア様のことも大好きなんです！　まだ忘れていらっしゃるでしょうけど、フェリシア様には年が近いからってとても可愛がっていただいて！　おやつももらったり、二人でこっそり街にでかけたり、妹みたいよって言ってくださったりして！」

そんなことをしていたのか、と周囲のほんわかとした視線も、しかし次の言葉で霧散する。

「だから、いくらグレン様からのお仕置きだったとしても、フェリシア様が助けて欲しい時はわたしが助けに行きます！　この鈴を鳴らしてくれたら、すぐにでも、寝てても駆けつけますから!!」

当然ながら、鳴らしたところで部屋の外まで聞こえるような大きさの鈴ではない。それでもこれはポリーが必死に用意した物であり、それだけフェリシアの身を案じているという事だ。

「……ポリー、いい子だからこっちにおいで」

カーティスが静かな声でポリーを手招く。冷静な姿を崩していないのはさすがであるが、それでも一瞬だけ噴き出していたのをフェリシアは見てしまった。

マリアはずっと顔を背けて肩を震わせているし、グレンは苦笑しつつ、近付いてきた小さなメイドの頭をポンポンと撫でた。

「ポリーが心配するような事はなにもないよ」

「でも……みんなが、今日はフェリシア様は大変だろうって」

「フェリシアの記憶が早く戻るように、一緒に頑張るだけだ」

「がんばるって……？」

どうやって、と問うてくる少女にグレンは曖昧に笑ってみせる。

まあ、答えられる中身ではない。

「ポリーも早くフェリシアに思い出して欲しいだろう？」

「はい！」

「じゃあ応援していてくれ」

「はい、わかりました！　グレン様もフェリシア様もがんばってください!!」

少女からの無垢《むく》な声援がこれ程までに突き刺さろうとは。

何を言ってもボロが出そうで、そしてもう気力的にも何も言えずにフェリシアは黙って微笑むしかなかった。

◆◆◆

純真無垢《むく》な少女からの声援はフェリシアの記憶回路を抉ったようで、気が付けば湯浴みを済ませマリアに髪を乾かしてもらっている最中だった。

夕食時の記憶が綺麗さっぱり抜け落ちている。ううん、これも記憶喪失の一つなのかしら、とフェリシアは現実逃避に余念がない。

夕食の記憶が抜けている、ような気がするのは羞恥心《しゅうちしん》に苛まれているだけだ。だってこれからグレンとそうなる、というのはもう屋敷中の人間に知れ渡っている。ポリーは除くが。

マリアはいつも以上に髪を丁寧に梳かし、肌の手入れも執拗《しつよう》な程だ。お召し物はこれですね、と見せられたナイトドレスはさらさらとした生地で着心地はよさそうだが、なんというかこう……

「……薄くない？」

さすがに肌が透けるまでではないけれど、それにしたって薄いのではなかろうか。

いっそ救いを求めるかの如くマリアを見上げるが、とてもイイ笑顔で「薄くありません」と言い切られた。残念ながらフェリシアの味方はしてくれないらしい。

用意された服に身を包み、鏡の前で目の前の自分を見つめる。

不安と緊張と、そして羞恥《しゅうち》にのしかかられなんとも哀れな顔をしているではないか。

コレ、本当に今から？　とマリアを鏡越しに見る。今からです、と力強く一つ頷かれた。

「大丈夫ですよ、そんなに不安そうな顔をなさらなくても。グレン様にお任せしていれば」

「お任せって……」

「あれだけフェリシア様を愛おしんでくださっている方ですもの」

だから大丈夫、とフェリシアの両肩に手を置いてマリアが微笑む。それがまたフェリシアの羞恥《しゅうち》を刺激し、いっそ叫び出してしまいたい。

「これで完了です。あとはグレン様のお部屋に」

「あの、ちょっと、もう少しだけ、ここで気持ちを落ち着かせてからでもいいかしら⁉」

必死の懇願にマリアは一瞬驚いたように目を見開くが、すぐに優しく笑みを浮かべた。

「お傍にいた方が？」

「う……ううん大丈夫、そんなに時間はかからない、と、思うし……一人で平気」

それでは、とマリアは出て行く。何かあったらすぐにお呼びくださいね、と扉を閉める前に言われ、フェリシアは小さく頷いた。

静かに扉が閉まる、と同時、フェリシアはひたすら重く長い息を吐く。

どうしよう、もう逃げられない――

逃げる必要はどこにもない。そもそもフェリシア自身に逃げる意思だってないのだ。

しかし感情的には逃げ出したくて堪らない。

だって！　これから伯爵様といわゆる世間でいうところの男女のしと……あああああっっっ‼

フェリシアは器用にも無言で絶叫する。

脳内に浮かぶ不埒《ふらち》な考えを頭を振って追い出したいが、マリアがせっかく整えてくれた髪が乱れてしまうのでそれすらも耐える。ただただ、両手で顔を覆い、プルプルと震えるだけだ。

初夜だってまだなのに！　っていうかまだ？　え、むしろこれからが初夜になるの⁉

気持ちが通じ合っていたのが確認できたから、実質そうってこと？

ん？　とフェリシアは顔をゆっくりと上げ、目の前の鏡を見る。

完全に思い出した——わけではない。けれど、ほぼほぼ記憶が蘇っている、ような、気がする。気がする、なのはいまだに感情が噛み合っていないからだ。あとほんの少し、きっかけがあればカチリと嵌まりそうなのだが、微妙にズレたままでいる。

そのズレが、今もまだフェリシアにどこか他人事のように思わせている。

でもそれも時間の問題のような気がしてきた……。

もうずっと心臓が痛いくらいに騒いでいる。胸のときめき、どころではない。このまま続けば死んでしまうのではないか。そう思うほどに胸が痛い。

フェリシアは自分の唇にそっと触れる。ここを、グレンの指で撫でられた時のあの感触。唇を割られ、彼の指先が自分の舌に触れ、その指を彼が舐め取ったあの光景。

あの時のグレンの醸し出す空気と、向けてきた眼差しを思い出すともう駄目だった。

フェリシアは再び両手で顔を覆い、鏡の前に突っ伏す。

無理。あの伯爵様をもう一度見るなんて、絶対無理！

あれほどまでに男の色気に溢れたグレンを前にして、抵抗なんてできるはずがない。

別に抵抗したいわけじゃないんだけど！　え、てことはわたしは伯爵様とそうなることが嫌ではないって……ことよねえええええ！

あんな手紙を何枚も書くくらいだもの、嫌なはずあるわけないーっ!!

だったらさっさとグレンの元へ向かえばいいではないか。そう己に突っ込みを入れてしまうが、それができない理由なんて一つしかない。だって恥ずかしいんだもの!!

そこでカチンと音がした。

それはフェリシアの心の奥で生じた音で、当然フェリシアにしか聞こえない音だ。

あ、これだめだ、とフェリシアはゆるゆると立ち上がる。グレンの寝室に連れ込まれて、ソファとベッドで羞恥心《しゅうちしん》に襲われていた時もそうだったではないか。きっと、おそらく、この恥ずかしいと思う気持ちが、フェリシアの記憶と感情を蘇らせているのだ。

このままでは完全に思い出してしまう。記憶も、彼を好きで堪らなかった想いも、ズレている心の歯車までもが噛み合ってしまう。

それは本来喜ぶべき事態であるが、今この瞬間というのが非常にまずい。

全部思い出してしまったら、記憶をなくしてからの諸々含めた状態で伯爵様と会わなきゃってことでしょーっ!?

そんなの羞恥《しゅうち》の極みではないか。その中でも自分で自分の書いた恋文を相手に渡した事がダントツで恥ずかしい。あれさえなければ、あんな真似さえしなければ……!

しかしあの出来事がなければ、今もグレンとはすれ違ったままで、下手をすればそのまま離婚が成立していただろう。それを考えるとあの恋文暴露は大正解ではあるのだが。

でもそれとこれとは別よ別！　とフェリシアは意味も無く部屋の中をうろつく。

ギリギリで他人事として受け止めていられるから、まだどうにかグレンと対峙ができている。それが消えた状態だとどうなるか。

ただの恋する一人の人間として彼の前に立ち、その腕に抱かれるのだ。

そんなの無理に決まっている！

「――よし、逃げよう」

どこへ、だとか、どうして、だなんて考える事すらせずにフェリシアは扉を開け部屋から静かに抜け出る。足音を消し、しかし小走りに近い速度で一路自室を目指す。

あ、でも自分の部屋はだめかな？　マリアの部屋に？

きっと泣いて頼めばマリアなら一晩泊めてくれるはず、などと考えながら廊下の角を曲がった瞬間「だと思ったよ」との声と同時にフェリシアの身体は宙に浮いた。

「やあフェリシア、一体どこへ行こうとしていたんだ？」

幼子を抱えるかのようにフェリシアを縦に抱き、普段と違い見上げる形でグレンがフェリシアに微笑みかける。窓から入ってくる月明かりに照らされ表情ははっきりと分かるが、おかげでその笑みがただの笑みではないのが分かり、フェリシアの口からは「ひッ」と短い声が漏れた。

「フェリシア」

グレンはフェリシアの身体を引き寄せ、背中をポンポンと優しく叩く。

落ち着けというその動きに、フェリシアも緊張していた身体から力を抜くが、続けざまもたらされた言葉に再度固まる羽目になる。

「俺から逃げられると思うな、と言っただろう？」

「……っ、こ、こわい！　伯爵様笑顔が凶悪すぎますけど!?」

騒ぐフェリシアの口を人差し指で押さえて、グレンは「皆が起きるから」と正論でもさらに口を塞ぐ。うう、とフェリシアは唇を噛み締めてグレンを恨めしげに睨み付けた。赤く染まった頬と羞《しゅう》恥《ち》で潤んだ瞳ではなんら迫力はない。

むしろ相手の欲を煽《あお》るだけであるのを、知らぬのは本人だけだ。

「今さら逃がして堪るかよ」

フェリシアを抱えていながら、その重さを全く苦にした様子もなくグレンが歩き出す。向かう先はもちろん彼の寝室、ではなく、この三年間、本当の意味では使われる事のなかった夫婦の寝室だ。

「だからそれは悪役の台詞……！」

「フェリシア」

「……なんですか」

「いい加減覚悟は決まった？」

「き、まって、るわけ、ないです!!」

そうか、とグレンは軽く返す。逃げた方向が悪かったのか、寝室まであっという間に辿り着いた。

それこそ本当にフェリシアが覚悟を決める暇すらない。

「まあなにごとも諦めが肝心だな」

「あ……悪役ーっ!!」

あまりの言葉に思わずフェリシアは叫ぶ。そのまま屋敷の人間に救いを求めるが、グレンが閉めた扉に阻まれ外に漏れる事はなかった。

◆◆◆

「なんとなくだが、君の動きが理解できるようになった気がする」

「……お手数をおかけします」

フェリシアの身体をベッドに寝かせ、グレンはその上にやんわりとのしかかった。体重をかけないようにとの気遣いと同時、しかし逃がさないぞという強い意思が伝わってくる。

「フェリシア」

グレンは名を呼ぶと、そっとフェリシアの両手首を握る。

「フェリシア、手を離して」

「無理です……」

フェリシアは両手で顔を隠したまま蚊の鳴くような声を上げた。グレンは握った指に力を入れるが、フェリシアも引き剥がされてたまるかと同じく力を篭めて抵抗する。

「……いい子だから手を離しなさい、フェリシア」

しかし、殊更甘さを含んだ声を耳元から流し込まれてしまい、フェリシアは即座に白旗を揚げる。

ひああ、とか細い悲鳴と共に、グレンに両手を顔から引き離されればそこにあるのは見事なまでに赤く染まった顔だ。

ふ、と笑うグレンにフェリシアは瞳をきつく閉じる。

「そんなに嫌？」

その問いにフェリシアは首を横に振る。

そうじゃない、嫌なのではない、ただただ……

「――恥ずかしいんです！」

真っ赤になってプルプルと震えながら、嫌ではなく恥ずかしいだけなのだと答えるその姿。いったいどれ程グレンの理性を揺さぶっているか。

腹の奥底から暴れ出しそうな欲を理性の鎖で必死に抑え、グレンはフェリシアの横に寝転がる。フェリシアの身体も横に向け、薄い腹部に腕を回し背後から軽く抱き締めた。

「じゃあ落ち着くまで、しばらくこうして話でもしようか」

この状態でも充分に恥ずかしすぎて死にそうなんですが、と口からついて出そうになるが、フェリシアはどうにかそれを飲み込む。無理矢理先に進める事だってできるというのに、グレンはそうはしない。こんなにも大事にされているのだ、羞恥《しゅうち》の一つや二つ耐えなくてどうする。

いやでもやっぱり耐えられそうにないんだけど、とフェリシアは解放されたばかりの両手で再び顔を覆った。

「あのですね……」

「うん？」

掌で口元も隠れている。そんな状態で喋れば声もくぐもるが、この距離ならばグレンの耳にもきちんと届くようで彼は優しく先を促す。

「は、伯爵様、と、そうなるのが嫌なんじゃなくて、恥ずかしすぎるからで……」

「ああ」

「思い出すのって伯爵様のせいで恥ずかしい思いをした時だから、このままだと全部を思い出しちゃいそうなんですけど、そうなった時に伯爵様は大丈夫かなって……」

「……待て、フェリシア、今」

「だって、記憶が戻ってもわたしきっとこのままですもん！　伯爵様が知っている、好きになってくれた時のわたしって、猫を被っていた時のわたしでしょう⁉　今のわたしは全然大人しくないし騒がしいから呆れられるっていうか、今度こそ捨てられそう……」

「捨てない」

グレンは抱いている腕に力を篭めた。フェリシアの顔を覗き込むように軽く上半身を起こし、ベッドに片肘をついた。

「そんな心配をしていたのか？」

「他にもありますよ！　胸とかお尻とかも別に大きくないからご満足いただけるのかなとか、ってなにがどうしたら満足いくのかなんて知らないんですけど！　せめてこう――ミランダ様とかグレイス様くらい大きかったらよかったのに！」

社交界でも屈指の魅惑の体付きをしている令嬢二人を唐突に思い出す。そういえば、記憶をなくしたフェリシアに絡んできたのはこの内の一人、ミランダ・アボットだったではないか。

「あーっ！　ほら、やっぱりそう！　こうやって恥ずかしい気持ちが続くと、どんどん記憶が戻ってくる‼」

フェリシアは身体を捻るとシーツに顔を埋めた。だめだ、これ以上はもう思い出してはいけないと、懸命に己の記憶に蓋をする。

しかし、そんなフェリシアの足掻きをグレンが容赦《ようしゃ》なく攻めてくる。

「それは誘われていると思ってもいいのかな？」

誘う、とはなんぞや。フェリシアはそのままの体勢でグレンの言葉を考える。

しかし羞恥《しゅうち》で混乱している頭では纏まるものも纏まらない。

しかも今のグレンの声はとてつもなくこう、甘くありながらも危険をはらんでいなかったか。

ギクリ、とフェリシアは身を竦《すく》ませる。とんでもなく迂闊《うかつ》な事を口走ったような、気がする。

「俺はフェリシアに思い出してほしい。そして君は恥ずかしい感情が続くと思い出すんだろう？だったら」

「っ!!」

「俺としては優しくしたかったんだが、まあ、そういうことなら頑張って君を恥ずかしがらせよう。大丈夫、ちゃんと気持ちよくもするよ、フェリシア」

耳に触れそうな距離でグレンが甘く囁く。それがもう限界だった。

「あ……あああああ、もう意地悪！　伯爵様の意地悪ーっ!!」

フェリシアは勢いよく跳ね起きる。そうして枕を掴むと、グレンの身体をボスボスと何度も叩き始めた。

「さ……誘ってなんかないし！　それわかってるくせに！　意地悪なことばっかり言う!!」

グレンはフェリシアの攻撃を抵抗なく受け入れている。それがまたフェリシアの羞恥《しゅうち》に火を点けた。まるで自分が子供のように癇癪《かんしゃく》を起こしているようではないか。わざとからかってきたのはグレンの方だというのに。

「伯爵様がこんなに意地悪だったなんて知らなかったんですけど！」

「だから、俺も君の前では猫を被っていたと言っただろう？」

何度目かの攻撃を受けた所でグレンは身体を起こした。フェリシアの手首を緩く掴み、そのまま自分の膝の上へ置く。

「本当の俺なんてこんなものだよ」

フェリシアは両目に薄く涙を浮かべ、唇を噛み締めてグレンを睨み付ける。

まるで子猫の威嚇《いかく》のようで、なんともまあ可愛らしい。口元が緩みそうになるが、ここで笑ってしまえば完全にフェリシアの機嫌を損ねてしまうだろうからと、グレンは懸命に耐える。

ただでさえ欲を抱えているのにこれ以上我慢せねばならないのか。いっそ拷問じゃなかろうかと、そんな考えが頭を過る。

一人そう愚痴《ぐち》りながら、しかしそれを表には出さずにグレンはフェリシアの両手をそれぞれ握り、顔を覗き込むようにして視線を重ねた。

「俺とフェリシアは、三年もの時を一緒に過ごしてきたが、その間お互いずっと猫を被っていたわけだ」

「……そうですね」

「そして今見せているのが本来の姿なわけだけど、それを見てどうだ？　こんな俺では駄目？」

グレンの青い瞳は、月明かりしかない寝室の中でもはっきりと見える。

そんな彼の瞳に映るのは、どこか不安げな顔をしたフェリシアの姿だ。

「伯爵様こそ……どうなんですか？　こんな、騒がしくて、平気で酷いことを言っちゃうようなわたしが本当のわたしですけど」

記憶をなくしてからしでかした粗相《そそう》を軽く思い出そうとしただけでも、両手の指で足りるか不安になってくる。言動が酷いと、それを理由に離婚を言い渡されたとしても反論の余地がない。

「まあ、確かに心は抉られまくったな」

しみじみとグレンが呟く。ですよね、とフェリシアはガクリと項垂《うなだ》れた。

「ごめんなさい……」

「しかし、これに関しては俺の自業自得でもあるから。君はなにも悪くない。強いて言うなら、発言がちょっと迂闊《うかつ》というか……そんな所じゃないか？　君が気を付けなくてはいけないのは」

全くもってその通りすぎて、フェリシアは顔を上げる事ができずにいる。この距離ではあるけれど、合わせる顔がない。

そんなフェリシアの顔を、しかしグレンはそっと両手で挟んで上を向かせる。正面から見つめ合い、グレンはにこりと微笑んだ。

「でもそうやって、自分で自分の発言に真っ赤になって慌てている君を見るのは楽しいよ」

「……趣味が悪いと思います」

「君の色んな顔が見たいってことさ」

フェリシアの憎まれ口にもグレンは笑みを崩さない。

改めて、グレンの中で認識したのだ。そもそもフェリシアに、契約結婚という強硬手段を用いてまで自分の腕の中に囲い込んだその理由を。

「俺は、君の笑顔を取り戻したかったんだ」

デビュタント前の夜会で目にした時のような、それこそ初めて出会った子供の時のような、あんな風に笑うフェリシアの姿が見たい。それを取り戻してやりたい。

そしてそのまま、フェリシアが笑顔でいられるよう守りたいと、それだけのために動いていた。

「俺が不甲斐ないばかりに、君を守るどころか傷付けてばかりだったけど」

「そんなこと」

「あるさ。君が本当の君に戻るきっかけが、俺との記憶を全て忘れる形だなんて笑い話にもならない」

それでも、とグレンはフェリシアから視線を逸らさずに言葉を続ける。

「俺は君が好きだ。今の屈託《くったく》なく笑う君も、優しく静かに笑ってくれていたこの三年間の君も、どちらのフェリシアも俺にとっては大切な――愛しい人だよ」

ぶわっ、と全身の血が顔に集中するのをフェリシアははっきりと感じる。無理、もうやめてください、そう叫びたいのに声が出ない。

ただひたすらに、フェリシアもグレンを見つめる。

「君の笑顔を取り戻すことはできなかったけれど、これからの君を守らせてはくれないだろうか？　君が笑顔で過ごす隣に、どうか俺を立たせて欲しい」

「わ……わたし、で、いいんですか？」

「君がいい。俺は君と共にいたい。フェリシア、君を愛しているんだ、心から」

だからどうか傍に、とグレンは祈るようにフェリシアの手を持ち上げそこに口付ける。

「フェリシア――」

「わた、し、だって……」

心臓がうるさい。耳の奥がキーンと鳴り響く。頭の中はグチャグチャしすぎて言葉なんて何一つ浮かばない。そんな状態でありながら、フェリシアの口は自然と動く。

「伯爵様のことが好きです……そう、大好きなんです！　わたしを助けるために契約結婚までしてくれた優しい人で、でもだからこそいつかお別れしないといけない人で！　そんなの嫌なのに……絶対嫌なのに……でもわたしがいるとあなたは本当に好きな人とは結ばれない」

好きな相手を自分が不幸にしてしまう。そんな事が許されていいはずがない。

「あなたが幸せになるにはわたしが離れるしかないのに、それができなくてずっと契約を延ばしてしまって」

いつかくる別れの日に怯えていた。

そんな時に耳に入ってきたのが例の「隣国の姫君に求婚された」という噂だった。

「噂を聞いて、今度こそ解放してあげなきゃって離婚届に名前を書いて……でもそれが悲しくて

悲しくて……こんなに好きなのに……だからもういっそ、あなたのことを忘れてしまえたらいいのにって思ったんです」

グレンが軽く息を飲む。

一瞬離れかけるグレンを手を、今度はフェリシアがしっかりと掴み自分の胸元へと引き寄せる。

「お別れするのが悲しくて、だから忘れてしまおうと思うくらい、わたしも」

フェリシアの中でカチリと音がする。

記憶と感情が完全に重なる音が。

「あなたのことが大好きです。愛しています――グレン様」

六章　奥様と旦那様は全てを取り戻す

名を呼んだ方と呼ばれた方。衝撃が大きかったのははたしてどちらの方なのか。

グレンもフェリシアも見つめ合ったまましばし固まる。ややあって、グレンが掠れる声でフェリシアの名を呼んだ。そこから一気に騒がしくなる。

「あ……ああああああ!!」

フェリシアは両手で頭を抱えると小さく丸くなった。ベッドに額を擦りつけんばかりの勢いに、グレンが慌てて両脇に手を入れて持ち上げる。

しかしフェリシアはそれに逆らった。どうあってでも、真っ赤に染まりきった顔を見せたくないと必死に抵抗を続ける。

「フェリシア！」

「あーっ！　待って！　待ってください、これもうほんと無理ーっ!!」

うわあん、とフェリシアは両手で顔を覆って再び丸くなろうとするが、強引にグレンの胸元に引き寄せられた。

「フェリシア」

大きな掌で頬を包まれ、お互い正面から見つめ合う。グレンのその顔付きがあまりにも真剣で、フェリシアから一瞬だけ羞恥心《しゅうちしん》が消える。

「……思い出したんだな？」

記憶を失っている間、一度たりともグレンの事を名前で呼ばなかった。それこそ「他人じゃないですか」とまで言い切ったフェリシアが、初めてその名を口にしたのだ。愛の言葉と共に。

フェリシアは小さく頷く。このタイミングで完全に記憶を取り戻し、そして感情までもカチリと嵌まってしまった。

恥ずかしい、死ぬ、本当に死んでしまう。それだけは避けたかったというのに、まんまと。

「具合は？　どこか、頭が痛いとかはないのか⁉」

思わず瞳を閉じてしまったフェリシアであるが、グレンの切羽詰まったような声にバチリと目を開ける。

「気分が悪かったり、目眩《めまい》がしたりとか」

「だ、大丈夫です！　どこも痛くないし、気持ち悪くもなくてすこぶる元気ですよ！」

むしろどこか悪いのはグレンの方ではないのか。そう思うほどに青ざめていた彼の顔から、ようやく不安の色が消える。良かった、と小さく漏れる声。

こんな時にまで心配させてしまった事にようやく気がつき、フェリシアはグレンの顔を覗き込むように下から見上げ、もう一度同じ言葉を繰り返す。

「わたしは元気ですよ、グレン様」

ニコリと笑えば、グレンはフェリシアの頭と背中に手を回し優しく抱き締めた。

「ああ……元気でよかったよ、フェリシア」

愛おしむようにグレンはフェリシアの頭を何度も撫で、右の肩に顔を埋める。ぎゅう、と抱き締める力が強くなり、フェリシアは少し息苦しい。

しかし離して欲しいなどと言える空気ではないし、何よりフェリシア自身も離れたくなかった。おずおずと両手をグレンの背中に回す。

しばらくそうやって抱き合っていると、ようやくグレンが少しだけ腕の力を緩めた。ゆっくりとフェリシアの肩から顔を上げ、再び正面から見つめ合う。

あ、と思ったと同時にグレンの顔が近付いてくる。瞳を閉じる前に、唇に温もりが宿る。

「……フェリシア」

顔がぼやけるほどの至近距離で熱く名前を呼ばれ、フェリシアは今度はきちんと瞳と閉じた。

もう一度唇に伝わる熱。それを自覚した途端、フェリシアの全身がカッと燃えるように熱くなった。

グレンが顔の角度を変え、上からのしかかるようにフェリシアに口付ける。右手をフェリシアの後頭部に回し、左腕を背中に回し抱き締めたままなのでフェリシアは逃げられない。

逃がさない、という強い意思にさらにフェリシアの身体に火が点る。グレンから全身で求められている。それが震える程に嬉しく、そして叫びそうになるほどに恥ずかしくて堪らない。

唇をやわやわと食まれ、舌先で緩く舐め上げられてはもう無理だった。

フェリシアはグレンの背中をパシパシと叩く。それはもう必死に叩いた。さすがにこれにはグレンも動きを止め、惜しむようにゆっくりと顔を引き離す。

「フェリシア……？」

優しくうかがう声は、どう考えてもこれから先の行為を求めている。経験がないフェリシアにすら分かるほどに、はっきりとグレンがその意思を示しているのだ。

口調も表情も優しく、決して無理矢理進もうとはしない。

けれど、見つめてくるその瞳だけがフェリシアを渇望《かつぼう》している。

どうか、はやくその身を与えてくれと必死に訴えており、その強さにフェリシアは耐えきれずにきつく瞳を閉じた。代わりに大きく口を開いてこちらは言葉で訴える。

「グレン様！　一生のお願いがあるんですけど！」

あまりにも場にそぐわないフェリシアの声と態度に、グレンの中で暴れていた熱が一気に沈静化する。

「どうした？」

どんどんと場の空気――そういう流れだったものが霧散していく。それをひしひしと感じつつ、しかしグレンはそれを無理に引き戻したりはせずにフェリシアの言葉を待つ。

「……日を、改めませんか……？」

きつく目を閉じ、顔どころか全身を朱色に染めてプルプルと震え、そんな一生のお願いとやらを言い出す生き物が目の前にいる。グレンは耐える。

これまでで一番忍耐を駆使して耐えようと試みる。しかしどうしても無理であった。

ぶは、と我慢できずに噴き出した。するとフェリシアも「だってー！」と叫び始める。

「だって、ほんと、もう、むりなんですってば！　はずかしすぎて死んじゃう！」

「この状況で……日を改めるって……！」

大声を上げるのだけはどうにか耐えるが、それ以外は無理だとグレンは体を揺らして笑い続ける。

フェリシアは一人ベッドにうつ伏せに沈んでいる。

なんてタイミングでなんて事を口にしたのかと反省しているのだ、これでも。

「一応、聞くだけ聞く、けど……どれ、くらいの、日程？」

やたらと途切れるのはグレンが笑いを堪えきれていないからだ。そこからゆっくり十数えた辺りでフェリシアはポツリと呟く。

「来年……？」

「却下」

明るくにこやかに否定され、ですよねー、とフェリシアもそれには納得する。

「じゃあせめて明後日！」

「不可」

「グレン様の意地悪！　少しくらい譲歩してくれてもいいじゃないですか！」

「この状況で俺に待てを強いる、君の方が余程意地悪だと思うけど？」

ぐうの音も出ない。むしろ会話を成立させてくれているだけでもお釣りがくるほどの譲歩だ。

「フェリシア、君は記憶が戻って、体調もどこも悪くなくて、俺の事を好きでいてくれて、そして抱かれる事も嫌ではないんだろう？」

初めて直接的な単語を口にされ、フェリシアはヒャッと身体をビクつかせる。改めて確認されるこの羞恥《しゅうち》プレイはなんなのか。

しかしグレンは黙って返事を待っている。それを誤魔化す余裕はフェリシアには元からない。はい、と聞こえるか聞こえないかギリギリの声だったが、グレンの耳はきちんと拾ったようだ。ニコリ、と美形の笑みが圧を増す。

「だったら先延ばししても同じだな。フェリシア、覚悟を決めようか」

「それができないから無駄な足掻きをしてるんです!!」

「無駄な足掻きの自覚はあるのか」

心底楽しいらしい。グレンは口を手の甲で押さえてクックと笑う。

「何事も諦めが肝心だと言ったはずだけど？」

「わたしも言いましたけど、どう聞いても悪役の台詞すぎますってば……！　騎士の精神はどこにいったんですか！　乙女がこんなに必死に助けを求めているのに！」

一か八かでフェリシアはグレンの騎士道精神に訴えた。

騎士の中の騎士としても名高い彼だ、こう言えば少しは手加減というかなんというか。フェリシアの切実な願いを聞き入れてくれるかもしれない。

しかしその考えは甘かった。

グレンは爽やかな笑みのまま、フェリシアが考えもしなかった答えを投げ付ける。

「残念ながら俺の騎士の精神は三日間の休暇中なんだ」

「……は？」

呆気に取られて固まるフェリシアに追撃の手は止まらない。

「だから今、ここにいるのは、君を求めてやまないただの一人の男だよ」
ギ、とベッドが軋みを上げる。
身体を傾けグレンが近付いた分、フェリシアも身体を後ろに反らす。しかしそれにも限度があり、なんとかベッドに倒れるのを防ぐのに必死だ。

赤くなったり青くなったりと、表情をコロコロと変えるフェリシアを眺めることが、グレンは楽しくて仕方がない。フェリシアに対する愛おしさは過去一番に膨れ上がってもいるが、こんな風に軽口を叩き合える事も嬉しくて、ついついからかうのを止められずにいる。

「こんな俺に好かれてしまったということで、覚悟を決めてくれるかな、フェリシア」

どうしたって笑ってしまう。そんなグレンを見れば、フェリシアだって自分がからかわれている事に気が付く。

こんなにからかってくるくせに、それでもその先を止めてくれる気はないのだ、グレンは——

うう、と唸りながらフェリシアは涙目で睨み付ける。せめて少しくらい仕返しをしたっていいはずだと、ここにきて反抗心に火が着いた。

羞恥《しゅうち》で混乱の極みの中、フェリシアは思うままに身体を動かす。グレンの胸元を掴み、力任せに引き寄せる。まさかそんな行動をフェリシアがするとは思っていなかったグレンはされるがまま。

その油断した彼の唇にフェリシアはガブリと噛み付いた。

◆◆◆

生半可な反撃はかえって危険である、というのをフェリシアはまさに今、身をもって知った。

グレンの唇に噛み付き、彼を驚かせることに成功した。それで一矢報いた気になったのも束の間、逆に唇に食らい付かれ、それどころか腔内《くうない》まで蹂躙《じゅうりん》されている。

抵抗する間もなかった。グレンの舌に唇をこじ開けられ、驚き固まっていたフェリシアの舌はたやすく絡め取られた。肉厚な舌にねっとりと表面を擦り合わされたかと思えば、舌先で上顎をくすぐられる。これまで一度たりとも経験したことのない感覚。

だってそうだ、こんな、他人の舌で口の中を舐められることなんてあるはずがない。

他人の、グレンの舌が、自分の口の中にある。

それを改めて認識した途端、フェリシアはようやく逃げるように頭を動かした。

しかし当然それは阻まれる。またしてもグレンの腕がフェリシアの頭と腰にしっかりと回っており、微動だにできない。

逃げようとしたのがまずかったのか、さらにグレンの舌がフェリシアの腔内《くうない》を弄《いじ》る。捉えたフェリシアの舌に柔く歯を立て、唾液《だえき》ごと自分の腔内《くうない》へと引きずり込む。顔の角度を変え、さらに奥へ、さらに深く貪ろうと必死でさえあるようだ。

フェリシアにしてみれば最早許容範囲を超えている。クラクラと目眩《めまい》がするのは息が続かないから、だけではない。未熟ながらも与えられる快楽に酔い、どんどん身体から力が抜けていく。

「ん……ッ」

フェリシアの手が力なく垂れ下がると、ようやくグレンは唇を離した。

その時漏れたフェリシアの声は、グレンの寝室で軽く戯れた時以上に甘い。それがまたグレンの欲を刺激してしまう。

フェリシアの唇をやわやわと食みながら、その細い身体を優しくベッドに押し倒す。体重をかけすぎないように、それでいてフェリシアが逃げられないようにグレンは自分の身体で押さえ付け、両手で今度はフェリシアの耳を塞いだ。

耳の縁や後ろを指先で撫でられ、フェリシアはくすぐったさに身を捩る。

しかしグレンに押さえ付けられているので、その感触を逃がすことができない。またしてもゾクゾクとしたものが背筋を走り、下腹部の奥に小さな火種となって燻《くすぶ》り始める。

そこにさらに追い打ちをかけるように、クチュクチュとした水音がひたすら耳の奥に響く。

両耳を塞がれたまま、ずっと口付けは続けられる。

舌が触れ、絡み合う度に聞こえる音はひどく淫らだ。フェリシアはその音から逃げたいのに、グレンがそれを許してくれない。大きな掌で耳を塞がれ、音すら逃がしてもらえず、フェリシアは口付けによる快感と音を刻み込まれていく。

恋人や夫婦になればこういった深い口付けの仕方もあるのだと、さすがにそれくらいの知識はフエリシアにもある。恋愛事に熱心な令嬢や、他家に嫁いだ夫人達とのお茶会でそういった話題が出た時に、頼みもしないのにアレコレソレと吹き込んでくれたからだ。

恥ずかしさのあまりろくに覚えていない事も多々ある上に、なにしろ想像の限界すぎて話を半分も理解できたか定かではない。

それでも、いくら好き合った相手であっても、他人の舌が自分の口の中に、というのはその時のフェリシアにしてみれば嫌悪感が真っ先に立っていた。

「ふ、ぁ……」

それがどうであろうか、まさかこんな、少し離れてしまっただけで、その唇を求めてしまいそうになるだなんて。嫌悪感を抱くどころか、与えられる快楽にひたすら酔いしれている。

もっと、とつい強請《ねだ》るようにグレンを見れば、彼の瞳に自分の姿が映っている。

その途端、ドン、とフェリシアの心臓が大きく跳ねた。それにより一気に脳が覚醒する。

今、自分は、一体どんな顔をして彼の前にいるというのか――

ひあぁ、と短くか細い悲鳴を上げながらフェリシアは両手で顔を覆う。自分で触れた掌から伝わる熱。どれ程顔を赤くしているのか考えたくもない。

無理、死ぬ、今度こそ羞恥心《しゅうちしん》で死んでしまう、とフェリシアは身悶える。本当に、心の底から今こそ記憶を失ってしまいたいとさえ思う。

突如そうやって羞恥《しゅうち》に震えだしたフェリシアを前に、ようやくグレンも我に返る。

こちらも負けじと首筋まで赤く染め、片手で顔の下半分を覆って微かに震えていれば、体の下からボソボソとした声が上がった。

「グレンさま……」

「……すまない」

「……もうすこし、やさしく、してください……」

グレンはフェリシアよりも八つも年上だ。そういった経験だってあるだろう。

しかしフェリシアは今宵が初めてなのだ。初心者も初心者、今この瞬間、誰よりも初心者で挑戦している真っ最中、かもしれない。

だからもう少しゆっくりというか、様子を見ながらというか、手加減してくれてもいいのではなかろうか。

そんな意図で口にした言葉であったが、これがまた見事にグレンの理性の壁をぶち抜いた。

赤く染まった頬に潤んだ瞳、快楽に蕩け始めた表情だけでも壁は崩壊寸前だったというのに、そこにダメ押しの甘い声でこの台詞だ。

舌と唇を吸われすぎたのが原因で舌足らずにまでなっている。その事に遅れて気が付けば、グレンの理性は見事に木っ端微塵《みじん》。

あとはもう本能の赴くままに彼女の可愛らしい唇に食らい付き、いまだ触れずにいる柔らかな双丘を気が済むまで揉みしだきたい。誰も触れたことのないであろう胸の頂《いただき》に舌を這わせ、口内に含んで吸い上げれば一体どんな啼《な》き声を上げるのだろうか。

そう考えるだけでも果ててしまいそうだ。

だがとてもじゃないがそんな勿体ない真似はできない。

すでに昂りきっているグレン欲の塊は、もうずっとフェリシアの中に入りたいと叫び続けている。

これをねじ込んだ時の彼女の反応が見たい。

そして、彼女にそういった行為をしても許される唯一の存在なのだと実感したい。

今すぐ、フェリシアを自分のものであると——自分は、フェリシアのものであると主張したくておかしくなりそうだ。

それ程までに思い詰めているというのに、グレンの欲はとどまる事を知らない。

裾の乱れたナイトドレス。おかげでこれまで目にした事のなかったフェリシアのほっそりとした太股《ふともも》が月明かりに照らされている。

つ、と指を滑らせるとフェリシアは小さな声を上げてピクリと反応する。

この真っ新な雪原のような肌ならば、きっと赤い所有の印はよく映えるだろう。一つ二つ、と満足するまで印を刻みたい。

そして、彼女の一番奥、秘められた場所すらも味わってみたいのだと、そんな浅ましくも苛烈なまでの欲望がグレンの全身に満ち溢れる。

だが、それら全てをグレンは気力で抑え込んだ。欲をぶつけてしまうには、あまりにもフェリシアは無垢《むく》すぎる。少しずつ、ゆっくりと進めていかなければフェリシアの精神が保たないだろう。

それこそまた、衝撃のあまり記憶を失われでもしたらどうなる。

きっと自分は正気を保ってはいられない。

それに、そもそもからして女性に負担を強いる行為である以上、男の欲のままに進むわけにはいかないのだ。

だからグレンは耐える。欲望に流されないよう必死に理性の壁を立て直す。

ただただ、愛しい彼女を己の劣情《れつじょう》から守るために。

「グレンさま……？」

険しい顔をしたまま押し黙るグレンを、フェリシアは恐る恐る見上げる。またしても自分はなにかとんでもない事を口にしてしまっただろうかと、その瞳が不安に揺れている。

まあ確かにとんでもない威力の言葉だったなと思いながら、グレンは気を落ち着かせるために深く息を吐いた。それをどう捉えたのか、さらにフェリシアが不安そうにするのでグレンは軽く笑ってみせる。どうしても苦笑のようになってしまったのは仕方がないだろう。

「すまない……その、多少……いや、かなり、がっついてしまった」

え、とフェリシアが驚きに目を見張る。グレンは今度こそはっきりと苦笑を浮かべる。

「なぜだか分からない？」

「はい……って、あ!?　待ってくださいグレン様！」

「君から俺に口付けてくれたからだよ」

「待ってって！　待ってって言ったのにーっ!!」

グレンが軽く身を起こしているおかげでフェリシアは両手で顔を覆うだけでなく、身体を捻って枕に顔を埋める。軽く窒息しそうだが、この赤く染まった不様な顔を見られずに済むのであれば窒息しても構わない。

「フェリシア、こっちを向いて。それじゃあ息ができないだろう？」

しかしグレンの優しさがそれを阻止する。軽く肩を押されただけなのに、簡単にフェリシアの身体は元の仰向け状態に戻った。

「俺としても優しくしたい……優しくするつもりだったんだが」

「……あまり初心者向きではなかったように思いますけど」

「それだけ浮かれていたんだ」

ええっ!?　とまたしてもフェリシアが驚く。

「そんなに？」

驚きのあまり突っ込みも簡素になる。グレンはそんなに、と笑ったまま頷いた。

「今からはちゃんと優しくする。絶対に君に無理は……させるなあ」

「させるの!?」

思いも寄らぬ言葉にフェリシアは目を大きく見開く。

だが、自ら口にしたグレンも同じような顔をしている。何故、とお互い固まる事しばし。先に突っ込んだのはフェリシアだ。

「どうしてグレン様までそんな驚いた顔をしてるんですか！」

ごもっともな問いに、しかしグレンは真顔で考え込む。

フェリシアの身体にギリギリまで負担はかけないよう努力はする。それは当然の事だ。

しかし、今の時点でこれだけ恥ずかしがっているフェリシアにとって、そこに至るまでの行為は精神的負担がとてつもない事であるのも明らかだ。

けれどもここに関してだけは、フェリシアに無理をしてでも耐えてもらうしかない。

そんな本心が、ついポロリとこぼれ落ちたのだ。

「騎士として無理はさせたくないけど、そういえば騎士としての俺は三日間の休みだったなと」

グレンは軽口で誤魔化す。

フェリシアはグレンの腹の中など知るよしもないので口をわなつかせる。

「それ本気なんです!?」

「もちろん冗談だよ……多分」

「グレン様やっぱり意地悪というか性格があまりこう……よろしくない?」

「こっちが必死に耐えているのを軽率に揺さぶってくるんだ、ちょっとくらいからかっても許されるだろう?」

喉から飛び出そうになった言葉を男の矜持《きょうじ》で飲み込んで、グレンはフェリシアの頬に手を伸ばす。

「無理はさせない。君が嫌だと思った時はすぐにやめる。痛み……は、どうしたって与えてしまうけど、それまでは気持ちいいと思えることしかしないから、だから……俺に触れられて恥ずかしいだろうけど、それだけは耐えて、フェリシア」

強いるのは、羞恥《しゅうち》に耐えるそれだけだとグレンはフェリシアに言い聞かせる。もうすでに耐えきれないだけの羞恥《しゅうち》に襲われているんですけど、とフェリシアは息も絶え絶えだ。

グレンは充分すぎるほどに優しく事を進めてくれている。それなのにさらに、と望むのは甘えすぎだとフェリシアだって分かっている。

それでも口にせずにはいられず、そして軽率に言葉にすればグレンはそれすらも受け入れてくれたのだからして、あとはもうフェリシアの答えは一つしかない。

「が……がんばり、ます……」

グレンの首に両腕を回してしがみつきながらそう返せば、耳元で嬉しそうな笑い声が上がる。

できる限り、最大限頑張ろう——そう思ったフェリシアだったが、すぐにそれを後悔する羽目となる。

◆◆◆

優しくする、の言葉通りグレンはそれ以降ひたすら優しくフェリシアに接し、結果グズグズに蕩かしてくる。

貪るようだった口付けは緩やかなものへと代わり、時間をかけてフェリシアに快楽を教え込んだ。

特に反応を示した上顎の奥と舌の裏側は執拗《しつよう》に責められ、フェリシアはその度に何度となく身体を震わせせくぐもった声を上げる。

嬌声《きょうせい》は唾液《だえき》と一緒にグレンに飲み込まれ、それがどうしようもなくフェリシアの羞恥《しゅうち》を煽った。

やめて欲しいとそう願うが、けれどもこれに耐えなければ、頑張らねばならないとフェリシアはひたすら耐える。

緩やかになったおかげで、口付けの合間に呼吸もなんとか出来るようになった。そうなってしまうくらい、長い間口付けを交わしていたのだと気付けば叫んでしまいそうになる。

それもどうにか我慢したが、もうこの時点でフェリシアの忍耐は限界だった。

「は……っ、ぁ、あ……」

散々嬲《なぶ》られた唇が解放されると、今度は耳から首筋にかけてをグレンの唇が這い回る。そんな所に口付けられたり、あまつさえ舐めたり噛まれたりした事だってフェリシアにはない。

というか、こんな所にまで口付けるだなんて、それすらも知らなかった。

恐怖が全くない、と言ったら嘘になる。

しかしグレンに対する信頼と愛情がそれを凌いでいる。だから怖いというよりも、とにもかくにも恥ずかしく、そして今はこの得体の知れない感覚をどうしていいのかが分からない。

耳の後ろを指で撫でられながら、つ、と舌先で首筋を舐められると声が出そうになる。

実際何度か飛び出てしまったが、そのどれもが耳を塞ぎたくなるほどに甘い。そんなつもりは欠片もないのに、まるで媚びているのかと思うほどだ。

だから懸命にフェリシアは声を漏らさないように唇を噛み締めるが、そうするとグレンの責めがより一層激しくなる。

耳の内側にまで指を侵入させ軽く擽《くすぐ》り、舌を這わせたまま首筋の一番皮膚の薄い所にきつく吸い付く。それにはフェリシアも声を堪える事が出来ず、短い悲鳴をその度に上げてしまう。

これがまだ行為の序盤であるという事は、フェリシアのなけなしの知識でもなんとか分かっている。だが、正直なところ、もうすでに解放して欲しくてたまらない。

グレンがフェリシアを求めているように、フェリシアだってグレンを求めているのは本当だ。

けれど、何事にも限界はある。フェリシアの今日の分の我慢はすでに空っぽ寸前だ。

一旦休みにして明日に持ち越し……は無理でも、せめて、ちょっとでいいから休憩が欲しい。

そんな交渉の機会をずっと探しているが、身体は元より思考もとっくに蕩かされているために纏まる考えも纏まらない。

あ、あ、と短い声を上げ、なにも知らなかった肌にグレンの熱と快楽を刻まれ続ける。

「ひゃッ!?」

突然心臓を鷲掴みにされたかのような衝撃がフェリシアを襲う。驚きに目を見開き、軽く首を動かせばそこにあるのは剥き出しの自分の胸。そしてそれを覆うグレンの大きな掌。

いつの間にこんな状態に、と反射的に腕で身体を隠そうとするが、グレンがぴったりとくっついている。あ、これなら隠すまでもないのでは?

そんな考えも浮かぶが、即座にフェリシアはそれは違うと首を横に振った。

グレン様が隠してくれているからいいんじゃなくて、グレン様から隠したいの!

そう思いグレンの身体を押すがビクともしない。グレンは突然のフェリシアの抵抗に少しだけ驚いたようだが、すぐに状況を理解したのか口元を微かに緩める。羞恥《しゅうち》に耐えかねての行動なのが筒抜けだ。うう、と短く唸るが、すると今度はとある事実に気が付いてしまった。

それはフェリシアに嫌な気持ちを抱かせるには充分すぎた。グレンに触れられた事で熱を持っていた身体は冷え、フワフワとした感覚も一気に吹き飛んでしまう。

こんな感情は持ちたくない。しかも、よりにもよってのタイミングだ。

フェリシアは首を横に動かした。とてもじゃないが、こんな考えを持ったままグレンの顔を見るのは難しいいし、何より彼に見られたくない。

「フェリシア？」

グレンの声に戸惑いが混じる。それはそうだろう。今のこの瞬間まで睦み合っていたというのに、急にそっぽを向かれては微笑ましく眺めてなどいられない。

片手だけ触れていた胸から手を離し、フェリシアの頭を優しく撫でる。

「フェリシアどうした？　嫌だった？」

う、とフェリシアは言葉に詰まるが、ややあって「嫌じゃないです」と答えた。

嫌ではない。それは確かだ。

「恥ずかしい？」

コクリ、と頷く。それも確かな気持ち。けれども。

「……それだけではないみたいだが？」

即座にバレている。フェリシアが抱えている気持ちはあまりにもお粗末なものであるからして、せめてそれくらいは隠し通していたかった。

ふあああああ、とフェリシアの口からは間の抜けた音が漏れる。

「フェリシア、俺達はずっとお互い会話が足りなかったんだ。だから言ってくれ、なんでも。どうした？　なにか気になることがあるんだろう？」

「筒抜けすぎてつらいんですけど……！」

「なにかを気にしているのは分かるけど、なにを気にしているかまでは分からないんだ」

すまない、と己の不甲斐なさまで嘆くグレンに、フェリシアの罪悪感が羞恥心《しゅうちしん》を超える。

ひあああああ、とまたしても叫びにならない叫びを上げ、そうして首筋を痛めるのではないかというくらい顔を逸らしてシーツに顔を埋め、ようやく口を割った。

「手馴れてらっしゃるなって……ちょっと、思って、しまって……」

自分達の間には年の差や経験の差がある。それは充分すぎるくらい理解している。

が、それでも、気付いたばかりの事実に感情が追いつかないのだ。

「それはつまり」

「う……や、きもちですよ！　自分でもくだらないなって分かってるんですけど、でもちょっとばっかりこう、嫉妬《しっと》しちゃうのは乙女心のせいだから仕方ないんです。ごめんなさい‼」

わたし面倒くさい！

そう心の底から叫びを上げるフェリシアだが、グレンに渾身の力で抱き締められ「ぐわ」となんとも可愛らしさから遠い呻《うめ》きを上げた。

「グレンさま？」

はあああああ、と長い溜め息が耳元で聞こえる。

グレンはフェリシアを抱き締めたまま動かない。

「あの……ほんとうにごめんなさい？」

どうしたって覆しようのない過去の話に嫉妬《しっと》である。言われた方としてはどうしようもない。

それでこんなにもグレンを呆れさせていると思ったフェリシアは、もぞもぞと身体を動かしなんとかグレンの背中に手を回した。

トントンと宥めるように背中を軽く叩きつつ、あれでもこれちがう？　宥められるのわたしのほうじゃない？　と内心首を捻っていると微かにグレンが動いた。

フェリシアの首筋にさらに顔を埋めてくるので、くすぐったさにピクリと肩が揺れる。

はあ、ともう一度グレンは息を吐く。

「んッ……！」

わざとではないのだろうが、そんなことをされては今のフェリシアには刺激が強い。鼻から抜ける声に恥ずかしさがつのり、フェリシアはグレンの背中の服を引っ張った。

「グレン様、あの……大丈夫ですか？」

「……大丈夫じゃない」

首元でボソボソと喋るのをやめて欲しいが、それどころではない返事にフェリシアは「え」と固まる。さすがに今回ばかりは本当に呆れられてしまったようだ。

しかしそれにしては抱き締める腕の力は強いままだし、甘えるように時々頭をすり寄せてくる。

「俺の男心が重傷だ……」

あ、心配いらないやつだこれ、と安心したのもほんの一瞬。

すぐさま「なぜに？」と疑問が浮かぶ。

「フェリシアが可愛すぎてつらい」

心の底からの呟きがフェリシアの鼓膜を揺らす。言葉としてははっきりと聞こえているのに、しかしその意味はさっぱりだ。

「え……え？」

疑問符で頭の中が埋め尽くされ、フェリシアの口からは戸惑いの声しか出てこない。

「可愛すぎるのも犯罪だとは聞いていたけど、本当にその通りだな」

誰から？　とさらに疑問は深くなる一方だが、ようやく顔を上げたグレンを目にした途端、そんな考えは遙か彼方に吹き飛んだ。

顔中どころか、耳や首まで赤く染め、少しばかり睨むようなグレンの姿にフェリシアの心臓はこれまでとは違う跳ね方を示す。

これは、もしかして、もしかしなくても、グレン様ったら照れてらっしゃる――!?

ひあ、と悲鳴ともなんともつかない声を漏らして、フェリシアはグレンを見上げたまま固まる、こと数十秒。溢れる想いと共に口を動かした。

「グレン様ったらかわいい……！」

氷の騎士様の照れた顔など珍しいどころの話ではない。

きっと、彼のこんな顔を見た人間なんて自分しかいないのではないだろうか。

「あ、ちがう。昔お付き合いしていた方だって見ているお顔だわ」

「君だけだ」

なにが、と問う前に唇を塞がれた。先程までの濃厚なものではなく、触れるだけの口付けは、しかしフェリシアを黙らせるには充分すぎる。不意打ちで、あげく離れる瞬間に下唇を軽く噛まれ、フェリシアはグレン以上に赤くなって押し黙る。

その反応ですっかり落ち着きを取り戻したグレンに、やっぱり手馴れてるじゃないですかとそんな悪態を吐いた。心の中で。

「女性を抱くのは初めてではないけど、手馴れているという程でもないよ」

またしても考えが筒抜けだ。わたしってそんなに分かりやすいのだろうかと、恥ずかしいやら悔しいやらでフェリシアはひとまず両手で顔を隠した。

「向こうから言い寄ってこられたのばかりだし」

「美形にしか許されない発言ですよね」

「あとは時々娼館《しょうかん》に行って発散させていたくらいだ」

「ずいぶんと赤裸々に仰ってくる……！」

「それでも君と結婚してからは行ってないからな！」

「え、でもそれじゃあどうして」

いたんですか、とは聞いてはまずいとフェリシアは寸前で言葉を飲み込んだ。

しかしその気遣いをグレン自身が無駄にする。

「自分でしていた」

グレンだって恥ずかしいのだろう、眉間に皺が深く刻まれるが、フェリシアだってたまったものではない。

「そこまで仰らなくてもいいのにーっ！」

「君に変に誤解されたままでいるよりマシだ！」

恥ずかしさを誤魔化すように、グレンの声も少しばかり大きくなる。

「こんなにも誰かを好きになったのも、抱きたくて堪らないのも君だけだ、フェリシア。欲のせいで君を抱きたいんじゃない、君が相手だから欲を抱えてしまうし、君の心を俺が占めてるってだけでこんなにも浮かれてしまう」

「……うかれて？」

浮かれるようなことが、と考えればすぐに答えは浮かぶ。え、でも、とフェリシアは指に少しばかりの隙間を作り、そこからグレンを見る。

「やきもちを焼かれて？」

「そう」

「……面倒ではなく？」

「他の相手なら面倒くさいだけだが、君からの嫉妬《しっと》ならこれほど嬉しいことはないよ」

それくらい、俺を好きだということなんだろう？　と笑うグレンの嬉しそうな顔といったら。フェリシアは指に隙間を作った事を激しく後悔する。

こんなにも嬉しいと、満面の笑みを浮かべるその威力恐るべしだ。

「そ……そんなので喜ばれたら、わたし普段どれだけ酷いことを言って……ますね。言ってました」

軽く考えただけでも山のように出てくる。むしろ、これまでグレンに対して酷い言葉以外口にした事がないのでは、と突っ込みたくなるくらいだ。

「伯爵様と結婚したのを忘れたいくらい嫌だったんですかね、が今のところ一番キツかったな」

「お詫びのしようもなく……!!」

「そんな風に言っていた君が、俺の過去に嫉妬《しっと》してくれるんだから耐えた甲斐があったというものさ」

フェリシアの両手首を掴むと、グレンはそれを引き離しベッドに押し付ける。この一時だけで何回目か分からない行為の繰り返しだ。

「もう一度言うけど、こんなにも欲しいと思うのは君だけだよ、フェリシア。ずっと欲しくてたまらなくて、でも俺達の結婚はあくまで契約だからと我慢していた。それが今、やっと本当の夫婦になれて、嬉しくて、君を欲しすぎて頭がどうにかなりそうだ」

「わたしは、恥ずかしすぎて頭がどうにかなりそうです……」

「フェリシア、君が欲しい。お願いだから俺に君をくれないか？　これ以上焦らされると……辛い」

直球すぎる求めにフェリシアは返す言葉が見つからない。焦らしているつもりは全くないのだが、結果的にはそうなっている。

しかも何度も。それでも都度相手をしてくれるグレンの優しさに、嬉しさと同時に猛烈なまでの申し訳なさで胸がいっぱいになる。

「あの、わたし、本当に、どうしたらいいのか分からないんですけど」

「俺を受け入れてくれるだけで充分だよ」

「受け入れるって……どうやったら……」

それすらも分からない、と困惑気味に眉根を寄せれば、そこにグレンが軽く唇を落とす。そのまま鼻の上、頬、唇、と触れるだけの口付けが続き、その度にフェリシアは小さく身体を弾ませた。

「俺にこうされるのは嫌ではないんだよな？」

「はい」

それだけははっきりと、そして何度だって答えなければいけないとフェリシアは即答する。

「こうやって触れられるのも大丈夫？」

「っ、……はい、平気、です」

グレンの大きな掌がフェリシアの肌を撫でる。脇から腰、太股《ふともも》をゆるりと撫でる手付きにフェリシアは驚きに言葉を詰まらせるが、それでもはっきりと返事をした。

「これは？」

「ひゃッ!?」

下から上へと戻ってきた掌が、フェリシアの胸を優しく包み込む。そのままゆったりと指が動き、それに合わせて形を変えるのがとてつもなくいやらしい。

「フェリシア」

「い……や、じゃない、けど……」

「けど？」

「恥ずかし、い……」

「そこは耐えて」

即答され、思わず「グレン様の鬼！」と叫びかけたが、グレンの指が胸の頂《いただき》を掠めたためにそれは甘い啼《な》き声に変わった。

「あぁッ!?」

「嫌？　痛い？」

グレンは逐一確認してくる。それは気遣いであるのだろうが、それに答えるのもまた恥ずかしいのでとても困る。しかし返事をしなければグレンに誤解を与えてしまう。

だからフェリシアは必死に返す。

「大丈夫、です、くすぐったい……だけ」

「それだけ？」

左の胸の頂《いただき》を指の腹で優しく擦りながら、右の胸は下から掬いあげるようにして揉みしだかれている。右の先端もプクリと膨らんでいるが、こちらは一度も触れられておらず、それがとてももどかしい。

「……おなか、が、……奥が、あつい……？」

そのもどかしさが腹の奥底で燻《くすぶ》っている。

グレンの舌で腔内《くうない》を舐め回された時にも感じたが、今はそれの比ではない。この熱をどうにかしたくて、腰をもぞもぞと動かしてみるが一向に治まらない。

不意にグレンが指の動きを止めた。ゾクリとしたものがフェリシアの全身を駆け抜ける。

「あ……」

動かすのをやめて欲しいとすら思っていたのに、いざ止められると肌がざわめく。もっと、と強《ね》請《だ》る身体の反応に混乱し、フェリシアは救いを求めてグレンを見つめた。

「俺に触られて、少しは気持ちよかった？」

「……分からない、けど、いやではなかったです」

「今みたいに触って、指で弄《いじ》られるのは？　やめて欲しいって思った？　それとも、もっと触って欲しいと思った？」

グレンはすでに答えを知っている。しかしそれをフェリシアから直接聞きたがっている。それを理解していないのはフェリシア自身で、だから問われるままに素直に答えた。

「……もっと、って、思いました」

「俺に触られるのが嫌ではなくて、もっと、と思ったなら、それは気持ちがいいということだよ、フェリシア」

それはストンとフェリシアの中に落ちた。

そうか、今のは気持ちが良かったのか。だからこんなにも、続きを求めて止まないのかと。

「俺に触られて、気持ちよくなってくれたらそれで充分だよフェリシア——今は」

触れられて、それを快楽だと受け止めるようになって、その内俺を求めてくれたらそれでいい。

一秒でもそれが速くなればいいと、そんな邪な願いを抱いたままグレンはフェリシアの胸に吸い付いた。

◆◆◆

一瞬何が起きたのか分からない。フェリシアは声すら出せずビクン、と一際大きく背中を反らせた。その背にグレンの腕が回り、指先でツ、と撫でられさらにフェリシアは身体を揺らす。

驚きと羞恥《しゅうち》と、そして得体の知れない感覚に怯え胸元に視線を落とせば、グレンが静かに見つめている。

「今のは嫌だった？」

真っ直ぐに見つめられている。自分の反応を逐一確認されている、という恥ずかしさにフェリシアは言葉に詰まる。

それでもどうにか首を横に振った。嫌ではなかった。一瞬の事ではあったけれど、今はもっと、と思ってしまっている。そう思うということは、どういう事であるかは先程教えられた。

だからフェリシアは、恥ずかしさに心臓から震え上がりつつもグレンに告げる。

「もっと……って、思いました……」

その言葉にグレンはふわりと笑う。それはこの淫靡《いんび》な空気の中では似つかわしくないほどの穏やかな笑みだった。フェリシアが素直に言ったのがそれ程までに嬉しいのだ。

「ああ、俺も……もっとしたい」

「あ、の、でも、ですね」

息をするのも一苦労の中、フェリシアは必死にグレンに訴えた。頑張ると決めたからにはどんなに恥ずかしいことにも耐える、つもりではあるけれど。せめてこれだけはお願いしたい。

「もう少しだけ……その……」

「ゆっくりして欲しい？」

すでに限りなくゆっくりと進めてもらっているのはフェリシアも理解している。これ以上ゆっくりとは、と思うけれど。それでも、このいっぱいいっぱいの状態のフェリシアには付いていくのが至難の業だ。

焦らされて辛い、と言われたばかりなのにこんなお願いをしては、さすがに怒るというか機嫌を損ねるというか、とにかく不快な思いをさせるのではないだろうか。

そう不安に顔を曇らせるフェリシアに、ここでもグレンは優しく笑みを浮かべる。

「分かった、できるだけゆっくりする」

「……ごめんなさい」

「どうして謝る？」

「なんだか……わたしばっかりお願いしてる……」

「……じゃあ俺からも一つだけお願いしようか。それでおあいこだ」

「っ、わ、たし、ができることですか？」

「君にしかできないな」

グレンは少しばかり身体を伸ばし、フェリシアの頬に軽く口付ける。

「声を我慢しないで、気持ちいい時はそう言ってくれ」

フェリシアの口が大きく開く。が、そこから声は出てこない。「無理です」と叫びそうになったものの、どうにか耐えている。

「俺は君に気持ちよくなってほしくて触れているんだ。だから、気持ちいいと思った時は素直に言ってもらえると嬉しい」

「でも、ですね」

「それにちゃんと口にした方が君も気持ちよくなれる」

「これ以上!?」

驚きで飛び出た言葉の威力に二人同時に固まるが、その後の反応は見事に分かれた。

はあああ、と掠れた悲鳴しかあげることのできないフェリシアに対し、グレンは「これ以上」と若干照れつつもひどく楽しそうに笑っている。

「ゆっくりするから、その分ちゃんと感じ取って、フェリシア」

そうしてまたグレンはフェリシアの肌に触れ始めた。先程と同じように、しかし今度はゆったりと左の胸を爪の先で刺激しながら、右の胸に舌を這わせる。

「う……ぁ、あ……」

背に回っていた掌は、宥めるような動きで背中を撫でつつ腰を滑り太股《ふともも》へと下りる。そうしてまた上へと動くが、時折指先に力を込められ、その刺激にもフェリシアは声を漏らす。くすぐったくて笑ってしまいそうになるが、どうにか耐える事ができる。

そのギリギリでグレンはフェリシアを責め立てる。無意識に身を捩りグレンの手から逃げようとするが、上からグレンの身体で押さえ付けられた状態ではろくに動く事もできない。

やがて、身体中を撫で回っていた掌は右胸を下からやわやわと揉み始め、形のよいフェリシアの胸を歪に変える。それでも唯一形を保ったツンと上向いている胸の先端を、グレンは舌で軽く突いた。

「んッ！」

衝撃に息を飲む。しかし今回はそこで止まってはくれなかった。

ゆっくりとではあるけれど、その後も何度となく胸の先端を舌先で突かれる。時には大きく広げた舌でねっとりと舐められ、違う種類の刺激にフェリシアはビクビクと背中を震わせた。

「や、あッ……グレン、さま、……ッ、そ、れ……んッ……」

どうしても漏れ出る声が恥ずかしくて、それまで唇を噛み締めて堪えていたフェリシアであるが、さすがに胸への直接的な愛撫《あいぶ》をされては堪らない。刺激が強すぎて逃げたいのに、身体はまるで強請《ねだ》るようにグレンにその場所を差し出している。反り返った背中がなかなか元に戻らない。

「こうされるのは嫌？　フェリシア、気持ちよくはない？」

問われてフェリシアは視線を下へと向ける。自分の胸元に顔を寄せ、赤い舌を這わせるグレンの姿はあまりにも淫らだ。

ぶわ、と全身の熱が一気に高くなり、まるで酒に酔ったかのように視界がグラグラと揺れる。

「嫌？」

わずかに胸の先端をずらしてグレンが口付ける。嫌ではない、そして、そこじゃなくてもっと別の所に触れて欲しい。そんな欲がフェリシアの中で溢れた。

「……もっ……と、してください……」

気持ちいい、とはまだ恥ずかしすぎて口にできないフェリシアは、代わりに「もっと」とグレンに強請《ねだ》る。それはグレンが一番欲しているフェリシアからの願いであるからして、グレンは一層それに応えた。

左の胸の先はずっと指で弄《いじ》られ続けている。爪の先がカリカリと引っ掻くように動き、指の腹で優しく撫でられ、親指と人差し指で摘まれては優しく捏ね回される。その反対側である右の胸は舌で舐られ続け、そのどちらもがフェリシアの中で快楽として蓄積されていく。

「は……ぁ……ああ……」

フェリシアの声が甘さを増す。その声を聞きながら、グレンはじゅう、と音を立てて乳房に吸い付き、口の中で固く凝った先端を舌で転がした。

解きほぐすように舌を這わせ、唇の内側でやわやわと食めば僅かに凝りがほぐれる。だが、そこにキュと吸い付くと直ぐさま尖りだす。

それをグレンは飽きることなく繰り返し、そしてフェリシアはその度に短い啼《な》き声を上げる。

夜の冷気の中で肌寒さを感じるはずなのに、一糸纏わぬ姿でありながらフェリシアは身体が熱くて堪らない。肌には薄らと汗が滲むが、その汗までもグレンの舌が舐め取っていく。

いくらなんでもそれは恥ずかしすぎるのでやめて欲しいのに、フェリシアには制止の声を上げる余裕がなかった。身体の奥底からゾワゾワとしたものが溢れそうになっている。

それが怖いはずなのに、なのに、どこか待ち構えてしまう。

あともう少しでそれが満ちる、となった瞬間。不意にグレンが動きを止めた。

「う……ぁ、は……ァ、……グレンさ、ま……？」

熱が燻《くすぶ》っている。そのためか、身体が震えそうになるのが止まらない。この熱を、震えを、そしてそれらの辛さをどうしたらいいのか分からず、フェリシアの目に自然と涙が浮かぶ。

あまりにも自分が我が儘を言うから、だから意地悪をされているのだろうかと、そんな考えが脳裏を掠めるがそれは杞憂《きゆう》だった。

「あッ!?」

これまでと逆の刺激がフェリシアを襲う。右の胸が指で弄《いじ》られ、左の胸は口に含まれじゅうじゅうと吸い付かれる。ほんの少しだけ強い刺激のはずだったが、一旦燻《くすぶ》った熱を激しく燃え上がらるには充分すぎた。

「や、ぐれ、んさま……ッ、ん、んんぅッ……！」

「声、我慢しないで」

「っあ、……で、も……こわい……」

一旦引いたはずの熱は再燃するのが恐ろしく早い。強すぎる快楽にフェリシアは戸惑い、イヤイヤと頭を何度も横に振る。

「大丈夫、こわくない……フェリシア、触れているのは俺だ」

唇は軽く胸元に寄せたまま、グレンが視線だけを向けてくる。涙で微かに揺らぐ視界の中で、グレンの顔だけは何故かはっきりとフェリシアの瞳に映り、そしてこの瞬間まで溢れていた恐怖が霧散し――快楽だけが身体に残る。

「ぁ……ぁ、あ、ああーッ!!」

再び胸の先にきつく吸い付かれ、指で弄《いじ》られていた方も軽く捻られたのを合図に、フェリシアの中で燻《くすぶ》っていた火種がパチンと弾けた。

高く甘い啼《な》き声を上げ、フェリシアは胸を突き出すように背を反らし、そしてややあって今度はガクリとシーツに身体を沈めた。一気に脱力し、はあはあと荒く呼吸を繰り返す。

体中に汗でも掻いたかのように寒さを感じ、フルリと肩が震える。その華奢《きゃしゃ》な肩の下に腕を入れ、フェリシアの横に寝そべったグレンがその身を引き寄せた。

チュ、チュ、と可愛らしい音を立ててフェリシアの額やこめかみ、そして唇に何度も口付けを落とす。そのくすぐったさと、そして触れる身体の温もりにフェリシアはほう、と息を吐いた。

昂ぶっていた気持ちと身体が落ち着いていく。

「頑張ったな、フェリシア」

目元にかかっていた髪の毛を優しく払い、そこにもグレンの唇が落ちる。フェリシアは軽く瞳を閉じたまま「はい」と頷き、甘えるようにグレンの胸元に頬をすり寄せた。

トクトクと聞こえるグレンの心臓の音が耳に心地よい。ゆるりと睡魔が近付いてくる気配を感じ、このまま身を委ねてしまいたい。

けれど、これはまだ駄目なのではなかろうか、どうなの？　え？　寝てもいい？　とフェリシアの思考が徐々におかしな方向へと流れていく。

それを察したわけではないだろうが、グレンの声がフェリシアを覚醒させる。

「もう少しだけ頑張ろうか」

「――え？」

おそるおそる顔を上げれば、困ったような、それでいてやはり楽しそうな顔をしてグレンが見つめている。

「フェリシア、もう少しだけ、頑張ろう」

笑顔と共にもたらされる言葉の圧たるや。

「もうすこし……だけ、なら？」

それでもなんとか答えるフェリシアに、しかしグレンは微笑むだけで。

これは間違いなく「もうすこし」では済まないのだと、フェリシアは嫌でも察するしかなかった。

◆◆◆

もう何度目になるか分からない口付けが始まる。その柔らかさを味わうように唇を互いに擦り合わせ、時折舌で唇の縁をなぞっては柔く歯で食まれる。

薄く唇が開けば、そのまま舌が侵入して奥に縮こまるフェリシアの舌を誘う。おずおずとそれに乗れば、ゆったりとした動きで絡み取られた。

微かに漏れる声はそのままグレンの腔内《くうない》に吸い込まれ、室内にはただピチャピチャとした水音だけが響く。恥ずかしくて耳を塞ぎたいのに、それ以上にフェリシアはグレンとの口付けに夢中になる。もっと、と初めてフェリシアの方からグレンの腔内《くうない》に舌を伸ばすと、歓喜と共に迎えられた。

舌の付け根から巻き込むように吸い込まれ、唾液《だえき》までも啜《すす》られる。

その音と刺激にゾクゾクとしたものが背中を駆け抜け、フェリシアは軽く背中を浮かせグレンの胸元にしがみついた。きゅ、と掴んだ服に皺が寄る。

ここでようやく、そういえばまだ彼は服を着たままだという事実に気が付いた。

「グレンさま」

吸われてぽてりと腫れた唇を震わせ、その名を呼ぶ。声にふんだんと甘さが含まれ、瞳もどこかトロンとしている。そんな据え膳状態であるのを知らぬは本人ばかりで、フェリシアはグレンの服にかけた指を軽く引く。

「服……」

脱いで、との意思表示をするも、グレンはクスリと笑いはするがそれだけだ。フェリシアの額や頬に軽く触れるだけの口付けを始め、一向に脱ごうとはしない。

グレンとしては、脱ぎたくないわけでもなければ、他に何か理由があるわけでもない。あるとすれば、今はただフェリシアに触れたいという欲が強すぎる、というだけのなんとも残念な己の思考のみだ。

しかしフェリシアからすればそんな理由など知らぬ事であるし、そもそもグレンが何も言葉を発しないので分かるわけがない。なのでこれは完全に誤魔化された、とフェリシアは判断した。

なんだか悔しい。悔しいので、ならば自分が脱がすのだと、たどたどしい動きでグレンの服に付いた釦《ボタン》に触れる。

これにはグレンも動きを止める。愛しい相手が自分の服を脱がせてくれるという、とんだご褒美だ。喜んで享受するという選択肢の他ありえない。にやけそうになる口元にことさら力を込め、どうにか不様な顔を晒さないようにだけ努める。

氷の騎士様の欲望に塗れた反応という、そんな貴重な光景をフェリシアは目の前の釦《ボタン》を外す事に集中しすぎて見逃した。本来であれば簡単に外れるだろうに、快楽で力の抜けた指ではなかなか上手くいかない。

それでもどうにか一つ目を外し、二つ目に取りかかるが今度は徐々に羞恥《しゅうち》が募ってくる。

そんなにまでして彼の服を脱がせたいのか。そうまでして彼の裸が見たいのか、自分は。そんな思考がフェリシアの脳内を埋め尽くす。

だってわたしだけが脱いでいるのは不公平だから、ただそれだけだもの、とフェリシアは懸命に己に言い訳をする。そのせいで、グレンの掌の動きに気付くのが遅れた。

フェリシアを抱き込むように背中に回されていた手は、そのまま脇の下を抜け横から持ち上げるようにして乳房を掴む。もう片方の手は鳩尾《みぞおち》を撫でながらゆるゆると下へと動き、そのまま太股《ふともも》の内側へと入り込んだ。

ビクン、とフェリシアは身体を揺らす。太股《ふともも》を撫でる掌が次にどこへ向かうのか本能的に察し、反射的に両足を閉じようとする。しかし、いつのまにかグレンの足が絡みついており動かそうにも動けない。そして制止の声を上げるより先に、グレンの指が足の付け根に触れた。

「ッ!!」

クチュリとした水音が、フェリシアの耳にもしっかりと届く。

いやだ、恥ずかしい、初めてなのにこんなにも――!!

イヤイヤとフェリシアは頭を横に振ってグレンの胸元に顔を埋めた。顔が熱い。きっと耳や首筋までもが赤く染まっているだろうが、それでもこの顔だけは見せたくない。

そうやって必死にしがみつくフェリシアの頭を優しく撫でてやりながら、グレンはさらにフェリシアを追い込む。

「ちゃんと感じてくれていて嬉しいよ」

耳元でグレンが囁く。耳にかかる息と声、そして言葉の中身、それら全てにフェリシアは羞恥《しゅうち》と、そして快感を得てしまう。

「ぅ……ぁ……も……やだぁ……」

そんな自分の反応が余計にまた恥ずかしく、フェリシアの目元には薄らと涙が浮かんだ。

「どうして？　フェリシアに気持ちよくなって欲しくてずっと触れてるんだ、俺としては喜ばしいことなんだが」

グレンの舌が目尻に浮かんだ涙を舐め取る。労っているのか、それともフェリシアの反応を面白がっているのか分からない。きっと両方だ、
だってグレン様はちょっと意地悪な所があるみたい、とフェリシアはグレンの胸元を軽く叩いた。

「い……いじわる……んんッ!?」

つい零れ落ちる恨み言が嬌声《きょうせい》に変わる。軽く触れただけの指先が、今度はしっかりと秘裂《ひれつ》を弄《いじ》り始めた。

「やッ……い、や……グレンさま……ッ！」

グレンの指がゆっくりと上下に動く。フェリシア自身ですら身体を洗う時くらいにしか触れた事がない場所なのに。

いや、いや、とフェリシアは繰り返しながら再度グレンにしがみつく。胸元に顔を押し付けているのでどうしたってくぐもった声になるが、それでも聞こえない距離ではない。

しかしグレンは指の動きを止めず、それどころか頭を撫でていた手を胸へと戻し、掌全体で揉みながら指先で先端を摘まみ上げる。

「ぁあッ……は……ッ、ぁっ、ん！」

快楽を覚えたばかりの肌は素直だ。与えられる感覚をすぐに快感と捉え、一度は落ち着いていたはずの熱を再びフェリシアの体内に灯す。

「ひゃァッ!?」

秘裂《ひれつ》を撫でていた指先が、小さく芽吹き始めた蕾を掠めた。

一瞬でしかない、しかし今までで一番の衝撃にフェリシアは悲鳴と共に頭を仰け反らせる。すると待ち構えていたかのようにグレンが口付けてきた。

「ふ……ッ、ぅ、んん……ッ」

上顎を尖らせた舌で擽《くすぐ》られればそこからまた愉悦《ゆえつ》が全身を走る。腔内《くうない》を貪られながら、胸と秘所も同様に弄《いじ》られてはもう抵抗などできるはずもない。

与えられる快楽に、フェリシアはただただ身体を震わせる。恥ずかしい。息苦しい。気持ちがよすぎて怖い。腹の奥底から沸き上がる熱が苦しくて、これをどうにかして欲しい。

「……は……ッ……グレン……さ、ま……」

こんなにもフェリシアを苦しめているのはグレンだ。

しかしここから救ってくれるのも彼しかいない。

フェリシアは必死に助けを求める。行為を少しだけやめて欲しいという、そんな気持ちでグレンを見つめている。そんな懇願、のつもりだった。

しかし、今の自分が浮かべている表情がただの救いを求めてのものではなく、もっと強い快楽を強請《ねだ》っているものなのだとは気付かない。気付く、余裕がない。

「フェリシア」

二カ所を弄《いじ》る指の動きがフェリシアを追い込み、そして耳元での囁きが最後の一押しとなった。

「ぁ……あっ、あああぁッ……――!!」

腹の奥から膨れ上がった熱が全身を駆け巡る。

その熱と、強烈なまでの快楽にフェリシアは一際高く声を上げた。

立て続けに強烈な快楽を与えられ、フェリシアの意識は覚束ない。このままストンと意識を失いそうであった。が、突然の衝撃にフェリシアは目を大きく見開いて叫ぶ。

「……ゃ、ああッ!?」

身体の中に、なにかが、入っている。それを感知した途端、恐怖に身を竦《すく》めるフェリシアの耳にグレンが優しく声を掛けた。

「怖がらないでいい、大丈夫だフェリシア」

「グレンさま……」

「痛い?」

「……だいじょうぶ、です」

「できるだけ痛くしないよう、少しずつ指を増やしていくから」

ということは、つまりは今自分の中に入っているのはグレンの指、という事実にフェリシアは恥ずかしすぎて泣きそうだ。今さらなにを恥ずかしがるのか、とは自分でも思うけれど、こればかりはどうしようもない。

はふはふと浅い呼吸を繰り返し、グレンの胸元を握り締め懸命に羞恥《しゅうち》に耐える。そんなフェリシアの様子をうかがいながら、グレンは指をゆっくりと動かし始めた。

グチュリ、グチュリと聞こえる水音がより一層フェリシアの羞恥《しゅうち》を煽《あお》る。身を強張らせれば、必然的に蜜路を探るグレンの指を締め付けてしまい、それがまた恥ずかしくて堪らない。瞳をきつく閉じれば、涙が一筋頬を濡らした。

「……フェリシア、今日はもう」

気遣わしげな声と共に指の動きが止まる。フェリシアはハッとなって顔を上げ、そのまま小さく首を横に振った。首を伸ばし、グレンの顎先に掠めるように口付ける。

これで終わりにしようか――そう言いかけたグレンの優しさは嬉しいが、もう少しだけ頑張ると決めたのは自分だ。もう少し、の域はすでに越えてしまってはいるけれども。

つい、「いや」という言葉が口から出てしまうけれども、それでも頑張ろうと思うくらい、自分も欲しているのだ、彼を。

「わたしも……グレン様が欲しいので……がんばります……」

息も絶え絶えでそう伝えればグレンが短く息を飲む。何かに耐えるようにきつく瞳を閉じるが、それもほんの数秒だ。

再び開かれた瞳にフェリシアの姿をしっかりと映しながら、グレンは指を動かす。先程以上にじっくりとフェリシアの中を探り、少しでも反応があればそこを重点的に擦り上げる。

「ぅあ……っ、グレ、ン、さま……そこ……へ、ん……ッ」

「ここ？」

「んんッ!!」

花芯の裏側付近を指で押されると、フェリシアの反応は顕著《けんちょ》だった。

ビクン、と身体が跳ね、中にあるグレンの指をきつく締め付ける。

「気持ちいい？」

「わか、んっ、ない、けど……ぞくぞく……する……」

「なるほど」

なにがなるほどなのかと、そう問う余裕すらフェリシアには残っていない。一人納得したらしいグレンが、中の指はそのままに、親指で花芯を内側に向けて押し始めた。

「ひ、ぁっ、あぁッ!!」

決して強い力ではない。なのに襲い来る快感はこれまで以上だ。

だめ、これはだめ、とフェリシアは口を開こうとするが、飛び出てくるのは喘《あえ》ぎ声ばかりで意味のある言葉を出す事ができない。

そこにさらに、グレンがもう片方の手を動かしフェリシアに新たな快楽を刻み始める。

「や、だめ、それ、だめッ……！」

最初に感じる事を教え込まれた胸の先端。そこをまた指の腹や爪で責め立てられ、フェリシアはビクビクと身を震わせる。あまりの快楽に喉を反らせば、グレンが舌を這わせさらにフェリシアを追い込む。

「フェリシア……気持ちいい？」

喉から頬、耳殻《じかく》に舌を這わせながらグレンが問うてくる。快楽の波に翻弄《ほんろう》されるフェリシアは問われるままにコクコクと頷いた。素直な気持ちの反応はそのまま身体にも現れる。

グレンの指に絡む蜜の量が増え、淫らな音が大きくなる。滑りがよくなった蜜路の中をグレンの指は好き勝手に動き回り、少しずつ入り口を柔らかく解していく。

そうやって中と外、感じる場所を同時に刺激されながら胸まで愛撫《あいぶ》されれば、もう限界はすぐに訪れる。

「んんッ……あ、……ふ……ぁ、あ、ああッ！」

中にある指をきつく締め付けながらフェリシアは上り詰める。しかしグレンはそのまま指の動きを止めようとはしない。

「ふ……あ……、あ、まって、……グレンさ、ま……!?」

フェリシアが達した事など分かりきっているだろうに、グレンは執拗《しつよう》に責め立てる。

むり、まって、とフェリシアが快楽に涙を流しながら訴えても聞いてはくれない。

涙を掬う舌の動きも、労うように顔中に落とされる口付けもどれも優しいのに、フェリシアを見つめる眼差しは熱く激しい。羞恥《しゅうち》も、快楽に溺れる恐怖もなにもかも忘れて、一秒でも自分の元へ落ちてこいと、そんな執念にも似た想いでひたすらフェリシアを捕らえて離さない。

「ャッ、ぁあ、も、だ、……めぇ……ッ」

ガクガクと身体を震わせながら、それでもフェリシアは懸命に身を捩った。どうにかしてこの責めから逃げ出したい一心だったが、その動きはさらにフェリシアを追い込む。

晒された背中にグレンの唇が落ちる。時折きつく吸い付き、フェリシアの真白い肌に赤い小さな華を咲かせていく。

「あッ、ん……んんッ！」

震える項《うなじ》にそっと歯を立てられた。じわりじわりと肌に食い込んでいく感触は、本来であれば痛みしか感じないはずだが、秘所を弄《いじ》る指から与えられる快感がそれを上書きする。そのためにフェリシアの脳は項《うなじ》を噛まれたことすらも快楽と捉え、フェリシアは声も出せずに達してしまう。

いつの間にか指は二本に増え、さらにフェリシアの蜜路を解きほぐしていく。二本の指で中を丁寧に擦り上げているかと思えば、不意にバラバラの動きをみせてフェリシアを翻弄《ほんろう》する。

「やぁ……ッ、グレンさま……ぐれん、ぁ……あんッ‼」

もう何度達したか分からない。頬は涙でぐしょぐしょで、声は徐々に枯れ始めている。制止を求める言葉を紡ぐことすらできず、フェリシアはただグレンの名前を呼び続ける。

「フェリシア……」

「ぅんんッ！」

耳元でグレンに名を呼ばれると、それだけですら感じてしまう。これまで耳にしていた落ち着きのある涼やかな声音ではなく、熱くドロドロと煮詰まったような、そんな必死な声で愛しい相手から名を呼ばれる。その威力たるや、凄まじいの一言に尽きる。

「フェリシア……！」

抱き締められた腕の力が強くなる。それと共に、中に入る指がもう一本増えた。

グチュグチュとした音がさらに大きくなるが、もうフェリシアはその音に恥じらう余裕がない。

三本の指で、じんわりと感じ始めた中をひたすら擦られ、そこから湧き上がる熱に浮かされる。

奥からは新たに蜜が溢れ、グレンの指どころか掌までも濡らしている。シーツは言わずもがなの惨状《さんじょう》だ。

トントンと一定のリズムで指が内側を叩く。外側の花芯がそのリズムに合わせるように捏ね回されると、暴力的なまでの快楽がフェリシアを襲う。

「んんッ！　んっ、あッ……くぅ……ッん！」

「フェリシア……声、出して」

耳朶《じだ》に唇を付けたままグレンがそう囁く。ゆったりとした言葉の合間に混ざる吐息が焼けそうな程に熱い。そして声以上に熱い物が、もうずっとフェリシアの太股《ふともも》に擦りつけられている。

それは紛う事なきグレンの欲の証だ。その熱が、ぐ、ぐ、と中を刺激する指と同じ動きでフェリシアの太股《ふともも》を押してくる。その動きにグレン本人は気付いていない。

無意識に、堪えきれなくなった欲望に流されているのだと、そう気付いた途端フェリシアの中を快楽以上の歓喜が駆け巡った。

これ程までに求められている。その事実がフェリシアの中で大きく膨れ上がり、一気に弾けた。

「あああああッ‼」

三本の指を一際強く締め付けながら高みへと駆け上がる。そんなフェリシアをグレンがより一層力強く抱き締めた。おかげで身体の震えで快楽を逃がすことができず、フェリシアはいつまでたっても高みから降りられない。

そこへダメ押しとばかりに項《うなじ》を噛まれ、フェリシアの視界が真白に染まる。キーンとした耳鳴りも聞こえ、視界と聴覚が失われたような錯覚に陥った。

◆◆◆

ほんの一瞬ではあるが、フェリシアはほぼ気を失っていた。

しかし不意に身体に走った衝撃で即座に意識は覚醒する。

ゆるりと向けた視線の先、グレンが指から掌にかけて舐めている。つい今の今までフェリシアの体内に入っていた指だ。

ヒクリ、とフェリシアの身体が反応する。その光景はあまりに淫らで恥ずかしくて堪らないはず、なのに。指が入れられていたソコだけがもっと、と求めて震えている。

グレンは手早く衣服を脱ぎ捨てていくと、力なくシーツの海にたゆたったままのフェリシアの足元に身体を割り入れた。

フェリシアの秘所に、グレンの熱の塊がそっと触れる。初めて目にした男性の象徴《しょうちょう》、そしてそれが自分のソコに触れているという意味。

フェリシアの身体が微かに震え、それに気付いたグレンがひどく申し訳なさそうに眉根を寄せる。

「フェリシア、すまない。だいぶ解したつもりだが、それでもきっと君に痛みを与えてしまう……けど、どうか」

「だ……大丈夫、です、グレンさま……がんばります、から……」

だから、とフェリシアは力の入らない腕を懸命に持ち上げた。グレンに対し、抱擁《ほうよう》を求めるように両腕を広げて微笑んでみせる。

「グレン様、大好きです」

「……ああ、俺も大好きだよフェリシア、愛している」

グレンは身を屈めフェリシアの腕に抱き締められる。そのままさらに身体を近付け、少しずつゆっくりと、フェリシアの中に熱の塊を埋め込んでいった。

グレンが丁寧に身体を開いてくれたおかげか、噂に聞いていた程の痛みをフェリシアは感じない。しかし、それでも全く痛みがないわけではないし、そしてそれ以上に熱と圧迫感に呼吸が止まる。ともすれば飛び出そうになる悲鳴を唇を噛んで耐えていると、グレンが労るように唇や頬、それに額にと、顔中に優しく口付ける。強張った身体を掌で何度も撫で、力が少しでも抜けるようにと促してくれる。

その気遣いが嬉しくて、フェリシアはほうと安堵の息を漏らす。そうすると徐々に力が抜け、狭くきつかった蜜路も微かに綻びをみせた。それに合わせてグレンがまた少し腰を押し込む。

「……っ、……は……」

初めて耳にするグレンの切羽詰まった声に、フェリシアは固く閉じていた瞳を開いた。眉間に皺を寄せ、必死に耐えている。今の声も、どうしても堪えきれずに漏れたのだろう。

「……グレンさま……？」

大丈夫？　とフェリシアは彼の頬に手を伸ばした。添えられた掌を掴むと、グレンはとても幸せそうに頬をすり寄せる。

「君が頑張ってくれているから、俺もどうにか耐えるよ」

「グレン様も、辛いんですか……？」

「ああ、君のナカがよすぎて辛い」

言われた意味が一瞬分からずフェリシアはキョトンとしたままグレンを見つめるが、どこかからかうようなその顔にようやく気付くと一気に顔を赤く染めた。

「や……やっぱり、グレン様ったら意地悪！」

恥ずかしさのあまり痛みも忘れてフェリシアはグレンの身体を叩く。ペチペチと、どう聞いたって痛みを感じないその攻撃にグレンは楽しそうに肩を揺らす。

そのまま戯れのような口付けをグレンが繰り返せば、フェリシアの怒りも羞恥《しゅうち》も、そして身体の強張りも完全に溶けて流れた。

「……ぁ」

そうしてどれくらい経っただろうか。

自分の胎内《たいない》に伝わる熱にフェリシアは小さく声を漏らす。ジクジクと痛む中に、奇妙な感覚が宿る。あと一つ何かが加われば途端に破裂してしまいそうな、そんな――

「全部挿ったよ、フェリシア」

急な違和感に不安を覚えていたフェリシアに、グレンが一つ労いの口付けを落とす。

「全部……？」

「ああ、分かる？　ここに、俺のがある」

フェリシアの薄い下腹部に掌を這わせ、グレンは中の形をなぞるように撫で付ける。その動きと、意味を理解した事によりフェリシアの身体がカッと熱を持った。

「んッ……！」

グレンの熱に隙間なく埋め尽くされた蜜路がキュウキュウと蠢《うごめ》き、ただでさえ狭かったそこを締め付ける。

「く……ぁ、フェリシア、今そうされると……俺も、まずい……！」

そう言われてもフェリシアにはどうしようもできない。やりたくてやっているわけではないのだ。けれど途端に苦しそうに顔を歪めるグレンを見ると、つい「ごめんなさい」と謝罪の言葉が口を突いて出る。

「いや……俺の方こそすまない……くそ、ここまで堪え性がないとは思わなかった……」

後ろの方はごにょごにょとしか聞こえなかったが、それでもあれだけ余裕と気遣いを見せていた彼が、今はこれだけ切羽詰まっているので相当辛いのだろう。

「グレン様、本当に、大丈夫、ですか？」

「フェリシアこそ大丈夫？　痛みがひどかったり、苦しかったりはしていない？」

フェリシアの頬を撫でながら見つめてくるグレンの瞳は真剣だ。少しの変化も見逃さないと、その目が訴えている。なのでフェリシアは、正直に自分の身体の状態について話す羽目になる。

「まだすこし……痛かったり、しますけど……でも、い、痛いかな？　くらいだし、息苦しかったのも慣れてきたっぽい？　ので、だ……大丈夫、です！」

「少しも大丈夫そうじゃないな……」

グレンは苦笑を浮かべる。

しかし、より一層大丈夫ではないのは自分自身だ。なのでフェリシアの頑張りに甘える事にする。

「ゆっくりするから、動いてもいい？」

「はい……あ、あの、グレン様？」

「うん？」

「グレン様も、気持ちよく、なれます？」

「……うん？」

動きを止めたグレンがマジマジとフェリシアを見つめる。

その反応に、これまた迂闊《うかつ》な事を言ってしまったと気付いたフェリシアであるが、混乱と羞恥《しゅうち》の極みにいる状態では止まるどころかより一層暴走してしまう。

「わたし、ずっと、気持ちよかったので、グレン様にも、たくさん気持ちよくなって欲しいなって思って!!　あ、でもわたしはやり方が分からないんですけど！　なのでグレン様が気持ちよくなれるようにしてください！」

遠慮は結構ですよ！　とトドメの一言にグレンは一瞬、だが完全に我慢の鎖が千切れる音を聞いた。真顔でグレンが固まる。その表情を見上げ、数えることしばし。

ようやく己の言葉の威力を自覚したフェリシアは、ボフンと盛大に顔から湯気を出す。神様お願いですから、どうか今こそ記憶を失わせてくださいと、心の底から祈る。

「フェリシア……」

「……はい……」

「優しくしたいから……これ以上煽《あお》らないでくれ……」

「……ごめんなさい」

身体が繋がった状態で二人で顔を赤くして固まるという、こんな不様な初夜があっていいのだろうかという状況。けれどもまあ、ここまでくるのに随分と寄り道回り道をしてきた自分達にとってはきっと正解なのだと思う。

そうフェリシアがなんとか自分に言い聞かせていると、同じように気持ちを切り換えたのかグレンがゆるゆると動き始めた。

「う……あ……」

動かれる度に引き攣る様な痛みと圧迫感が増す。ジクジクと痛む胎内《たいない》に、どうしたって眉間に皺を寄せ唇を噛み締めてしまうフェリシアに、グレンは挿入の時と同じように優しく口付けながら身体中に手を這わせる。

「フェリシア、ゆっくりでいいから息をして。身体の力は抜ける？」

コクコクと頷くが、フェリシアの頭は言われた意味を理解していない。むり、いたい、つらい、といった感情に支配されている。うう、とフェリシアは痛みに顔を横に倒した。その露わになった首筋をグレンがねっとりと舌で舐め上げる。

「や、ぁあ……っ……」

そのまま軽く吸い付きながら耳殻《じかく》に辿り着くと、舌を伸ばして耳の穴をグチュグチュと責め始めた。

「ひ……あ、んんッ……や、耳……やだぁ……」

「そう？　じゃあこっちは？」

「ひぅッ！」

耳を責めたままグレンの掌が乳房を揉みしだく。

「こうされるのがよかったよな？」

「あぁッ！　ん、ふ……ッ、う……んんッ！」

敏感になった胸の先を、それぞれ親指の腹で撫でられたり爪の先で引っ掻かれたりと、今日覚えたばかりの快楽でグレンが追い込んでくる。

胎内《たいない》の奥が疼き、そこからしとどに蜜が溢れ、グレンの抽挿《ちゅうそう》を手助けする。浅い所まで引き抜かれては、より奥深い所を目指して貫かれ、フェリシアはその度に身体を震わせた。

段々とフェリシアの啼く声に甘さが加わり始めると、グレンの抽挿《ちゅうそう》も激しくなる。突き上げられる衝撃と、与えられる感覚にフェリシアは無意識に逃げるように腰を動かすが、即座にグレンが両方から掴んでそれを阻止する。

掴まれた腰に食い込む指の力に、フェリシアは閉じかけていた瞳を開いてグレンを見た。

は、は、と熱い息を零し、捕食中の肉食獣のようなギラついた目付きをしていながら、それでも彼が自分を気遣ってくれているのが伝わる。

最初の時よりも激しいとはいえ、それでも今もフェリシアが辛くないように様子をうかがっているのだ。きっともっと、本能の赴くままに動きたいはずなのに。

この人は、こんな時にまで自分を優先してくれるのかという喜びは、即ちそれだけ想われているのだという嬉しさに繋がり、それがフェリシアの強張った身体を一気に開かせた。

「んぁッ、あっ、あ……ああんッ！」

まだナカで感じるはずはないのに、愛されている、求められているという事実にフェリシアの身体は悦びに打ち震える。

その変化は如実にグレンに伝わり、そしてまた彼を強烈なまでの快楽で追い込んでいく。

「うぁ……っ、フェリシア……フェリシア……ッ！」

「グレンさまぁっ……」

どちらからともなく唇を寄せ、深く舌を絡ませる。

淫らな水音を二カ所から響かせながら、二人は一心不乱に身体を繋げる。

蜜路はキュウキュウとグレンを締め付け、そしてグレンはそんな蜜路を激しく擦りあげながら奥を突く。身体は苦しいのに、心は気持ちよくて堪らない。フェリシアは全身を駆け巡る愉悦《ゆえつ》に涙を零す。そんなフェリシアに、最後の仕上げとばかりにグレンは花芯に指をやった。

「んんッ!?」

唇を塞がれたままフェリシアは嬌声《きょうせい》を上げた。苦しかった身体から直接快楽が叩き込まれ、目の前がチカチカと点滅する。ぐ、と胎内《たいない》の奥から快感がせり上がり、蜜路がナカを抉るグレンを締め付けながら最奥へと導くように蠢《うごめ》く。

これまでで一番の大きな熱に、フェリシアは縋るようにグレンの背中に両手を回して抱きついた。するとグレンもフェリシアをしっかりと抱き締める。

腰と背中が浮き、ほぼほぼ抱きかかえられたような状態でグン、と最奥を熱が穿つ。

堪らずフェリシアはグレンの舌をきつく吸い上げた。

ぐ、と低い唸り声が腔内《くうない》に響き、それと同時に胎内《たいない》が熱い飛沫で満たされる。

その刺激に、フェリシアの膨れ上がった快楽も弾け飛び、またしても嬌声《きょうせい》をグレンに飲み込まれたまま大きく身体を震わせた。

◆◆◆

背中に触れたシーツの冷たさにフェリシアはゆっくりと目を開ける。

どうやら数秒ではあるけれど、またもや意識を失っていたようだ。はあ、と零れた息はすぐに空気に混じり、そこでようやく唇が解放されていることに気が付く。

「……んッ……」

そして下腹部からもズルリと熱杭が引き抜かれ、その感覚に甘い声が漏れた。

「フェリシア、大丈夫？」

グレンはフェリシアの頬を撫でながら気遣わしげに声をかける。心配させている、それが分かるから返事をしなければならないのに、今は口を開く体力すらない。

フェリシアはかろうじて首を縦に動かす。ひとまずの返答に安心したのか、グレンはベッドサイドに置かれた水差しに手を伸ばしグラスに水を注ぐ。フェリシアの背に腕を回し軽く起こしてやると、口元にグラスを運んだ。

「自分で飲めそう？　それとも俺が飲ませようか？」

ぼんやりとした頭では問われている意味が分からない。フェリシアは不思議そうにグレンを見た。するとグレンはグラスの中身を口に含み、そのままフェリシアに口付ける。

ゴクリ、と喉が流し込まれたものを飲み込み、そこでようやくフェリシアの意識は覚醒した。

「じ……っ、ぶんで、飲め、ます！」

それは残念、と耳元で囁かれる声はからかい半分、本気が半分。フェリシアはなんとかそれを無視してグラスの中身を一気に飲もうとするが、ろくに力の入らない腕ではそれもままならない。

ツルリとグラスが掌から落ち、シーツを濡らしかけるがそれをグレンが上手い具合に受け止める。

「無理しないで」

クックッと笑いながらグレンがグラスをもう一度口元に運んでくれたので、あとはもう大人しく介助されながら中身を飲み干した。

再び横になった状態でフェリシアはグレンを見つめる。グレンは水を飲みながら「ん？」とフェリシアに視線を送る。

「グレン様……」

グラスから零れ落ちて伝わった水がグレンの喉を濡らし、剥き出しの胸元を滑り落ちていく。その動きを目で追えば、否が応にも飛び込んでくるのはいまだ固く反り返っているグレンの欲だ。

「ああ……まあ、これは……気にしないで」

見つめられる視線の先に、グレンの顔が僅かに気まずそうに歪む。

一度熱を放ちはしたものの、到底それで済むようなものではない。できることなら今すぐ二回目、三回目と事に及びたいのは山々なれど、そんな無理強いは騎士道以前の問題だ。

愛しくて渇望《かつぼう》してやまない相手だからこそ大切にしなければと、グレンは千切れ飛んだ理性の鎖を一つずつ修復している真っ最中。

しかし、そんなグレンの必死の気遣いを容易くフェリシアが吹き飛ばす。

「でもグレン様、足りないんじゃないですか？」

足りない。そう即答しかけるのをどうにか堪え、グレンはフェリシアの隣に身体を横たえた。そのまま腕を回し抱き寄せ、フェリシアの髪に鼻先を埋める。

「俺のことは気にしなくていいから。ありがとうフェリシア」

ポンポンと背中をあやすように叩いてやれば、疲労困憊のフェリシアは途端に眠たそうに瞼《まぶた》を閉じる。が、軽く頭を振って、なんとか眠気に抗いながらグレンを見上げる。

「グレン様！」

「ん？」

「うぁ……あ、の……です、ね……？」

顔を真っ赤にしたまま、しどろもどろで話すフェリシアにグレンの欲は正直に反応を示す。

抱き締めているのだからそれは当然フェリシアにも伝わり、最早可哀そうなまでに赤くなって震え始める。

なんとなくだが、フェリシアの言いたい事はグレンも理解している。

しかし、それに甘えるのはいくらなんでも人として駄目だろうと耐えているのだ。だからこれ以上理性を揺さぶられるのは遠慮したい。これだけ恥ずかしそうにしているのだから、諦めて大人しく寝てくれるだろう。そんな願いを込めて今度はフェリシアの髪を優しく撫でてやる。

ところが、ここで引くようなフェリシアではなかった。謎の意地を発揮する。

「グレン様は、ちゃんと気持ちよくなれましたか!?」

顎下から強烈な一撃を食らった時と同じように、グレンは思わず頭を仰け反らせた。

「グレンさまにもたくさん気持ちよくなってって言いました！　だから」

「気持ちよかった、よすぎたよフェリシア。本当はもっと君を堪能したかったのに、あまりにもよすぎて保たなかったくらいだ」

「だったら、あの、ええと」

「正直に言うと足りない。もう一度と言わず何度だって君を抱きたいのが本音だ。でも俺は、君に無理をさせたくない」

なにしろ今夜が初めてだったのだ、これ以上その身を貪るわけにはいかない。

「……わたしは、グレン様にこれ以上我慢をしてほしくないです……」

ひたすら優しく、気遣ってくれるのはとても嬉しいけれど、それと同じくらい甘えて欲しいしもっと正直な気持ちをぶつけてほしい。

やっと気持ちが通じあったからこそ、フェリシアはグレンに対して無意識に貪欲になっていた。もっと、この人の気持ちが欲しくて堪らない。

「せめて、あの……わたしと同じくらい、いっぱい気持ちよくなってください……」

「……フェリシアは俺に抱かれて気持ちよかった？」

「う……は、い……」

「いっぱい？」

「たくさん……気持ちよかった……です……」

「俺をもっと、気持ちよくしてくれる？」

「わたしにできるなら……したいです、グレン様」

欲して止まない相手からここまで言われて耐えられる人間がいるのだろうか。

グレンはフェリシアの肩に手を置くとそのまま軽い動作でひっくり返した。驚くフェリシアを背後から抱き締め、目の前の真白い背中に一つ二つと口付ける。

「グレン様!?」

「すまない、しばらくこうさせてくれ」

グレンは舌を這わせ、きつく吸い付いて、その背中に赤い花を散らしていく。

今、きっと、間違いなく自分は獰猛《どうもう》な顔をしていると、そんな自覚があるからこそフェリシアにこの顔は見せられない。

「んッ……ぁ……ふ……ッ……」

背中から腰、腰から背中、そして項《うなじ》へと唇と掌で責めながら、もう片方の手を前に回して鳩尾《みぞおち》の辺りをゆるゆると撫でてやる。フェリシアの肌に残っていた絶頂の余韻《よいん》が再び目を覚まし、フェリシアの身体中に快楽の火種を点し始めると、グレンの責めはどんどん激しくなっていく。

腹を撫でながら軽く持ち上げて、シーツとの間に隙間を作る。その隙間から、背を撫でていた手がスルリと入り込んで、いまだヒクヒクと震えている蜜路に指が差し入れられた。

「あぁッ……!」

「えらいなフェリシア、俺の指の形をもう覚えてる……」

一本がすぐに二本になり、花芯を弄《いじ》ってやればすぐに三本目が入るまでに綻びをみせる。

「たくさん気持ちよくなって、フェリシア」

「ちが……っ、グレ、ンさま、が……んんッ!」

「君が気持ちよくなってくれたら、それだけ俺も気持ちよくなれるから……だから、何度でもイッて」

ナカを指で掻き混ぜられながら、花芯を絶妙な力加減で押されてフェリシアは達する。身体の中も外もガクガクと震え、フェリシアは続けざまに高みに追いやられた。

正面から抱き合った時と違い、後ろからではまたナカに当たる場所も変わってくる。その感覚に翻弄《ほんろう》され、フェリシアはシーツをきつく握り締めた。

その手をグレンは空いた方の手で上から押さえ付け、指を絡めフェリシアをシーツに縫い止める。上から全身で押さえ付け、フェリシアの達した時の身体の震えさえもグレンが貪り尽くす。

「グレンさまぁ……っ」

グレンの指を甘く締め付けながらフェリシアは名を呼ぶ。

その声に脳内が茹だりそうな程興奮を覚え、グレンは飛びそうになる意識を必死で繋ぎ止めた。

フェリシア自身も心身共に昂ぶっているからか、痛みは感じていないようだが、それでも流石に初夜から二度も続けて行為を強いるわけにはいかない。

それでもフェリシア自身が求めてくれるのならば、せめて今後のために慣らすつもりでと、一応の大義名分を己の中で立ち上げている。

しかしそんなグレンのある種の気遣いすらもぶち壊すのがフェリシアだ。

「一人は、嫌です……グレン様も、一緒がいい」

フェリシアは懸命に顔を横に向け訴える。

「グレン様と一緒に、気持ちよくなりたいです」

フェリシアだってグレンの気遣いが分からないわけではない。先程の言葉に嘘偽りがないのも分かっている。しかし、自ら口にしたようにフェリシアだってグレンを気持ちよくしたいのだ。

「うんッ！」

埋められていた指が抜かれると、その衝撃だけでも声が漏れる。ビクンと身体を震わせるとその背にグレンの頭が乗る。

「無理をさせたくないと言っているのに……」

「……わたしもグレン様に我慢してほしくないって言いました」

「君を壊してしまいそうで怖いんだ」

グレンは背中から頭を動かすとフェリシアの顔の横にポスンと倒れた。寝転んだまま正面から見つめ合うのはなんだか新鮮で、フェリシアは小さく笑う。

「そんなにやわではないですよ。わたしは大丈夫なので……グレン様の……遠慮とか、気遣いとか……そういうのは、一旦お休みにしてください」

じわじわと羞恥心《しゅうちしん》が増してくる。

ここで躊躇ってはもう二度と口にできなそうだとフェリシアは気持ちを奮い立たせた。

「騎士としてのグレン様は三日間のお休みだって言ってたじゃないですか。だから今は、一人の人間としての……わたしの、旦那様としてのグレン様の全部が」

最後の言葉を待たずにグレンが口付ける。ゆっくりと身を起こしながら、フェリシアの頬にも手を添えて持ち上げた。

身体を反らしながらの口付けは急所が無防備に晒される。露わになった喉をグレンの指がくすぐるように撫で、フェリシアは腔内《くうない》を貪られたまま新たな感触に肌をざわつかせた。

喉を撫でていた指はそのまま下へと流れていき、フェリシアの胸の先端をクルクルと擽《くすぐ》る。

「ッ……！　あぁ……グレンさまぁっ！」

「うん、気持ちいいなフェリシア」

「だから……っ、わた、しばっかり、は……やだぁッ！」

「ああ、俺の手で何度も気持ちよくなったフェリシアの身体で……俺を、気持ちよくして？」

両方の胸の先端をキュッと摘まれる。それと同時に左耳を甘噛みされ、フェリシアは今宵何度目かになる高みに追いやられた。

力が抜けてシーツに沈む。そんなフェリシアの腰を緩く持ち上げると、ほんの少しできた隙間にグレンは熱杭を打ち込んだ。

「ひ――ぁッ!?」

「くっ……！」

指で感じた以上の衝撃にフェリシアは息を詰める。バチバチバチ、と目の前が明滅して視界が覚束ない。なのに、肌は過敏に反応してしまう。軽く触れるシーツとの摩擦や、背後から覆い被さるグレンの体温からですら快感を得るものだから、いつまでたっても絶頂が収まらない。

「あぁ……すごい……フェリシア……フェリシア！」

グレンの忍耐もついには果てたのか、本格的に快楽を求め始めた。

フェリシアの両手をしっかりと押さえ付けながら、激しくナカを突き上げるように腰を動かす。

肌を打つ音とベッドの軋む音はこれまでの比ではなく、それだけグレンが本気になったという事だ。

背中からのしかかられた状態で、両足もグレンの足に挟まれて動かそうにも動かせない。

体重が乗ったまま突き上げられるのは本来苦しいはずだが、それだけグレンが欲望を剥き出しにしているのだと思うと、それさえもフェリシアにとっては快感となって全身を駆け巡る。

一突きごとに絶頂が押し寄せ、フェリシアの目尻からは涙が溢れて止まらない。

「は……、可愛いなフェリシア」

その涙をグレンは腰を突き上げながら舌で拭い取ると、そのまま軽く唇にも舌を這わせた。

「君の涙は見たくないと思っていたけど……気持ちよすぎて泣く姿だけは最高に滾《たぎ》る」

意地悪だとか、性格がやっぱりよろしくないだとか、反論したい気持ちはあれどもそんな余力はフェリシアにはない。口から零れるのは嬌声《きょうせい》だけだ。

グレンは押さえ付けていた手を離すと、今度はフェリシアの両肩を抱き締めるように腕を回した。

これまで以上にグレンの胸がフェリシアの背中と密着する。

バチュン、と一際大きな音が響く。

「あああああッ!!」

全身が快楽に戦慄《おのの》いた。涙はボロボロと零れ、ひたすら喘《あえ》ぐ事しかできない口の端からは唾液《だえき》が伝い落ちる。強すぎる快感に本能的に身体が逃げようとするも、グレンが肩から押さえ付けているので微動だにできない。

呼吸すらもままならないのに、グレンの突き上げは止まるどころか激しさを増していく。耳元でグレンが息を飲む微かな音が聞こえる。それと重なるように、フェリシアの胎内《たいない》で熱が弾けた。ドクドクと脈打ちながら注がれると、この瞬間まで感じていた強く激しい快楽とはまた別の甘い痺れが全身に広がっていく。

「ふ……ぁ……、あぁ……」

零れ落ちるのは、やっと終わったという安堵の声なのか、はたまた行為の終わりを惜しむ声なのか、フェリシア自身にもよく分からない。

全身の疲労感はおよそこれまで感じた事がない程のもので、指先を動かすどころか呼吸すらも億劫だ。だというのに、心はまだグレンを求めてやまない。あとちょっと、もう少しだけこのままで、とぼんやりとそう願ってしまう。

「ひゃぁッ!?」

ズルリと胎内《たいない》からグレンが抜けていく。その感触にすら声が飛び出てしまう。

それどころか、塞いでいた栓が消えたものだから、ナカから溢れ出てきた残滓《ざんし》がフェリシアの太《ふと》股《もも》を伝ってシーツに落ちる。

ぶわわ、とフェリシアは顔を一気に赤く染めた。今さらながらに恥ずかしすぎる。

二回目の行為は明らかにフェリシアから誘ったものだ。今宵が初めてであったというのに。せっかくグレンが身体を気遣って終わりにしてくれたのに。

再三誘って、与えられる快楽に身を捩り、涙を流して悦んだ――

「ひ……ぁあああ……」

なんだか自分がとても淫乱《いんらん》に思えて仕方がない。グレンもまさかこんなにも、と呆れているのではないかと、そんな不安が押し寄せる。いまだに一言も発していないのが余計にそう思わせる。

フェリシアは気怠い身体をどうにか動かした。グレンはフェリシアの足元に座り込んだままじっと一点を凝視している。何をそんなに熱心に、と考えたのも束の間。

その視線の先が自分の足の付け根であり、そこから今も零れ落ちるのはグレンが吐き出した彼の欲望そのものだ。

まさかずっと見られていたとは夢にも思わず、フェリシアは羞恥《しゅうち》のあまり悲鳴すら出せない。それでもその場所だけは隠したくて両手を動かせば、狙っていたかのようにグレンに掴まれた。

「わっ!?」

そのまま力強く引き起こされる。身体から抜けた力は今だ戻らず、フェリシアの身体は大きく仰け反るが、その背にグレンが片腕を回す。

気付いた時にはフェリシアは、胡坐《あぐら》を掻いたグレンの膝の上に、正面から向き合って跨がっていた。立っている時は距離のある彼の顔が今は目の前だ。おかげで、その瞳の奥に今も欲が渦巻いているのがはっきりと分かる。

「……え?」

いや、確かにフェリシア自身ももう少しこのままで、と思いはした。まだ離れたくはないと。

しかしそれはあくまで気持ちだけであり、身体はすでに限界を訴えている。

ちる。

「え？」

グレンの膝の上に座らされているということは、この下腹部に当たる熱くて固いものはつまりはソレであるわけで、でももう二回もしてるのに⁉　とフェリシアの背中をダラダラと汗が流れ落ちる。

「……グレン様、あの」

「だから言っただろう？　君を壊してしまいそうだと」

苦笑こそ浮かべるが、グレンはフェリシアを抱き締める腕に力を篭めた。そしてそのまま軽く持ち上げると、今も泥濘《ぬかる》んだままの蜜穴に屹立を宛《あて》がう。

「え、あの、まだ⁉」

「まだ。まだ足りない。君が足りないんだ」

グン、と一気に腰を引き下ろされた。

自らの重みも加わって、グレンの先端がフェリシアの奥の奥まで届く。

「あああああぁッ‼」

「好き……好きだ、愛してる……フェリシア」

フェリシアの身体を両腕できつく抱き締め、グレンはベッドの跳ねる勢いも利用してガツガツと突き上げを始める。

顔を寄せた耳元で、譫言《うわごと》のように愛の言葉を繰り返すのは、この三年間で口にできなかった鬱憤《うっぷん》を晴らすかのようだ。

「グレン様……グレンさま……わたしも……好きで……ぁあああッ!!」

すでに二人とも全身汗だくだ。それが潤滑油代わりとなり、抱き合った身体が擦れ合う。胸の先が擦れる度にフェリシアの中で快感が弾ける。

「フェリシア……気持ちいい?」

「いい……きもちいい、グレンさまぁ」

「うん、俺も気持ちいいよ」

力の抜けた身体では下手をすればそのままずり落ちそうになるが、その度にグレンが抱え直してくれるものだから、いつまで経っても気持ちいいのが終わらない。

「これ好き?　ずっとナカがうねってる」

「すき……すきです……」

「じゃあもっと可愛がってあげよう」

耳朶《じだ》を軽く食みながらグレンは左手を動かした。フェリシアとの身体の間に指を差し入れると、固く凝った先を弄《いじ》り始める。

恥ずかしいだとか、もうそんな事を思う余裕はとっくに消え失せた。フェリシアは気持ちいいということ以外考えられない。

自ら求めるように身体をくねらせ、グレンの指に胸の先を押し当てる。

「好き、グレンさま、すき」

「ああ、もっとよくなろうな」

「グレンさまが、すきなの……だいすき」

ぐ、と一瞬グレンの息が詰まる。その半瞬遅れでフェリシアのナカにずぷりと入り込んだままの岐立がさらに膨れ上がった。その衝撃にまたフェリシアは絶頂する。グレンはもう一度両腕でフェリシアを抱き締め直し、きつく締め上げる蜜路に構わず突き上げを繰り返す。

「フェリシア……！」

ガクガクと揺れるフェリシアの後頭部を右の掌で支え、最早嬌声《きょうせい》しか発する事のできなくなった唇を塞ぐ。フェリシアも最後の力を振り絞ってその口付けに応えた。

胎の中も、口の中も、全てにグレンの熱を感じる。

これを知る事ができるのは自分だけなのだという事実が、フェリシアにとって一番の喜びであり、それが最大級の悦楽を伴って全身を駆け巡った。声もあげずにフェリシアが絶頂する。

それが最後の一押しになったのだろう、フェリシアは完全にトんでしまった。

グレンさま、グレンさま、と舌っ足らずの声でグレンの名前を繰り返す。その合間には「気持ちいい」「好き」「大好き」「もっと」とグレンをひたすら煽《あお》る言葉ばかりが繰り返される。

すでに三度も精を吐き出した。これ以上は本当にやめなければならない。フェリシアの体力はとっくの昔に尽きている。

だから、もう、抜かなければ——グレンは奥歯を噛み締めて己の獣欲を断ち切った……はずだった。

「いや……いや、グレンさま、いやなの」

ポロポロと涙を零しながらフェリシアがそう訴える。それと同時に蜜路までもが抜け出るのを嫌がるようにうねり、締め付けてきた。

ブチン、と一際大きな音がグレンの頭の奥で響く。

そうして完全に箍《たが》の外れたグレンにより、フェリシアは欠片も残さない程に全身を貪り尽くされる事となった。

エピローグ

「ねえねえ、どうなの？　せめて私くらいには教えてくれてもいいじゃない！」

そうせっついてくるのはミッシェルだ。フェリシアの記憶がなくなった時、一番に駆けつけてくれたのが彼女なら、記憶が戻って一番に会いに来てくれたのもまた彼女だ。

マリアとポリーが用意してくれたティータイムの時間。ミッシェルはずっとフェリシアを問い詰めてくる。

「どうやって記憶が戻ったの!?」

フェリシアは無言でティーカップに口を付ける。言えるわけがない、あんな、ベッドの上で以下省略な事態など。

グレンが休みを取った、もとい強行したのは三日間。そしてその間ずっとフェリシアはグレンと夜を共にしている。三日三晩抱き潰されるとは夢にも思っていなかった。

まだ痛むだろうからと、さすがに挿入はなかったものの、その代わりと言わんばかりにひたすらフェリシアは快楽を刻み込まれた。

身体中至る所に口付けられ、もう今はグレンの唇が触れていない箇所はないのではなかろうか。

どこをどう触れればフェリシアが甘く啼《な》き声をあげるかも、フェリシアよりもグレンの方が熟知している。すっかり身体を作り替えられてしまった。

「ねえ、フェリシアったら」

「――その時の記憶を犠牲にして思い出したの！」

犠牲になったのはフェリシアの羞恥心《しゅうちしん》と体力だが、これも絶対に黙秘を貫かねばならないものだ。心配してくれた親友には申し訳ない事この上ないが。

「じゃあせめてこっちは教えてよ。あなた結局、どうして記憶喪失なんてそんなおもしろ……ゆか……大変な目に遭ってしまっていたの？」

「面白いって言おうとした！　愉快って!!」

「こうして無事に記憶が戻ったし、あなたは以前みたいに元気になったし、それにグレン様との仲もやっと本来のあるべき姿になったからこそ、よ。軽い冗談じゃない」

ミッシェルは手元のティーカップを手に取った。鼻先に漂う香りはとても甘く、口に含めば砂糖も入っていないのにこれまた甘さを感じる。

「とっても美味しいわ、このお茶」

「そうでしょう？　ミッシェルが遊びに来てくれるからって、グレン様が用意してくださったの！」

「それはまた……光栄ね」

記憶が戻ってからのグレンの愛情というか、フェリシアへの甘やかし方は凄まじい。

本人の口からと、そしてこっそりポリーから聞くだけでもミッシェルはちょっと引いてしまうくらいだ。

なんというか、ぐずぐずに甘やかして囲い込もうとしているような、そんな気がしなくもない。

まあ、これまでが遠慮のしすぎで無駄に距離のあった夫婦だとミッシェルは思うので、今はその反動でこうなっているだけだと思う。思いたい。

グレンは良識ある正しき騎士なので、彼の人間性をとにかく信じるだけだ。

そんな、ちょっとばかりどうなのだろうかと思うグレンの甘やかしは、時折ミッシェルにも飛び火してくる。

どうやら愛しいフェリシアの親友、という立場でそういう判断をされてしまったようだ。ありがたいと思うが正直重い。お気遣いなく、と何度かやんわり口にしてみたが、現状なんら変わらない。きっとこのままなのだろうと、最近はやっとミッシェルも受け入れる覚悟ができた。

「今度お礼の手紙を書くわ」

途端、フェリシアの肩がピクリと跳ねる。視線がゆらゆらと惑うのはフェリシアが動揺している時の癖だ。

「手紙がどうかしたの？」

「なに!?　なんでもないわよ!!　ええと、なんの話してたっけ!?」

嘘が下手すぎる親友の姿に突っ込みたくはなるけれど。あまりにも狼狽《うろた》えているのでミッシェルは話を元に戻した。

「あなたが記憶を失った原因はなにかしらって」

「あああああそれ！　それね!!　うんうん、それは……あの……うん……」

段々と声が弱くなる。それに伴いしょんぼりと肩を竦《すく》めて俯くのもまた、フェリシアの子供の頃からの癖だ。ちなみにこれは悪い事をしたと反省している時の姿である。

「え……まさかあなた……もしかして、本当に？」

ミッシェルの頭に浮かぶのは、記憶を失っている時のフェリシアとの会話だ。どうして記憶喪失になってしまったのか、その原因を話していた時に本人が口にしていたとある理由。

「——転んで頭を打って、それが原因なの!?」

「だいたい……そんな感じ……」

「って事はもっと違う理由なのね。正直に話しなさいな、フェリシア」

「裏庭の、木の根に躓いて転んで、それで頭を地面にぶつけました!!」

嘘ではないが、真実でもない。

木の根に躓いて転んで、という話は事実だが、そこに至るまでの話がまだ隠されている。

◆◆◆

フェリシアが倒れていた裏庭の大きな木。では何故そんな所にフェリシアはいたのか。

それは、フェリシアがグレンに宛てて書いていた手紙が風に飛ばされてしまったからだ。

そう、あの、渡すつもりがないからこそ書き綴る事ができた、なんとも小っ恥ずかしい手紙の一つである。

慌てて外を見れば、運がいい事に窓からすぐ近くに生えている木の枝に引っかかっている。しかし、運が悪くもあり、窓よりかなり下の枝であるために、ベランダから身を乗り出しても届かない。

どうしよう、とフェリシアは悩んだ。まだ書き始めで、グレンの名前しか書いていない。このまま下に落ちて誰かに見つけられたとしても、特に問題になるものではないと思う。

でもやはり恥ずかしい気持ちが強すぎて、フェリシアは部屋を飛び出した。言えない気持ちをしたためている、という事実を他人に知られるのが何よりも恥ずかしすぎるのだ。

今にして思えば、たとえグレン本人が見つけたとしても、ただ手紙を書こうとしていたのだなとしか思わないだろうに、この時のフェリシアは完全に狼狽《うろた》えていた。

幸いにも屋敷の人間は皆昼の仕事で慌ただしくしている。フェリシアが裏庭に回り、あろうことか木によじ登った所で誰にも気付かれない。便箋《びんせん》が引っかかっている枝も、下から登ればすぐに手が届きそうだし、下りる時などそのまま飛び降りても大丈夫な高さだった。

そう、そこで油断してしまったのだフェリシアは。

木登りは昔から得意だという自負があった。この三年程はさすがにそんな真似はしていなかったが、それでもたかが三年、これくらいなら大丈夫だろうと。

そうして飛び降りれば、着地自体は成功したものの軽くバランスを崩してしまった。倒れそうになるのを踏鞴《たたら》を踏んで堪えるが、すると取り戻したはずの便箋《びんせん》がハラリと後ろの方に落ちていく。

フェリシアは振り返ろうとした。

だが、そこにちょうど大きな木の根が張り出しており、踵が引っ掛かってしまう。視界が大きく傾き、後頭部にガツンと衝撃が走る。

ああしまったな、こんな所で転んでしまうなんて、と思った所までは覚えている。

しかしそのまま一気に目の前が真っ暗になり、フェリシアの意識はそこで途絶えた。

そうして再び目を覚ました時には、見知らぬ部屋の見知らぬベッドの上で、三年間の記憶をすっかり失っていたのだ。

「木に登って落ちちゃって、怪我はしなかったんだけど落ちたのがとにかくショックで、そのことに気を取られすぎて、木の根に躓いて転んだ拍子に頭をぶつけました!!」

「フェリシア」

ミッシェルの声は冷たい。フェリシアは小さく「はい」とだけ答える。

「詳しく聞かせてくれるのよね、フェリシア!」

「だから、今詳しく話をしたじゃない!」

「より一層突っ込み所が増えてるわよ！　なにやってるのあなた!!」

「木登り」

声だけでなく視線までも冷ややかにミッシェルが見つめてくるが、これに関してはフェリシアは黙秘を貫く。

ミッシェルは記憶を失った時に真っ先に駆け付けてくれた親友だ。それだけではない、フェリシアが両親を亡くして悲しみの底にいた時にも、ずっと傍にいて励ましてくれた。

グレンはフェリシアにとって愛する人であり恩人でもあるが、ミッシェルだって同じくらい大切でかけがえのない存在なのだ。そんな親友に隠し事はしたくない。

しかも、これは記憶喪失に関わる中でも一番と言ってもいいくらいの重要な話だ。だとしても、やはりこればかりは親友相手でも秘密にしておきたい。

書いていた中身について触れなければいいだけの話でもあるが、その辺りを上手く隠して説明できる自信がない。今の時点でもボロが出そうになっている。おかげでミッシェルの瞳から不審の色が消えないのだ。

ちなみに、こんな大騒ぎになる原因となった書き損じの便箋《びんせん》はそのままどこかへ飛んでいってしまったようで、誰の口からも上がってこない。

もしあの便箋《びんせん》が倒れていたフェリシアと一緒に見つかっていれば、もう少し早く事態が解決していたかもしれないが、それは神のみぞ知るだ。

「まあ、いいけどね。原因がどうであれ、あなたがこうして記憶を取り戻して、ついでに昔の元気なフェリシアにも戻ったし。おまけにグレン様との仲もやっと、本当に、やっと！　落ち着くところに落ち着いたみたいだから」

ミッシェルの言葉にはやたらと力が籠もっている。

無理もない。不幸に見舞われて、さらに親族によりどん底まで突き落とされていた親友に救いの手が現れた！　と、そう思っていたのにフェリシアはずっと暗い顔をしたままであるし、救いの主のグレンも、なんだかやたらとフェリシアに対して遠慮があった。

傍から見る限りでは相思相愛で間違いないのに、悲しいかな、お互いの気持ちが微妙にズレていて噛み合わない。そのじれったさにミッシェルはどれ程やきもきしてきた事か。

フェリシアはこれに関しても口を噤んだままだ。単純に返す言葉がない。

そんなフェリシアにミッシェルは少しだけ人の悪い笑みを向ける。

「もっぱら社交界はこの話題でもちきりよ」

「えっ⁉」

まさかそんな事に、とフェリシアは驚きに顔を上げた。

しかしすぐに思い当たり、僅かに眉根を寄せる。

「叔父さん達の話よね……でも、これが一番の解決策だと思うの」

フェリシアが記憶喪失になっていた話はすでに社交界に知れ渡っている。

理由はどうであれ醜聞《しゅうぶん》は醜聞《しゅうぶん》だ。

ミランダが「記憶喪失の伯爵夫人」と声を掛けてきたのもそれによるもので、では誰がこの話を広めたかといえば、これが悲しいかな身内の犯行である。突如押し掛けてきた叔父夫婦が、率先だって広め回っていたのだ。

向こうからすれば、こうして話が広がってしまえば途中でグレンの気が変わって「やはり離縁したい」と言い出せないようにしたつもりなのだろう。

「記憶喪失になってしまった義理の娘のフェリシアだが、愛情深いハンフリーズ伯爵はそのまま妻として置いてくれるそうだ！」

こう付け加えておけば、グレンの評判も落ちる所かさらに上がる、との言い訳もしていたがあまりにも見苦しい。

当然グレンは激怒した。元々叔父夫婦に対するグレンの心証は最悪であったというのを抜きにしても、これは到底看過《かんか》できない。

この時点ではフェリシアが記憶を失った原因は不明で、賊に襲われたという可能性も考えられる。それが判明していないというのに、勝手に話を広めるのは何事かと、随分と怒り心頭の様子だった。

「いっそ手打ちにしてやりたい」

ポツリと呟いたグレンの声の低さといったら。フェリシアはおよそ生まれて初めて感じる殺気に震え上がり、共に聞いていたカーティスは額に手を当てて溜め息を吐いていた。

「どんなクズであれ、奥様の親族なんですからそれはあんまりでしょう。せいぜい身分剥奪《はくだつ》の財産没収で島流しが妥当では？」

「ああああああの！　せめて！　もう少しご温情を!!」

フェリシアにだって恨み辛みはある。むしろない方がおかしい。

両親が亡くなったのは事故であるというのに、まるでフェリシアが原因であるかのようにじわじわと精神的に追い詰められた。

屋敷にあった両親の持ち物や衣服はいつの間にか売り払われ、領地の立て直しのために金が必要であるから、屋敷の管理はできるだけフェリシアがするようにと使用人のような扱いも受けた。

いつの間にかフェリシアが受け継ぐはずだった財産は消え、悪い噂しか聞かない人物との婚約まで勝手に決められていた。夜会でグレンが見つけてくれなければ、フェリシアは今どんな境遇に陥っていたのか。考えるだけでも恐ろしい。

そんな未来を押し付けようとしてきた叔父夫婦であるからして、このまま無罪放免になるのはフェリシアとしても許す事はできない。

だが、グレンやカーティスが口にする罰はあまりにも苛烈すぎると思う。

「たしかにクズだし下衆《げす》だし、とんだろくでなしだとは思います！　そこに関してはわたしが一番思ってるはずです！　でも、それでも……両親が亡くなるまでは普通の人達だったたし、亡くなってすぐの時は……とても助けてくれたんです」

初めから悪人であればフェリシアもグレン達の話に同調していた。

けれど、彼らは決して元からああだったわけではないのだ。善良、とまでは言わないけれど、普通にフェリシアを可愛がってくれていたし、突然一人になってしまったフェリシアを支えてくれていたのは揺るぎない事実だ。

「家の管理を任されるようになったことで、少しずつおかしくなっていったんだと思います」

フェリシアが成人して婿《むこ》を取るまでの代理のはずが、徐々に伯爵家の財産を自分のもののように錯覚してしまった。分相応な立場が、叔父夫婦を狂わせてしまったのだ。

「なので……こう、もう少しだけ穏便な感じで……是非！」

周囲が過熱すれば当事者は落ち着くもので、まさにこの時のフェリシアがそうだった。

結局、叔父夫婦はこれまでグレンが支援したにも関わらず領地経営が改善していない、という理由でハンフリーズ家の管理という名目の監視が入る事で落着する。

金の管理は事細かに行われ、物を一つ買うだけでもグレンが派遣した監査人の許可が必要となる。

これまで自由気ままに金を使っていた彼らにすれば堪ったものではない。

恥知らずにも猛抗議は出たが、ならばこれまでの所業を明らかにし、正式に処罰を受けるかとグレンが切り捨てるとすごすごと引き下がる。

「叩こうとせずとも埃《ほこり》が出る身は大変だな」

この時のグレンの眼差しは彼の異名に相応しいものだった。

「叔父さん達のやったことは今でも許せないし、これからも許すつもりはこれっぽっちもないけど……グレン様やみんなに迷惑さえかけなければ、あとはもういいかなって」

「そうね……あなたがいいなら、それでいいと思うわ」

ほんの少しばかりしんみりとした空気が流れる。

しかし、それは「でもね」とミッシェルが話を続ける事によりあっという間に吹き飛んだ。

「それじゃないのよ。むしろあなたからその話題が出るまですっかり忘れていたくらいよ」

「なにが？」

「だから、社交界で流行している噂の中身」

「え⁉　違うの⁉　これじゃなくって⁉」

思い当たるのはこの一つだけだ。

他に何があるだろうかとフェリシアは首を捻って考えるが、さっぱり答えは出て来ない。

ミッシェルは人の悪そうな笑みを浮かべており、なんとも嫌な予感がフェリシアを襲う。

「氷の騎士とも呼ばれていた伯爵様が、記憶喪失の若奥様に献身的な愛を注いで、見事にそれを回復させたって話に決まってるじゃない」

「――は？」

「あのグレン様にそこまでさせるなんて、って他の令嬢はもちろん、ご夫人達も手ぐすね引いて待ってるわよ」

「う……嘘でしょおおおおお！」

予感的中、などと暢気に笑える話ではない。

とてつもなく恥ずかしすぎる話が広まってしまっている。

「誰!? 誰よそんな話を広めたの!!」

ミッシェルはフェリシアの嫌がる事はしないので真っ先に除外だ。グレンも同じく。

嫌がらせで仕掛けてくるならミランダが最有力候補であるが、彼女が広めるのならこんな聞いて恥ずかしくなるような話ではないだろう。きっと、いや間違いなくフェリシアを悪者に仕立てて噂を流すはずだ。

浮かんでは消えていく候補者の数はすぐに尽きる。さして広くもない交友関係だ、他にはもう誰の姿も浮かばない。

「この前の夜会が原因よ。それまでもね、ぼんやりとした感じでの噂はあったらしいわ。でもね、あの一件が決定的だったみたい」

何しろ生真面目で仕事を休む事などなかったグレンが、突如三日も休んだのだ。それだけでも色々と話題に上る。

そこに、あの叔父夫婦がいらぬ話を先に流していたのもあって、「実は離婚のための話し合いで休暇を取っているのではないか」と勝手に推測されていた。

だが、「記憶喪失」という中々に非日常な言葉は女性達の想像力を大いに刺激したのだ。

「物語の中でしか聞いたことがなかったもの」

「わたしだってそうよ……！」

当たらずとも遠からず。女性達の想像は実にロマンチックに溢れたもので、最早真実は二の次でさえあった。

「そんなお楽しみの日々の中でのあれよ、あれ」

ミッシェルは笑いを噛み殺しきれないようだ。ティーカップに手を伸ばし、お茶を一口飲んで気持ちを落ち着かせている。

フェリシアも同じくお茶に手を伸ばすが、こちらはとてもじゃないが落ち着きは戻らない。

「あれを見逃したのが、みんなとても残念みたい」

「あれって……」

どれ、と問う前にミッシェルがニヤリと笑う。

「もちろんあれよ、伯爵様が惜しげもなく奥様に愛情ダダ漏れだった件」

「あ……ああああ!!」

フェリシアはテーブルに突っ伏した。思い出すだけで恥ずかしく、両手で頭を抱えて悶絶《もんぜつ》する。

ミッシェルは一口サイズの焼き菓子を味わいつつ、当時に思いを馳せた。どこか遠い目になってしまうのは、それだけ事態が凄まじかったからだ。

「あれ、すごかったものねえ……あのミランダがすごすご引き下がるくらいだったもの」

先日、王宮で開かれた夜会にフェリシアはグレンと共に参加した。夫婦揃ってというのも久々であり、そしてフェリシアの記憶が戻ってからは初の、という事である種注目の的であった。

隣にはグレンがおり、親友のミッシェルも一緒にいてくれる。それでもフェリシアは足が竦《すく》む思いでいたのだが、しかし。

とにかくグレンがフェリシアから離れない。そして常にフェリシアを愛おしげに見つめている。声を発せば蕩けるように甘く、軽く微笑むだけで周囲に大輪の花が咲き乱れる、ような、そんな幻覚まで見えた。

「笑っていなくても、常に小さな花が飛んでるみたいだったものね、あの時の伯爵様」

「ひあああああ……」

フェリシアは突っ伏したままひたすら悶える。そんな親友の奇行を「そうそうフェリシアったらこんな子だったわ、懐かしい」とミッシェルは楽しそうに眺める。

「あの、誰がどう見たって『あ、この人、奥様のことが大好きで大好きでたまらないんだな』って分かる状況でミランダが向かっていったのには正直感心したけど、せいせいしたわ」

なにかとフェリシアに絡んではチクリチクリと嫌味を言い、記憶喪失中のフェリシアにもとんだ暴言を吐いたミランダ・アボット伯爵令嬢。社交界の華と称されるだけあり、常に周囲の視線を惹き付ける令嬢だ。美しさもさることながら、溢れ出る自信に満ちた姿は他を圧倒してならない。

そんな外見はとても美しい彼女であるが、残念ながら中身は伴わなかったようだ。

その辺りはフェリシアへの態度で一目瞭然《いちもくりょうぜん》である。華でありつつ毒も持つミランダは、フェリシアが記憶喪失の間、あろうことかとんでもない発言を繰り返していた。

「わたくしの方がもっと上手くグレン様を支えることができますのに——ええ、もちろん夜の方も」

普段彼女が手にしている扇の代わりにナプキンで口元を隠し、ミッシェルは声真似を披露する。あ、似てる、とフェリシアが少しばかり顔を上げてそう言えば、でしょう？　と誇らしげに胸を反らした。

「もうね、この話を聞いた時はいくらなんでもあんまりだって、いつかなんとか仕返ししてやる！　って思ってたの！」

ミッシェルにしてみれば大事な友人夫婦にちょっかいをかけられているのだ。

相手の方が家の力が強かろうが、そんなものは関係ない。どうにかフェリシアの耳に入る前に、と機会をうかがっていた矢先、それを見事にグレンが叩き潰したのだ。

「すごい、としか言葉がなかったわ」

「……グレン様、特になにかしたわけじゃないじゃない」

「だからよ！　それこそ、よ!!　最低限の挨拶をしただけで、あとはずっとミランダを無視してあなたを見つめてばっかり！　ううん、あれ無視じゃないわね、そもそもミランダがまだ目の前にいる、っていう事に気付いてなかったんだわ」

夜会の場で、ミランダが声をかけてきた時にグレンは傍にいなかった。フェリシアとミッシェルのために飲み物の入ったグラスを取りに離れていたのだ。

そのほんの一瞬の隙にミランダが姿を見せた。

「ミランダったら本当にすごいわよね。ああ、これは褒めているんじゃないわよ？　イイ性格してるわって話」

そうね、とフェリシアもそこには激しく同意する。

「病み上がりでもすぐに参加できるくらいなの？」などと開口一番言い放つのだから、イイ性格をしていると言わざるをえない。その後もネチネチと嫌味を口にする。

これがまた、傍からは仲良く会話をしているように見えなくもないのだからタチが悪い。

反論すればより一層面倒くさい事になるのは明らかである。かといって黙って聞いていればその分増長して嫌味は止まらない。

どちらに転んでも状況は悪いままで、徐々にフェリシアの顔は青ざめてくるし、ミッシェルは忍耐力の限界を越える寸前だった。

そこに救いの主が戻ってくる。もちろんそれはグレンだ。

「フェリシア？」

名前を呼ぶだけでも声が甘ったるい。この時点でもう何度となくその威力を味わっていたミッシェルですら「うっわ」と軽く仰け反ってしまった。初見でこれを食らったミランダの衝撃は相当なものだっただろう。

その後もグレンはフェリシアしか目に入っていないかのように振る舞っていた。

だが、これは実際その通りであるのだから、フェリシアもミッシェルも乾いた笑いしか出ない。存在をまるごと無視され、さらには目の前でいちゃつかれてはミランダのプライドはズタズタだ。

あげくグレンはこっそりとミッシェルに問うてきた。

「彼女はフェリシアの友人だっただろうか……？」

優れた頭脳を持つグレンの記憶には、当然フェリシアの交友関係も刻まれている。フェリシアとの結婚式に参加した友人の名は全て把握しているはずが、ミランダの事は分からないのだと言う。

そもそもフェリシアの友人ではないので、ミランダは結婚式に来ていない。

だからグレンが知る事もない、と言い切るのは簡単なようでそうではない。

ミランダはグレンがフェリシアに求婚する前から近付いていた。結婚してからもそれは変わらず、何かとグレンの周囲に姿を見せていたのだ。

そうであるにもかかわらず、グレンの記憶にミランダの姿は欠片もなかった。

これにはミッシェルも思わず「お気の毒」との視線を向ける。ミランダにとっては屈辱《くつじょく》の極みであっただろう。

しかし、そこで醜く喚き散らす程彼女も愚かではなく、そのまま静かに立ち去った。

「見事な敗者の姿だった、って後ろで見ていらしたフレドリック様が死にそうになってたっけ」

自分の専属護衛のそんな姿を初めて目にした第二王子のフレドリックは、それはそれは死にそうな勢いで笑い転げていた。

それでも王族としての品が保たれていたのだから、さすが尊き血筋である。

「グレンはずっと、貴女を堂々と愛でたくて堪らなかったんだ。それがやっと念願叶ったわけだから……うん、しばらくうざったいだろうけど、耐えてあげて」

フレドリック直々にそう言われてしまえば、フェリシアとしてはもう大人しく受け入れるしかない。というか……

「……色々、みんなに筒抜けなのが恥ずかしすぎるんだけど……！」

「それは仕方ないわよね、だって伯爵様が垂れ流すんだもの」

あなたへの愛情を、とミッシェルは容赦《ようしゃ》なくフェリシアの羞恥《しゅうち》を突く。

「エイベル伯爵夫人がとにかくあなたと話がしたいって息巻いていたから、きっと近々お茶会への招待状が届くんじゃないかしら？」

「エイベル伯爵夫人って……ものっすごく噂話がお好きな方よね!?」

「そう。オルコット男爵夫人とも仲良しの」

社交界きっての噂好きの夫人二人に目を付けられている現実。無理、絶対無理、と悶えるフェリシアにミッシェルはさらにとんでもない話を振ってくる。

「ねえフェリシア、メイジー・ディングリーって知ってる？　若い女性読者に大人気の作家なんだけど」

「名前だけなら……恋愛小説で大人気？　なんだっけ？」

貴族、平民の身分を問わず、年若い少女や少し年上の女性から絶大なる人気を得ている女流作家だ。その執筆は多岐にわたるが、やはり恋愛小説は人気中の人気である。

「そう、そのメイジーの新作がね、ものすごくこう……似てるのよ」

「……嫌な予感しかしないんだけど」

この会話の流れで浮かぶ答えなど一つしかない。

そしてそれは残念な事に的中してしまう。

「記憶喪失になった伯爵令嬢と、その恋仲の騎士の物語を乞《こ》うご期待ですって！　そんな新刊予告が出てるわ！」

「そのまんまじゃないのーっ!!」

「それだけ情熱的で素晴らしい愛の実話ってことよ！　よかったわねフェリシア！」

「よくない!!」

これは一刻も早くグレン様に報告して出版差し止め、の前に執筆自体の中止を求めて圧力をかけてもらおう！

そう固く決意するフェリシアだが、その後、国内の若い乙女の心を鷲掴みにする一冊が発行され、そのモデルとなった夫婦が理想の夫婦像として語り継がれた辺り、その決意が成功したかどうかは推して知るべしである。

番外編一　小さなメイドも旦那様の心を抉る

ポリーの仕事は、朝が弱いフェリシアをこっそり起こす事から始まる。

記憶を失っていた時も、今までは毎朝起こしに行っていたのだと話をすれば、是非ともお願いしたいと言われたので、その仕事は続いていたのだ。

だから今日も、いつもの流れでフェリシアを起こしに来たのだが、ポリーは寝室の扉の前で固まってしまった。この扉の向こうに起こすべき相手がいるが、彼女が佇んでいるのはフェリシアの部屋の前ではなく、ようやく正式に使われる事になった夫婦の寝室の前だ。

となると、この部屋の主はグレンになるのだろう。グレンからは、しばらくは二人で過ごすから用件その他含めて基本取り次ぐな、とのお達しが出ている。

でもそれはあくまで外からの用件だし、フェリシア様を起こすのは大事な仕事だし、でもやっぱり今日はやめておいた方がいいのかしら？　ポリーは扉の前で何度も首を傾げて考える。

昨日、グレンはフェリシアの記憶を蘇らせるために頑張ると言っていた——どう頑張るのかはポリーには分からないが。

ポリーはフェリシアが大好きだ。優しくしてくれるし、一緒におやつを食べたりこっそり二人で出かけたり、妹が欲しかったといっては可愛がってくれる。

これだけでもポリーが懐くのにお釣りがくるが、何よりも根本的な所が似通っているのだろう、とにかく一緒にいて楽しいし、心が安らぐのだ。だから一秒でも早く記憶を取り戻して欲しい。

グレン様もフェリシア様のことが大好きだもの、一生懸命頑張っておられるんだわ——なにを、かは知らないけど！

そこでポリーは閃いた。

この扉の向こうにいるのは、互いに好き合っている二人だ。それも大人の。

ならば答えはこれしかない。お二人とも夜遅くまでお喋りしてらしたんだ!!

きっとそうだ、そうに違いない。だって、ポリーも何度か経験がある。グレンが屋敷を数日空けている時に、みんなには内緒でフェリシアの部屋に泊まって遅くまで話をした事が。

ポリーは残念ながら早々に寝落ちしてしまうが、グレンはポリーよりもずっと大人だ。

もしかしたら夜遅くどころか、明け方まで話に盛り上がって起きていたかもしれない。記憶を蘇らせるために、色んな思い出話をしていた事だろう。ならば二人ともまだ寝ている可能性が高い。

そう結論づけた時、目の前の扉が静かに開いた。珍しくラフな格好をしたグレンが、扉の前で立ち尽くしているポリーを見下ろし、僅かに目を見開く。

「ポリー？　どうした、随分と早いな？」

「おはようございます、グレン様」

「ああ、おはよう」

「グレン様こそこんなに早く起きて大丈夫ですか？　眠くないんです？」

ん？　とグレンが不思議そうな顔をするのでポリーは素直に疑問をぶつける。

「フェリシア様と遅くまでお喋りされてたんでしょう？　ええと……フェリシア様はなにか思い出されたり……グレン様？」

「……ああ、うん、そうだな……そう、遅くまで、お喋りを、して、いた、ん、だ」

何故自分の言葉を繰り返すのだろう。あとやたらと言葉を区切るのはどうしてなのかと、今度はポリーが不思議そうにグレンを見る。

気まずそうな顔をしているのもとても気になるが、そんな疑問は次の瞬間には吹き飛んだ。

「フェリシアの記憶が戻ったよ」

「え……え！　ほんとうですか⁉　やったー！」

ポリーはピョンピョンと跳ねて喜びを表す。

そんな少女を見下ろしながら、グレンは人差し指を口元に当てた。

「フェリシアがまだ寝ているから」

「あ、すみません」

慌てて両手で口を押さえるポリーに優しく微笑みながら、グレンは部屋から出てきた用件を告げる。

「朝食の準備はこれからだったろう？　片手で軽く食べられるものと、フルーツを多めにしてもらいたいんだ」

「わかりました、クラークさんにそう伝えますね。お食事はどうしたらいいですか？　お部屋にお持ちしますか？」

「ああ、そうしてくれ。時間もいつもより遅めで頼む」

「遅め……あ、フェリシア様はまだお休み中ですもんね」

「……そう、ゆっくり寝かせてやりたいんだ」

「あの、グレン様、フェリシア様の記憶が戻ったお祝いのごちそうはどうしましょう？」

しないはずがない、とポリーは信じて疑わない。そんな小さなメイドの姿にますます笑みを深め、グレンは少しばかり考える。

「フェリシアの好きなもの、は当然なんだがそうだな……そういえば、フェリシアはポリーの焼くパイが美味しいと言っていたけど」

「はい！　ミートパイを前に作ってお出ししたんですけど、とても褒めてくださいました」

「それをお願いしてもいいか？」

「マロンパイとアップルパイも得意です！」

「そうか、じゃあそれも作ってもらおうかな。俺も食べたいし」

「今まで作った中で一番美味しいパイを作りますね!!」

大好きな主二人に食べてもらえる、とポリーはまたしても跳ねるが、先程よりも動きは小さい。

「ああ、でも……記憶が戻った祝いは二、三日後にしようか」

「どうしてですか？」

「……フェリシアの体調が、まだ、完全じゃない、から、だ」

またしてもグレンが気まずそうな顔をするが、これはきっと話が盛り上がってしまい、朝起きられなくしてしまった事に対する申し訳ない気持ちからなのだろうとポリーは納得する。

そして万全を期して、数日の猶予《ゆうよ》を取ったのだ。

確かに美味しく食べるなら体調が万全な方がいい。グレン様ったら優しいなあ、とニコニコとしながらポリーは「わかりました」と返事をし、ひとまず朝食の用意をすべく厨房《ちゅうぼう》へと向かった。

◆◆◆

フェリシアの記憶が戻ったという事で、屋敷中祭りのような雰囲気が満ちる。

そんな中、ポリーは不思議に思う事が幾つかあった。

まずは朝から厨房《ちゅうぼう》へ向かい、フェシリアの記憶が戻った事と、そのお祝いは二、三日後にという話を伝えた時だ。みんなが一斉に「あらあ」という、なんとも言えない空気になったのだ。

たまたま厨房《ちゅうぼう》に顔を出していたカーティスとマリアはどこか遠くを見つめていたし、そんな二人の肩を料理長のクラークがバシバシと叩いて豪快に笑い飛ばしていた。

「いいじゃないか、グレン様も相当我慢なさっていたんだし、ここは二人の仲が親密になった事を喜ぼう！」

ポリーはこの屋敷で一番の年下である。ポリーには大人達の会話の中身が分からない。

しかし空気はなんとなく読めるので、これは自分が深く尋ねてはいけない事なのだと理解した。

そしてあえてその場に残る。

そうすればカーティスがポケットから飴玉《あめだま》を出してポリーの口に放り込みつつ、何かしらの仕事を与えてくるのだ。ちなみに今日は庭から綺麗な花を摘んでくるようにとの事だった。

貰った飴玉《あめだま》を口の中でコロコロと転がしながらポリーは元気に外へ出た。

その後、用意された朝食はカーティスが運んだのだが、すぐさま使用人部屋へと戻ってきたのも不思議だった。

記憶を取り戻したフェリシア様とおしゃべりはしなくてよかったのかしら？

それに、寝室で食事をするなら、誰かが一緒にいたほうがスムーズなはずなのに。

疑問に思ってカーティスに尋ねたところ、グレン自らフェリシアに食事の介助をするから大丈夫だと言われたそうだ。

そんなにもフェリシアの具合が良くないのかと心配に思ったポリーだが、「今行くと馬に蹴られるからやめなさい」とみんなに引き留められ、そうしてまた飴玉《あめだま》と今度はクッキーまで貰った。

ポリーは紅茶と一緒に美味しく食べた。

屋敷の掃除に関しても、夫婦の寝室はしばらく不要とお達しが出た。それどころか、みんなあまり寝室の近くに行かないようにしており、これがまたポリーは不思議でならない。

フェリシアの様子が気になるので、何度か通り過ぎざまを装って近付こうとしたけれども、その度にカーティスに見つかり遠くの部屋の掃除を言いつけられた。

どうして近付いては駄目なのだろうかと黙って見つめていると、飴玉《あめだま》の代わりにとんでもないご褒美が渡される。

「もうすぐお茶の時間だから、ポリーが持っていってくれるか？」

「はい！」

やっとフェリシア様にお会いできる！　とポリーは二つ返事で答えると、跳ねるような足取りでお茶の準備に取りかかった。

そうしてやっと対面できたフェリシアは、顔色こそまだ良くはなかったが、きちんとポリーの事も思い出していた。枕を背にし、ベッドに座ったままのフェリシアに飛びついてしばし二人で抱き合い、その後ポリーは一生懸命お茶の準備に取りかかった。

美味しくなれ、美味しくなれ、といつもより入念に淹れたお茶は無事フェリシアから「美味しい！」とお褒めの言葉をいただき、ポリーは一つピョンと跳ねて喜んだ。

ゆったりとお茶の時間を楽しむフェリシアをニコニコと見つめるポリーだが、やがて異変に気が付いた。フェリシアがやたらと喉を押さえては軽く咳き込んでいる。

「フェリシア様？　お風邪ですか？」

「えっ!?　う……ううん、ちがう、のよ、大丈夫！」

コテンとポリーは首を傾げた。今の反応はなんだか朝お会いしたグレン様と似ている、ような気がする。そこで「あ」とポリーは声を上げた。

似ているもなにも、二人は一晩一緒に過ごしているのだから当然ではないか！

「グレン様と遅くまでお喋りしてたから、喋りすぎて喉が痛いんですね！」

ぐぼ、とフェリシアは口にしていた紅茶を噴き出しかけた、が、寸前でそれを堪えた。

ポリーはそれに気付かず、蜂蜜《はちみつ》を用意しておけばよかったと後悔する。ポリーが風邪を引いた時にいつもカーティスが蜂蜜《はちみつ》をくれるのだ。それを舐めると喉の痛みは立ち所に治るというのに。

「夕食は喉に優しいものを作ってもらうようお願いしておきます」

「あ……りがと、う」

「それにしても……グレン様もちょっといじわるですよね」

「なっ……ん、で？」

だって、とポリーは少しだけ頬を膨らませてフェリシアを見つめる。

「フェリシア様の喉が痛くなるくらい、たくさんお喋りしなくったっていいと思うんです。わたしだってお喋りしたかったのに……」

話をする度にフェリシアが痛そうに眉をひそめるのを目にしては、あまり会話を続けることができない。

「途中でお茶を飲んだりとか、せめてお水を用意してお喋りしたらよかったのに！」

「え、とね、ポリー」

「グレン様ったら、ちょっといじわるです！」

ぷう、と完全に頬を膨らませてしまったポリーにフェシリアは必死に言い募る。

「グレン様はちゃんと優しかったから！」

途端、フェリシアの顔が真っ赤に染まる。ひあああ、とか細い悲鳴をあげてベッドに蹲るフェリシアにポリーは驚いて傍による。そしてさらに驚いた。

枕を抱き締め小さく丸くなるフェリシア。彼女が着ているゆったり目のナイトドレスの襟ぐりが広がり、首の後ろから背中にかけて少しばかり肌が露出している。

そこに広がる惨状《さんじょう》に、今度はポリーが「ひあああ」と声を上げた。

「フェリシア様、大丈夫ですか⁉」

「え⁉　なにが⁉」

「首の後ろとか背中に、いっぱい虫刺されみたいな痕がありますよ！」

えっ、とフェリシアは首の後ろに手をやる。

「か……痒かったりとか、熱は？」

「痒みも熱もないんだけど」

そんなに？　とフェリシアはポリーを見る。ポリーはそんなにです、と大きく頷いた。

「虫に刺されたとかもない……と、思うんだけどなあ……」

「遅くまでお喋りしてたから、その疲れでしょうか……？」

「そ……う、かも、しれない」

「あ、わたし、ちょっとカーティスさんの所にいってきますね」

以前ポリーが虫に刺された時に、カーティスが塗ってくれた軟膏《なんこう》がとてもよく効いたのを思い出す。喉にいい蜂蜜《はちみつ》といい、虫刺されに効く軟膏《なんこう》といい、カーティスさんはすごいなあとポリーが暢気に感心している横で、フェリシアは顔を真っ赤にして固まる。

「痕が残っちゃったら大変ですから！　ちょっと待っててくださいね！」

言うが早いかポリーは元気に外へと飛び出す。

「待ってーっ！　ポリー待って！　お願い！」

謎の痕、の正体に気が付いたフェリシアが必死の叫びを上げるが、すでにポリーの耳に届く距離ではなかった。

◆◆◆

「カーティスさん!!」

廊下の角、目当ての人物を見つけたポリーは元気に叫んだ。

だが、カーティスの影に隠れてグレンがいるのに気付き慌てて足を止める。しかし時すでに遅しで、ポリーはカーティスの脇にヒョイと抱え上げられてしまった。

「またどこから入り込んだんだ、この子ウサギは」

「やーっ！　カーティスさんごめんなさい、廊下はもう走りませんー！」

「今晩は野ウサギのパイにでもしますか？」

「お前達……いつもこんなことをしているのか？」

クツクツと笑いながらグレンはカーティスから子ウサギ、もといポリーを受け取るとそっと床に降ろす。

「ポリー」

「伯爵家のメイドたるもの、廊下を走ってはいけません」

カーティスに名を呼ばれ、ポリーはいつものお小言をすらすらと答える。分かってはいるし気をつけてだっているのだ、ポリーだって。それでも今回は急を要するのだから仕方がないと思う。

「まあ、この伯爵家には、年甲斐もなく全力疾走で鬼ごっこをするご夫婦がいるからな」

「随分と急いでいたようだけど、どうかしたのか、ポリー？」

カーティスの嫌味をグレンは華麗に流してポリーに話を振る。

そうだ、とポリーはカーティスに向かってピョコンと跳ねた。

「カーティスさん、前にわたしに塗ってくれたお薬ってまだありますか？」

「薬……？　ああ、虫に刺された時に塗ったアレか？」

「はい！」

「どこを刺されたんだ？」

「わたしじゃなくて、フェリシア様が！」

ポリーの手を取りかけたカーティスは動きを止めると、そのままチラリと隣りに目をやる。

グレンは一瞬驚いたような顔をしていたが、すぐにポリーの言わんとする所を理解し、今朝と同じくとても気まずそうな表情を浮かべる。

「フェリシア様の首の後ろから背中？　ちょっと見えただけですけど、それでもたくさん赤い痕があって！　痒かったり熱っぽかったりはしないって仰ってたんですけど」

ちょっとドン引きなんですが、とカーティスの目がそう言っている。それを受けてグレンはうるさい、とこれまた目で返す。

「フェリシア様は大丈夫って……でもでも、グレン様と遅くまでお喋りしてらしたから喉が痛そうだったし、体調だって万全じゃないんでしょう？　だから少しでも気をつけていた方がいいかなって！」

遅くまでお喋りって……ほんとドン引きですしなにしてんですか？　ってまあ、ナニですよねって処女相手に喉痛めるまで啼かせるとかないわー、とこれまたカーティスがグレンを責める。

グレンはうるさい黙れ、と今度は強めに返した。当然ながらお互い無言で、目だけによる会話なので、ポリーは二人を見上げたままキョトンとしている。

「あー……ポリー、うん、あのな、それに関してはうん、心配いらない」

「カーティスさん？」

「その虫、については、私から言い聞かせるから安心しなさい」

「虫に？　虫に言い聞かせるんですか？」

またそうやって子供扱いする！　とポリーはぐぬぬと睨み付けるが、その頭を大きな掌でポンポンと撫でながらカーティスは再度言い聞かせる。

「マリアにも頼もう。マリアがきつく締めあげ……言い聞かせれば大丈夫だ、きっと、多分、おそらく、自重する、はず」

カーティスの言葉のキレが悪い。

ポリーとしては納得しがたいものではあるのだが、チラリと見上げたカーティスしかり、その隣りに立つグレンしかり、二人とも気まずそうな顔をしているのでポリーは空気を読んだ。

この話はひとまずこれで終わりにした方がいいのだろう。マリアさんにも頼むって言ったし、それならきっと大丈夫だわ！

じ、と見つめているとカーティスがポケットから飴玉《あめだま》を出してきた。

次いでグレンがチョコレートの包みをポリーの掌にのせる。

「ポリー、お茶の片付けはグレン様がなさるそうだから、そろそろ夕食の準備を手伝ってやってくれるか？」

「片付けならすぐにできますけど？」

「うん、まあ、片付けながらお詫びをしないといけないから、グレン様は」

お詫び？　と考えるがすぐにポリーは気が付いた。

たくさんお喋りしたせいで喉を痛くさせちゃったからだ！

ポリーとしては片付けの時間もフェリシアと過ごせる大切なものではあるけれど、ここはグレン様にお譲りしてあげますね、とエヘンと胸を張って頷いた。

「今日と明日は喉に優しくて、あと体が元気になるメニューにしてもらいますね！　それでフェリシア様が元気になったら、いっぱいご馳走を作ってお祝いしましょう！」

自分の無邪気な発言が容赦《ようしゃ》なく主の心を抉ったとも知らず、ポリーは走りそうになるのを必死に堪えてその場を後にした。

番外編二　王女、襲来

その日、遅くに帰宅したグレンの顔はどこか険しいものだった。

「グレン様？　大丈夫ですか？」

食事の時も考え込んでいたようで、手が止まる事もしばしば。その度にカーティスが咳払いをして突っ込みを入れていた。

今は二人とも湯浴みを終えて、寝室でくつろいでいる最中だ。それでもグレンの様子が変わらないので、さすがにフェリシアは心配になった。

職務上の規定で家族だろうと言えない事は多々あるだろう。

しかし、仕事以外が原因であれ、どんな些細な事でもいいから口に出して欲しい。自分ごときではたいした役には立たないだろうが、口にする事で気持ちが楽になる時もある。

だからどうか、とフェリシアはグレンの隣に座ると、そっと彼の手に触れた。

「お仕事のことですか？　それとも」

「ああ、ありがとうフェリシア。大丈夫だよ」

「本当に大丈夫な人はそんな顔で大丈夫、とは言わないんですよ、グレン様」

「そう？　俺はどんな顔をしてる？」

「……わたしに助けて欲しい、って顔をしています」

ただの戯れ言のつもりだったが、まさかの正解であったらしい。グレンが少しだけ驚いたように、そしてとても嬉しそうに顔を綻ばせる。

「フェリシアには隠し事ができないな」

「そうですよ、わたしはなんでもお見通しなので遠慮なく話してください。わたしにできることなら全力でお助けします」

グレンが緩く抱き付いてくるので、フェリシアも両手を広げて受け止めた。額に頬、それから瞼《まぶた》に戻って今度は耳の縁、とグレンが啄《ついば》むように口付ける。

くすぐったいし、それに自分の発言自体もわりと恥ずかしい。どんどん頬に熱が集まるのを自覚し、フェリシアは軽くグレンの背中を叩く。

「グレン様」

「うん」

もう少し、とだけ零してグレンは行為を続ける。唇の端にも軽く触れるが、これらはあくまで家族同士の親愛のキスだ。今は、まだ。

背中を撫でるグレンの手付きが妖しげだ。ただ撫で付けるにしては、やたらと腰のくびれや背中の筋、肩甲骨の辺りに触れてくる。

しかも、掌全体だけでなく、指先までも使ってくるのでタチが悪い。これは、フェリシアの身体に熱を灯らせる時の触れ方だ。

「あっ……もう……グレン様、誤魔化そうとしてませんか!?」

不埒《ふらち》な動きを見せるグレンの腕を必死に押さえ付け、フェリシアは軽く睨み付ける。グレンはそんなフェリシアの視線を受けつつも平然としており、いや、すでに欲につかれた顔を隠そうともしていない。ひえ、とフェリシアは身動いだ。

「誤魔化すつもりはない。むしろこれは、君にしか頼む事ができない話なんだ」

「わたしに……ですか、って、ちょ……だから、グレン様！　まだ続きが！　肝心の話が終わってませんってば!!」

フェリシアの拘束などグレンにとってはなきに等しい。背中への愛撫《あいぶ》を再開し、それどころか本格的にフェリシアを蕩けさせようと首筋に舌を這わせる。

「んんッ！　だめ、です……ッ、グレンさ……ああッ!!」

「話はする。どうしても君の力が必要だから、そのためにはなんでもするから」

「だったら話の、中身……ゃ、あ……、ん……ッ」

グレンが必要としてくれているなら、たとえどんな話であろうとフェリシアは協力を惜しまない。何しろ普段から一人で全てを解決してしまうグレンだ。そんな彼が、本当に、物凄く珍しく、フェリシアを頼ってくれている。二つ返事で応えずにどうしろというのか。

とはいえ、どういった中身なのかは知っておきたい。フェリシアがそう考えるは当然の反応だ。それなのにグレンは話そうとはしない。なに故、とフェリシアは漏れそうになる嬌声《きょうせい》を必死に噛み殺し、グレンの頭を両手で掴んだ。えいや、と力を篭めて引き剥がす。

さすがにこれにはグレンも一旦止まってくれた。邪魔をされたのが気に入らないと、眉間に皺が寄っているが、そこは気付かないフリでフェリシアは流す。

「グレン様」

「今は、フェリシアが欲しい」

「あーっ!!」

問いただす前にとんでもない豪速球が飛んできた。そんなものを真正面から食らって、フェリシアに抵抗などできようものか。即座に首から耳朶《じだ》まで真っ赤に染めてプルプルと震えてしまう。

「明日の朝にちゃんと話をする。これは王家からの依頼でもあるんだ、だから、お互い冷静な時に」

「王家!? なんですかそれ!? そんなの朝になってもなに一つ冷静になんてなれそうにないんですけど!!」

王家主催の夜会に夫婦で参加……というのはすでに何度か経験済みだ。今になって改まって頼むような事ではない。そもそも社交の場において、夫に付き添うのは妻の役目だ。

「大丈夫、俺が傍にいる。絶対に君を一人にはしないから」

「そんなに大事なんですか!? えええええなに!? なんなの!? なんなんですか、グレン様！」

ここ最近ずっとグレンは忙しかった。きっとそれに関わるものなのだろう。どれだ、どれが該当する案件だとフェリシアは混乱する中必死に考える。

「フェリシア、俺が目の前にいる時は俺の事だけを考えて」

顎に指をかけられ強制的に上向きにされる。射貫くようなグレンの瞳を前に、フェリシアは捕食される寸前の小動物の心境だ。

「グレン様のことしか考えてないですよ!?」

「今の、俺を見て」

顎を持ち上げている指が肌を撫で、そのままフェリシアの唇を軽く押し割る。

「職務とはいえ、そのせいで君との時間が奪われっぱなしだったんだ。それがやっと今日、こうやって触れる事ができた」

フェリシア、とグレンの声に力が籠もる。その威力は絶大で、それだけでフェリシアの身体から力が抜ける。

「先に話を聞きたいという君の意見はもっとだし、俺もそうしなければと思う。でも……君が足りなさすぎて頭がどうにかなりそうなんだ……先に、君を補充したい。させて、フェリシア」

グレンは押し入れた親指を動かしてフェリシアの唇の表面を撫でた。そうするとフェリシアの口からは熱い息が漏れる。

「ちゃんと……お話、してくださいね?」

「もちろん」

フェリシアは瞳を閉じた。唇は薄く開いたままで、そこからグレンの舌が腔内《くうない》に入ってくる。

互いの舌の表面を擦り合わせると、ゾクゾクとしたものがフェリシアの背筋を駆け上がった。上顎を舌先で擽《くすぐ》られるとどうしても反応してしまう。グレンはそれが分かっているからこそ、余計にそこばかりを刺激する。

「ん……ぁ、あ……はぁ……」

息継ぎの合間に零れる声は甘さをたっぷり含んでおり、フェリシアは恥ずかしくて倒れそうだ。

「グレン様……ベッドが、いいです……」

こんな言葉だって頭から湯気が出そうだが、このままではソファの上に押し倒されかねない。現に、身体の半分以上斜めになっている。ふかふかのクッションに到達するまで残り僅かの距離だ。

グレンはフェリシアの膝裏に手を回し立ち上がる。乙女の憧れとはほど遠い、幼子を運ぶ時のように縦に抱かれたままベッドへと運ばれる。

フェリシアをシーツの海に横たえると、グレンはその身体を両膝で跨ぎ見下ろす。その顔には、これから存分に捕食するぞという獣の喜びが満ち溢れていた。

明日の朝、自分はきちんと話を聞く事ができるだけの力が残っているだろうかと、近付く影を見つめながらフェリシアはそう思った。

◆◆◆

仕事に忙殺された後の寝室での時間は、普段であれば濃厚で時間も長い。

けれど、今回はグレンもどうやら自重したようだ。朝、フェリシアが起きて朝食を摂る事ができるだけの体力は残してくれた。

「ディライ王女が、君と会って話がしたいそうだ」

食後の一時。グレンが発した言葉はきちんと聞こえているというのに、フェリシアはしばしその意味が分からなかった。

「……ディライ王女、と、いいますと……？」

「イクルスの第二王女で」

「ああ！　グレン様と噂になっていたお姫様！」

フェリシアが記憶喪失となった最大の原因と言っても過言ではない。

誤解は完全に解けているからこそ、こんな事を口にしてしまったフェリシアであるが、グレンの眉間に皺が寄るのを見て己の迂闊《うかつ》さを呪う。

「え、でもどうして、王女がわたしに？」

ここはサクサクと話を進めるに限る。フェリシアは矢継ぎ早に問う。

「ディライ王女とはなんの接点もありませんし、興味を持たれるようなこともわたしにはありませんけど？」

長年の友好国であるイクルスは東に位置する大国だ。肥沃《ひよく》な土地と、五つの島を領土としている。農業と水産業が盛んで、イクルスから届く魚介類は種類が豊富で人気が高い。

グレンがフレドリックの護衛としてイクルスを訪れたのは去年であり、そこで第二王女であるディライとの交流があった。宴席での与太話。それに尾ひれが付きまくり、フェリシアを無駄に傷付け最終的にとんだ大騒ぎとなったわけだが。

その姫君が使節団の代表として半月後に訪れる。相手をするのは現国王と王太子だが、すでに交流があるという事でフレドリックとグレンもその業務に携わる。

グレンがここしばらく忙殺されていたのはそのためだ。

「そうなんだ……そうなんだが、どうしても会いたいと言ってきかないんだ」

「えええええ……」

王女の目的がさっぱり分からない。あげく、グレンが心底忌々しげな顔をするので余計に不安が増す。断りたい。できれば、可能な限り、全力でお断りして欲しい。

社交の場に出るのは貴族として当然、妻としての責務、とは思うけれども、それにしたって他国の姫君に名指しをされると逃げたくもなる。

だが、昨夜「全力で助ける」と言ったのはフェリシアだ。それを反故《ほご》にはできないし、したくもない。グレンだってフェリシアが二の足を踏むのは理解しているはずだ。

それでもこうして頼んでくるのだから、それだけ追い込まれているのだろう。それに、そもそもが国家ぐるみの話の中から出たものだ。フェリシアに拒否権などあるはずもない。

「頑張っておもてなししますね」

「すまない、フェリシア」

「グレン様が謝ることなんてないですよ。ええと……はい、グレン様の妻として、立派に務めてみせます！」

お任せください、と胸を張ると「ありがとう」とグレンも嬉しそうに笑みを浮かべた。

◆◆◆

とはいえ、王族を相手にするなどフェリシアには荷が重すぎる。

ましてや相手は他国の姫だ、文化や風習に違いも多い。非礼があってはならないと、グレンの出仕に合わせてフェリシアも王宮へ向かう日々が続く。

フレドリックに頼んで、イクルスの文化や王族相手の作法を学ぶことにしたのだ。付け焼き刃にしかならないが、それでも何も知らずにいるよりはマシなはずだ。

そうして夫婦揃って慌ただしい生活を続けていると、あっという間にその日を迎えてしまう。

グレンが新しく用意してくれたドレスに身を包み、フェリシアはイクルスの第二王女・ディライと対面した。

「貴女がフェリシアね！　無理を言ってごめんなさい、お会いできて嬉しいわ」

銀糸のような美しい髪に、透き通る真っ白い肌。赤紫色の瞳は慈愛に満ちており、唇は薄く見目麗しい形をしている。身長もフェリシアとあまり変わりはなく、しかし体付きは女性らしい丸みと艶やかさを持っており、総じてとにかく魅惑的な姫君だ。

フェリシアも覚えたての挨拶を交わすが、頭の中は疑問符で埋め尽くされている。

なんというか――思っていたのと違いすぎだ。

すでに結婚して夫がいる。しかし、何人もの男性を側室として自らの後宮に住まわせる程の、豪快な姫君。

グレンはそう言っていた。なので、フェリシアの中では勝手にもっと雄々しい感じの女性だと想像していたのだが、実際は真逆である。

見た目だけなら華奢《きゃしゃ》で守りたくなるような、そんな庇護欲《ひごよく》をそそる人物だ。

「そんなに緊張しないで、もっと気楽にいきましょう？　わたくしも堅苦しいのは嫌いなの。だからこうしてわざわざ、非公式の場を設けてもらったのよ」

「お気遣い、感謝します」

「だからもっと気楽に、ね、フェリシア。貴女とはこれからよき友人として付き合っていけたら」

「お断りします」

ひえ、とフェリシアは声なき悲鳴を上げる。声の主はグレンだ。氷の騎士の異名に違わず、冷えとした声と表情でフェリシアの背後に立っている。

「相変わらずねグレン」

「ディライ王女もお変わりなく」

グレンの背中からブリザードが吹き荒れる。そんな幻さえ見えそうで、フェリシアは救いを求めて周囲に目を走らせた。

イクルス側の護衛と侍女はフェリシアと同じように狼狽《うろた》えている。こちら側にいるのはフレドリックとその婚約者であるオリアーナ伯爵令嬢、そしてグレンの部下が二人ほど。

やはり皆が戸惑っている、フレドリック以外は。

どうやらグレンとディライ王女のやり取りは元からこうであるようで、唯一それを知っているフレドリックだけが愉快そうに肩を揺らす。笑っていないで助けてくださいよ！　とフェリシアは必死にフレドリックに視線を飛ばした。

「フレドリック、貴女の護衛は雪解けしたんじゃなかったの？」

「ああ、やっぱりそれを見たくてわざわざフェリシアを呼んだんだ？」

「……あの、なんのお話でしょう……」

フェリシアの背中にダクダクと汗が流れる。雪解け、とはまさか、いやでもそんな、とフェリシアの動揺は一秒ごとに増していく。

「永久凍土、豪雪の雪山が解けたと聞いていてもたってもいられなくて！　だから姉上に頼み込んで使節団の代表として来たのよ！」

「そんなくだらない事のために国家の重要案件を使わないでいただけますか」

至極正論だが、王族相手にその物言いは不敬ではないのか。フレドリック以外の全員がそう不安になる中、当の本人は全く気にせず、それどころか完全に無視して話を進める。

「一体どんな方が、こんなくそ真面目で面白みの欠片もない男をドロドロにしたのかと思っていたけど……まさか、こんなにも可愛らしい方だったなんて」

ディライ王女の素がチラホラと滲み出る。

それはさておき、お世辞だろうと褒められると嬉しい。ましてやその相手が美人ともなると余計に。かろうじて「ありがとうございます」と返す事ができたが、その後が続かない。

頬を赤く染めて狼狽《うろた》えていると、ディライは小さく感嘆の声を漏らした。

「やだ……本当に可愛らしすぎるわ……いい趣味をしているわね、グレン」

女性の趣味だけは合うのよね、などという、一瞬耳を疑う言葉にフェリシアは固まる。ディライはそんなフェリシアの手をそっと握ると、さらにとんでもない事を提案してきた。

「ねえフェリシア、こんな男は捨ててわたくしの元へいらっしゃい。今よりもっとずっと遥かに幸せにしてみせるわ」

「目の前で略奪婚をしかけないでもらえますか、ディライ王女！」

グレンは手刀で繋がれた手を引き剥がし、フェリシアの肩を抱いて自分の胸元に引き寄せる。

「ほんの一年前では想像もできない光景だわ！」

「からかうのはやめてください」

「いやねグレン、わたくしは本気よ」

「なおの事おやめください」

「悔しいわ、もっと早くに知っていたらわたくしにも機会があったのに」

「ありえません。三年前からフェリシアは俺の妻です」

人前で、ましてや自国と他国の王族のいる場でグレンに抱き締められているこの状況。

フェリシアは最早虫の息だ。頭の上で飛び交う二人の会話も何一つ頭に入ってこない。

イクルスの第二王女・ディライ。彼女はその見た目に反して、中身は自由奔放で男女の差に拘りのない、豪放な性格の持ち主だった。

◆◆◆

ディライがフェリシアに会いたがった理由は実に簡潔である。

「あの冷酷無表情、無感動の男が雪解けしたと聞いたからよ」

渋るグレンを説得し、今は女性三人でのお茶会だ。

てっきり軽口だと思っていたフレドリックとのやり取りそのまま。

うっそでしょ、とフェリシアは突っ込みを入れそうになった。そんな事のために苦労して色々と覚えたのかと思うと、いっそ笑ってしまう。

「二人には申し訳ない事をしてしまったわね」

振り回されたのはフェリシアだけではない。さすがに一対一ではフェリシアの精神的負担が多いからと、全く関係のないオリアーナまで巻き込まれている。

一応は第二王子の婚約者としての顔見せ兼交流を深めるための場で、フェリシアはそんなオリアーナに招かれて参加しているという態《てい》を取っている。

そうでなければ、オリアーナの立場もないだろうし、かつてのグレンとディライの噂が新たに広まる危険性さえある。

「それに関してはわたくしとしてもいい迷惑よ。彼の能力の高さはとても素晴らしいし評価もするわ、けどそれだけ。男としてはこれっぽっちも興味はないの」

あの噂が広まる原因を作ったのはディライだ。宴の席で「独身だったら婿《むこ》にしたかった」という発言があったから。

しかし、そんな流れになったのは一人の酔っぱらいがしつこく絡んできたからに他ならない。グレンを妙に気に入ったイクルスの家臣の一人がディライに勧め、周囲がそれに悪乗りをする。

酔っ払いの相手などまともにするものではない。だからディライは適当に返した。それでもグレンが既婚者であるのは知っていたので、「独身だったら」とわざわざ付け加えたのだ。

「それなのに、ねじ曲がった噂が広まってしまって、それが原因で貴女を傷付けてしまったと聞いて……だから、貴女に直接お詫びをしたかったのが本当なの」

ごめんなさいねと詫びるディライに、フェリシアはもげそうな勢いで首を横に振る。悪いのは話をねつ造して広めた人間であり、ディライも噂の被害者だ。

そう伝えれば、ディライは「ありがとう」とフェリシアに抱き付いた。

「最終的にはオリアーナにまで迷惑をかけてしまったので……ここで、二人にわたくしからお詫びの品を進呈するわ」

ディライはどう見ても含みしかない笑みを浮かべる。これはまた面倒事の気配を察知、とフェリシアとオリアーナはこっそりと身構えた。

「貴女達、どうやら揃って相当の恥ずかしがり屋でしょう？　そんな二人にこれはとてもお薦めのものなの」

ディライが差し出したのは小さな薬瓶だ。手に取って軽く振るとチャプチャプと音がする。

「これはなにかのお薬ですか？」

フェリシアには中身の見当が付かない。

オリアーナも同じようで、瓶を手に取ってしげしげと見つめている。

「そう、薬よ薬――」

どういった効果があるのか。ディライの説明を耳にした途端、フェリシアとオリアーナは揃って「ひえええええ」と叫びを上げた。

◆◆◆

怒涛の展開ではあったものの、どうにか茶会を無事に終える事ができた。

ディライには終始振り回されてしまったが、それもまた彼女の魅力の一つであると思える。それ程までに魅力的な人物で、これがカリスマ性というものかと納得してしまった。

そんなディライからの贈り物。濃い青色の薬瓶を前に、フェリシアはどうしたものかと腕を組んで考え込む。どういった代物なのかは聞いている。それによりオリアーナと二人で凍り付いたのも覚えている。

「どうしよう……」

「なにが？」

ベッドの真ん中に座りこんで、扉に背を向けていたフェリシアはグレンが入ってきた事に気が付かなかった。声をかけられて、驚きのあまり大袈裟に肩を跳ねさせてしまう。

「今日は本当にすまなかった。そしてありがとうフェリシア、おかげで助かったよ」

湯上がりのグレンの髪はまだ少し濡れている。前髪を邪魔そうに掻き上げる姿がなんとも艶めかしい。

「グレン様もお疲れ様でした。お茶でも淹れますね」

そそくさとベッドから下り、フェリシアは急いで茶の準備をする。グレンがソファでくつろぐ気配を感じながら、フェリシアは口から心臓が飛び出そうだ。

大丈夫かな、どうかな、と震えそうになるのを堪えてティーカップを差し出すと、グレンはほんの少しだけ眉を動かした。

しかし特に何も言わず、ただ「ありがとう」とだけ微笑んで手を伸ばす。

フェリシアはそんなグレンの動きを固唾《かたず》を呑んで見守る。

だが、自分の淹れた茶をグレンが口に含むその寸前、耐えきれずに彼の手首をガッと掴んだ。

「フェリシア」

「あああああ、ごめんなさいすみませんグレン様。それ飲むの、ちょっと待ってもらっていいですか！」

フェリシアの行動など予測済みだったグレンは冷静にカップをソーサーの上に戻す。するとフェリシアは慌ててそれらを手元に引き寄せた。

「何があったのか訊いても？」

「はい！　えぇと、あれですほら、あれですよ。ちょっと茶葉を入れすぎてしまって！　ものすごく苦くなってしまったかなって思ってですね！」

「いつもと変わらないように見えるけど？」

「いえいえ、そんなことないです。いつもより濃いですし、こんなの飲んだら絶対苦いです！　美味しくない!!　新しく淹れなおすので、もう少しだけ待ってください」

「濃い目ならちょうどいい。今は少し苦味があるものが欲しかったんだ」

「じゃあ、もっと濃いのをお出しします！」

「俺はそれがいいなあ」

「わたしは新しいのを飲んで欲しいです!!」

最早隠し事をしているのはバレバレだ。

グレンはゆっくりと立ち上がるとフェリシアへと近付いてくる。フェリシアは今すぐ逃げ出したくて堪らないが、カップの中身をそのままにはしておけない。

どうしよう、どうしたら、と判断に悩む数秒ですでにグレンは目の前に立っていた。

「何を隠してる？」

茶器を載せた台の両端に両手を着かれると、フェリシアに逃げ場はない。グレンの腕に囲われて、ただブルブルと震えるだけだ。

「隠してなんか……」

「これ？」

フェリシアの後ろに避けたはずのカップは簡単にグレンの手に戻る。鼻先を近付け香りを確かめると、そのままグレンはカップに口を付けた。

「わーっ!!」

零れるのも構わずにフェリシアは再びグレンから奪い取る。駄目だ、これがある以上万が一が起きてしまう、ならばいっそ、とフェリシアは自ら中身を飲み干す。

「フェリシア!?」

今度はグレンが慌てる。一服盛られていたのは明白で、それを犯人自ら口にしているので命に別状はないのだろうが、それにしたって心配にはなる。動揺しすぎて身体が傾ぐフェリシアを抱き留めると、そのまま膝裏に手を回してベッドまで運ぶ。

「一体俺に何を飲ませようとしていたんだ?」

フェリシアは黙秘を決め込む。バレた所でグレンは怒ったりはしない。

ただフェリシアが羞恥心《しゅうちしん》に苛まれて悶え苦しむだけだ。興味本位でやってしまったのはフェリシアだが、とはいえそんな未来は全力で避けたい。

しかし、天はそれを許してくれないようで。シーツの上に寝かされた拍子に、フェリシアがポケットに忍ばせていた例の薬瓶がコロリと落ちたのだ。

あ、と思った時にはもう遅い。起き上がったフェリシアが手に取るよりも、グレンが拾い上げるのが早かった。

「……薬?」

「あああああああ」

「意外と本格的に、俺に一服盛ろうとしていたんだ？」

「違います、って盛ろうとしてたのはそうなんですけど！　でも、そうじゃなくって!!」

「……ディライ王女からもらった？」

「え!?　グレン様、これを飲んだことあるんですか!?」

「フェリシアはなんだと思う？」

「媚薬《びやく》ですよね!?」

呆気ない程に自白させられてしまう。グレンがギョッとした顔で固まったのを見て、その事に気が付いた。

「ち……ちがう……違うんです……」

「確かにあの国では、そういった薬があるとは聞いていたけど」

「媚薬《びやく》っていっても、本格的なのではなくて……元気になるだけだからって……」

「詳しく話してもらおうか、フェリシア」

「あああああ、いつもの流れぇ！」

ベッドの上で押し倒されて拘束される。この状態はフェリシアにとって羞恥《しゅうち》の極みであり、それにより訊かれる事は全て話してしまう。単に頭が回らなくなるというだけだが、効果は絶大だ。

そうしてフェリシアは洗いざらい全てを白状する羽目になった。

◆◆◆

「媚薬《びやく》といってもね、そんなお話の中に出てくるような強烈なものではないの」

そう言って笑うディライに、「話の中に媚薬《びやく》が出てくるの!?」とフェリシアはそこでも度肝を抜かれた。普段自分が読む本には縁遠い。しかし隣で聞いているオリアーナがそっと胸を撫で下ろしていたので、なるほどそうなのかと思ったものだ。

「ほんのちょっとだけ積極的になったり、興奮したりする代物よ。自分から誘うのは女性からは難しいでしょう？　だからそんな時に自分で飲んで勢いを付けるの」

何が、とは具体的に口にしないが、つまりは閨《ねや》の時の話である。

「いつも澄ましてお行儀のいい相手に飲ませて、本性をさらけ出させるのもお薦めね」

ディライは真っ直ぐにフェリシアを見つめてそう言い切る。

「自分の勇気を奮い立たせるのもいいし、お相手を色んなしがらみから一時解放してあげてもいいし、どちらでも好きな方を選んで。いやあねえ大丈夫よ、わたくし達も使っているものだから心配はいらないわ。常用性があるわけでなし、せいぜい一晩元気でいられるくらいよ」

中身がどんなにとんでもなかろうと、ここで受け取らないわけにはいかないだろう。

仮に断ったとして、それで機嫌を損ねるような人物ではないというのは、この短い時間でも伝わっている。だからこそ余計に断りづらいのだ。

結局二人揃って「ありがとうございます」と礼を述べ、持ち帰る羽目になった。

◆◆◆

「……というわけなので、あの……ごめんなさい……」

フェリシアは仰向けに寝かされたまま両手で顔を覆っている。恥ずかしすぎてグレンが今どんな表情をしているのか見る事ができないし、自分の顔も見られたくない。

「フェリシアは今どう？　気分が悪くなったりはしていない？」

「だいじょぶ、です」

心臓が壊れそうな勢いでドクドクとうるさいし、顔どころか全身熱を持っているがこれはいつもと同じだ。そうか、とグレンは呟くだけで、それ以降沈黙が続く。

フェリシアは顔を隠しているのでどんな表情をしているのかうかがい知れない。

「……あの、グレン様？」

先に耐えられなくなったのはフェリシアだ。指を僅かに動かし、隙間からグレンの姿を盗み見る。

バチリと視線が重なった。フェリシアの反応などグレンには分かりきっている。そうして、視線を逸らせなくなったフェリシアに見せつけるようにグレンは薬瓶に口を付けた。

待って、と声を掛けるより先にグレンは中身を飲み干す。濡れた唇を舌で拭うのは絶対にわざとだ。案の定フェリシアはその色香に当てられて固まってしまう。

「ディライ王女の思惑《おもわく》に乗るのは不本意ではあるんだが」

フェリシアの反応は素直だ。ついからかいたくなるのも分かる。

だがそれ以上に、そんな純真な妻に振り回されるグレンで楽しみたいのだろう。それに関しては他人で遊ぶなど腹の一つも立つのだが。

「俺に一服盛るくらいには、求めてくれたんだろう？」

フェリシアの両手は簡単に引き剥がされる。身体の横にそれぞれ縫い止められると、グレンと正面から見つめ合う。違う、と唇は動くがそこで止まる。グレンが言う程ではないにしろ、そんなつもりは欠片もありません、ではない。ティースプーンに載る程度の思惑《おもわく》はあった。

「グレン様」

「なんだろう」

「……なにとぞ……手加減を……お願いしたい、です」

先に仕掛けた身で何を甘えた事を、ではあるけれど。とんでもない大義名分をグレンに与えてしまった事に、フェリシアは今さらながらに気が付いた。

どれだけフェリシアを求め、喰らい尽くそうともグレンは最後の一歩で踏み止まってくれる。フェリシアへの気遣いは何があっても忘れない。それはとても嬉しい事だ。

ただ、それと同時に、どうか自分に対してだけはそれらを忘れて接して欲しいとも思っている。色んなしがらみから一時解放してあげてもいい——ディライのその謳い文句に、フェリシアはまんまと乗ってしまったのだ。それなのに土壇場《どたんば》で怯んでしまう己の小ささよ、とフェリシアは項垂《うなだ》れてしまうが今はそれどころではない。

気遣われてなお、翌朝を迎える頃には精根尽き果てているのが現状だ。

だというのに、自らグレンを誘ってしまった。え、これ大丈夫？　わたし耐えられるの？　と寸前でフェリシアは恐怖を覚えた。無理だ、少なくとも今の自分ではまだグレンの本気を受け止めるには練度が足りないと、この期に及んで命乞いをしてしまう。

必死に訴えていればグレンはふ、と息を零した。安心させるようにフェリシアの頬にそっと触れる。

「善処する」

あ、これ駄目なやつ、とフェリシアはしたくもなかった経験からそれを悟る。

それはまさに大正解で、今宵フェリシアは、奈落《ならく》の底ならぬ快楽の頂点まで押し上げられる事になった。

◆◆◆

「や、あッ、ぅ……ぁあああ!!」

ベッドの軋む音に、フェリシアの嬌声《きょうせい》と淫らな水音が混じり合う。もう両手の指では足りない程に絶頂を繰り返しているというのに、それでもグレンは一向にやめてくれない。

口付けだけでまずは一度、舌を絡め合いながら胸を弄《いじ》られて二度三度、そこから身体中を舌で愛《あい》撫《ぶ》され、小さな絶頂を加えるとそれだけで数を超える。

その後は両足を大きく広げられ、執拗《しつよう》に秘所を責められた。特に口での奉仕《ほうし》はフェリシアを狂乱させる。ただでさえ行為自体が恥ずかしいというのに、秘められた場所、そして不浄の場所でもある。初めてこの場所を口淫《こういん》された時は泣き出してしまった。

しかし、一番感じてしまうのもこの場所だ。グレンに宥められながら、少しずつ受け入れる様に慣らされた。とはいえ、泣かない程度になっただけで、今だって恥ずかしすぎて堪らない。

そこをグレンはいつも以上に、容赦《ようしゃ》なく口で責め立てる。

フェリシアの腰が逃げないようにと、両腕でしっかりと太股《ふともも》を抱え込んで離さない。肉厚な舌を蜜路に押し込んでナカを舐り、次から次へと溢れる淫水を音を立てて吸い込む。

その音をフェリシアが何よりも恥ずかしがるのを知っていながら、あえて聞こえるように行うのだから今日のグレンはかなり意地悪だ。

「う……ん、んんッ!!」

自らの唾液《だえき》と、フェリシアが零した蜜で濡れそぼった舌が、すっかり固く膨らんだ花芯に触れる。尖らせた舌先でチロチロと擽《くすぐ》られると、フェリシアは肌の上を沢山の小さな泡が弾けていくような感覚に襲われる。

「は……ぁッ……！」

少しでも快感を逃したくて腰を浮かそうとするが、そうすると余計に拘束が強まる。

あげく、さらに責めまで激しくなる。両の親指で花芯の少し上をグッと押し、最も過敏な部分を剥き出しにする。

「いや、グレンさま、それ、いやぁっ!!」

なけなしの力を振り絞ってフェリシアは逃げようとするが、グレンは無情にもピタリと舌を這わせた。

「ぅあ……あああああッ!!」

小さな赤い蕾を、その付け根から先端へ向けて何度も舐める。そうされるともう駄目だった。フェリシアの爪先から頭の天辺まで快楽が駆け巡り、そしてそれは一舐めされるごとに繰り返す。

「いや、だめッ、ぐれ、ん、さま……あッ、あぁッ、ぅぁ……あああンッ!!」

顎が上向く。背中も苦しいほどに弓ぞりになり、フェリシアはもうわけが分からない。涙を零しながら救いを求めるのに、グレンの責めは緩まるどころかさらに激しくなる。

フェリシアが一番よがり狂う花芯の裏筋を舌で責めながら、ぐずぐずに蕩けきった蜜路に一気に二本指を埋める。軽く掻き混ぜると、それだけでグチュグチュと音が響く。

「ひ……っ」

グレンの指が膨らんだ箇所をググ、と緩やかに押し上げる。身体の中と外という、弱点を二カ所同時に責め立てられて耐えられるフェリシアではない。

一際高い嬌声《きょうせい》をあげ、ガクガクと全身を震わせた。くわえ込んだグレンの指は痛い程に締め付けながら、さらに奥へと引きずり込む様に蠢《うごめ》く。

「あっ、あッ、ぁあああッ!!」

それでもグレンの責めは止まらない。ナカに入れた内の一本は奥へと伸ばしてそこを刺激する。もう一本の指は同じ場所を押し上げたままで、舌は今も秘豆を舐めしゃぶっている。

終わりの見えない絶頂に、ついにはフェリシアの秘所から飛沫があがった。

「ああ……可愛いよフェリシア、潮まで吹いて……そんなに気持ちがよかったんだ、嬉しい」

ようやく満足したのか、グレンは身体を起こすと嬉しそうに唇を拭う。口元から首筋までが濡れているが、それすらもグレンにとっては喜ばしい。

一方のフェリシアにしてみれば堪ったものではない。まだグレンと繋がってさえいないというのに、すでに意識は遠のきそうだ。

「なんで……」

声だって枯れ始めている。喉奥がひりついて痛みを感じるが、それでもフェリシアは問わずにいられない。

「これって……グレンさまが、きもちよく……なるものでは……？」

飲んだ人間の感度を上げるものではないのだろうか、媚薬《びやく》というものは。おそらくはそれが原因で、フェリシアはいつも以上に快楽に翻弄《ほんろう》されている。

しかしグレンは、フェリシアに与えるばかりで自分自身をどうこうしようとはしていない。熱杭は大きく膨れ反り返り、先走りで濡れてさえいる。飲み物に混ぜたフェリシアとは違い、グレンは原液を摂取している。その効果はフェリシアより強く出るはずだ。なのに、どうして。

フェリシアの問いかけにグレンはゆるりと口角を上げた。

「うん、俺も早く君のナカで果てたいんだが……どうも、俺は自分が直接快感を得るのと同じくらい、君が俺の手でよがる姿を見て気持ちよくなってしまうみたいだ」

愛おしい相手を自らの手で快楽に狂わせる。その姿が、グレンにとってはとてつもない快感となるのだ。だからつい、愛撫《あいぶ》するのにも熱が入りすぎてしまう。

「……え……えええええ」

「自分としてもこんな癖があったのかと驚いている」

すまない、と笑うグレンはちっともそうは思っていない。ぐったりとしているフェリシアの脚を片方掴むと、自分の肩へと引っかける。

「うそ、待ってグレン様、わたしまだ」

「達したばかりで動けないいな。大丈夫、俺が動くからフェリシアはそのままでいい」

「よくな——……ぁ、あーッ!!」

バチュン、と激しい音を立てて最奥まで容赦《ようしゃ》なく貫かれた。フェリシアは全身を仰け反らせ、ビクビクと震える事しかできない。

「すごい吸い付きだな……気持ちいいよフェリシア……ああ、今日はこのままじっくり、君の大好きな一番奥を可愛がろうな」

「だ……めぇ……」

奥の奥、をグレンの先端が押し上げる。その状態で、ゆるゆるとグレンは腰を揺さぶり始めた。新たな責め手は、フェリシアが最も苦手、つまりは感じてしまうやり方だ。

やだ、むり、いや、と短い否定の言葉とは裏腹に、フェリシアの身体は悦びに打ち震える。それはグレンがナカに熱を放っても止まらず、もっともっとと強請《ねだ》るように蠢《うごめ》く。

そうやってフェリシアが求めるからと、グレンの行為も止まりはしない。たとえ意識が飛んだとしても、与えられる強烈な快楽ですぐに呼び戻されてはまた意識が飛ぶ。

そんな繰り返しは、外が白み始めるまでずっと続いていた。

◆◆◆

「次は我が国へ来てちょうだいね、フェリシア。貴女はわたくしの大切な友人だもの、いつでも歓迎するわ」

あらゆる意味でフェリシアを翻弄《ほんろう》してくれたディライ王女は、そんな言葉と共に帰国の途についた。可能であれば見送りに参加したかったが、なにしろ彼女から貰った薬の効果は絶大で、フェリシアはあれから二日ほどろくに動く事ができなかった。

申し訳ない気持ちと同時に、顔を合わせたが最後、ボロを出さない自信はない。しかし、よくしてもらったのは事実であるし、フェリシア個人としてもディライ王女は好ましく思う相手であった。

グレンから王女の別れの言葉を聞いた翌日。

フェリシアは恐縮しつつも新たにできた友人へ向けて手紙を書き始めた。感謝の言葉と、ほんの少しばかりの愚痴《ぐち》を添えて。

この作品に対する皆様のご意見・ご感想をお待ちしております。

おハガキ・お手紙は以下の宛先にお送りください。

【宛先】

〒150-6008 東京都渋谷区恵比寿4-20-3 恵比寿ガーデンプレイスタワー8F
（株）アルファポリス　書籍感想係

メールフォームでのご意見・ご感想は右のＱＲコードから、
あるいは以下のワードで検索をかけてください。

アルファポリス　書籍の感想　検索

ご感想はこちらから

本書は、「アルファポリス」（https://www.alphapolis.co.jp/）に掲載されていたものを、
改稿、加筆のうえ、書籍化したものです。

伯爵《はくしゃく》は年下《としした》の妻《つま》に振《ふ》り回《まわ》される　～記憶喪失《きおくそうしつ》の奥様《おくさま》は今日《きょう》も元気《げんき》に旦那様《だんなさま》の心《こころ》を抉《えぐ》る～

新高（にいたか）

2023年10月31日初版発行

編集－加藤美侑・森 順子
編集長－倉持真理
発行者－梶本雄介
発行所－株式会社アルファポリス
〒150-6008 東京都渋谷区恵比寿4-20-3 恵比寿ガーデンプレイスタワー8F
TEL 03-6277-1601（営業）　03-6277-1602（編集）
URL https://www.alphapolis.co.jp/
発売元－株式会社星雲社（共同出版社・流通責任出版社）
〒112-0005 東京都文京区水道1-3-30
TEL 03-3868-3275
装丁イラスト－なおやみか
装丁デザイン－AFTERGLOW
（レーベルフォーマットデザイン―團 夢見（imagejack））
印刷－中央精版印刷株式会社

価格はカバーに表示されてあります。

落丁乱丁の場合はアルファポリスまでご連絡ください。

送料は小社負担でお取り替えします。


ISBN978-4-434-32799-5 C0093